Purga

Sofi Oksanen

Purga

Traducción de
Tuula Marjatta Ahola Rissanen
y Tomás González Ahola

Círculo de Lectores

Las paredes tienen orejas y de las orejas
cuelgan unos bonitos pendientes.

Paul-Eerik Rummo

PRIMERA PARTE

Hay respuesta para todo,
basta con conocer la pregunta.

PAUL-EERIK RUMMO

Mayo de 1949

¡Por una Estonia libre!

Tengo que intentar escribir cuatro palabras para no volverme loco y caer en la depresión. Esconderé mi libreta aquí debajo del suelo del cuartucho, para que nadie la encuentre, aunque me descubran a mí. Ésta no es vida para un hombre. Una persona necesita a otra, a alguien con quien hablar. Intento hacer abdominales, mover los músculos, pero ya no soy un hombre, sino un cadáver. Un hombre hace las tareas de su casa, pero en mi casa trabaja la mujer, y eso es una vergüenza para el hombre.

Aliide no para de insinuárseme. ¿Por qué no me deja en paz? Apesta a cebolla.

¿Por qué tardan tanto los ingleses? ¿Dónde están los americanos? Todo pende de un hilo y ya no hay nada seguro.

¿Dónde están mis chicas, Linda e Ingel? La nostalgia es más fuerte de lo que puedo soportar.

HANS PEKK,
hijo de EERIK,
campesino de Estonia

1992, oeste de Estonia

La mosca siempre gana

Aliide Truu miraba fijamente a la mosca y ésta le devolvía la mirada. Aquellos ojos globulosos le provocaban náuseas. Era una moscarda excepcionalmente grande, ruidosa, ansiosa por poner los huevos. Mientras aguardaba colarse en la cocina, se frotaba las alas y las patas sobre la cortina, como preparándose para comer. Buscaba carne, sólo carne. Las mermeladas y el resto de conservas estaban a salvo, pero la carne no. La puerta de la cocina se hallaba cerrada. La mosca esperaba. Esperaba a que Aliide se cansase de intentar cazarla, saliera de la habitación y abriese la puerta de la cocina. El matamoscas se estrelló contra la cortina, que se agitó, las flores de encaje se arrugaron y los claveles de invierno quedaron a la vista por un momento a través del cristal, pero la mosca escapó y fue a posarse desafiante en la ventana, justo encima de la cabeza de Aliide. ¡Paciencia! Necesitaba calma para mantener la mano firme.

La mosca la había despertado por la mañana al pasearse por las arrugas de su frente como quien deambula despreocupado por la carretera, en un gesto de arrogante provocación. Aliide había apartado la manta y se había levantado deprisa para cerrar la puerta de la cocina, pues a la mosca todavía no se le había ocurrido entrar allí. Era idiota, idiota y malvada.

Sujetó con fuerza el liso y gastado mango de madera del matamoscas y asestó otro golpe. El agrietado cuero batió contra el cristal, haciéndolo temblar, los ganchos tintinearon y, detrás de la tabla de las cortinas, el cordel que las sujetaba pegó una sacudida, pero la mosca se volvió a escapar, burlona. Ya llevaba más de una hora intentando matarla, pero ella salía airosa de cada golpe y ahora volaba cerca del techo con un fuerte zumbido. Era una moscarda asquerosa, crecida en la alcantarilla. La dejó por un momento. Descansaría un poco, después la mataría y más tarde iría a escuchar la radio y preparar conservas. Las frambuesas esperaban, y también los tomates, los jugosos y maduros tomates. Ese año la cosecha había sido excepcionalmente buena.

Enderezó la cortina. El jardín grisáceo y mojado parecía lloriquear, las ramas de los abedules se balanceaban empapadas, las hojas aplastadas por la lluvia y la hierba goteaban. De pronto, vio algo allí abajo, una especie de bulto. Aliide dio un paso atrás, al resguardo de la cortina, para que no la viesen desde el jardín. Se asomó otra vez tras las puntillas y aguantó la respiración. Su mirada esquivó las manchas dejadas en el cristal por la mosca y se centró en el césped, ante el abedul partido por un rayo.

El bulto no se movía y no dejaba adivinar nada salvo su tamaño. Aino, la vecina, había divisado aquel verano un resplandor luminoso sobre aquel mismo abedul mientras iba de camino a casa de Aliide, y no se había atrevido a seguir adelante. Tras volver a su casa, la había telefoneado para preguntarle si todo iba bien, si no era un ovni lo que había en su jardín. Aliide no había notado nada extraño, pero la vecina aseguraba que los extraterrestres se habían parado frente a su casa y también ante la de Meelis, la cual desde entonces no hablaba más que de eso. En cambio, aquel bulto parecía cosa de este mundo, oscuro por la lluvia y bien mimetizado con el terreno, y del tamaño de una persona. Quizás alguno de los borrachos de la aldea había ido hasta allí a dormir la mona. Pero, de ser así, ella habría oído algún ruido bajo la ventana. Aún conservaba un oído muy fino. Y también podía percibir el hedor de aguardiente rancio a través de la pared. El grupito de borrachos que vivían cerca de allí se había paseado hacía poco por delante de su casa, montados en un tractor alimentado con gasolina robada. No, ese ruido no pasaba inadvertido. Algunas veces habían estado a punto de llevarse por delante su valla al circular por la cuneta. Allí ya no había más que ovnis, viejos y una pandilla de gamberros descerebrados. Aino había ido en varias ocasiones a quedarse por la noche con ella, cuando los chicos se pasaban de la raya. Aliide no les tenía miedo y les plantaría cara en caso necesario.

Dejó encima de la mesa aquel matamoscas que había hecho su padre y se dirigió sigilosamente a la puerta de la cocina, pero al agarrar el picaporte se acordó de la mosca. Estaba quieta, a la espera de que ella abriese. Aliide decidió volver a la ventana. El bulto seguía en el jardín, en la misma postura que antes. Parecía una persona, y su cabello claro contrastaba con la hierba. ¿Estaría viva? Sintió una fuerte presión en el pecho, el corazón le palpitaba. ¿Debía salir, o sería una imprudente estupidez? ¿Y si era una trampa de unos ladrones? No, no podía ser. Nadie la había atraído a la ventana ni había llamado a su puerta. Si no fuese por la mosca ni siquiera habría reparado en aquel bulto antes de salir de casa. Pero aun así... La mosca permanecía inmóvil, de modo que Aliide se deslizó en la cocina y cerró rápidamente la puerta. Escuchó. El runrún de la nevera rompía en parte el silencio del establo, que se filtraba a través de la despensa. Ya no se oía el irritante zumbido, quizá la mosca se había quedado en la habitación. Encendió un fogón, llenó la tetera de agua y puso la radio, que le devolvió un chasquido de estática. Estaban hablando de las elecciones presidenciales; pronto darían las noticias más importantes, las del tiempo. Quería volver a su rutina diaria, pero aquel bulto, que también se veía desde la cocina, la turbaba. Desde allí presentaba el mismo aspecto que desde la habitación: seguía pareciendo una persona y no llevaba trazas de ir a ninguna parte. Apagó la radio y volvió a la ventana. Reinaba el silencio propio de un día de finales de verano en una aldea estonia a punto de quedarse desierta; sólo cantaba el gallo del vecino. Ese año el silencio era extraño, como el que precede y sigue a la tormenta al mismo tiempo. Algo similar a la imagen de la hierba alta que crecía hasta pegarse al cristal de su ventana. Era húmedo y mudo, tranquilizador.

Aliide se hurgó el diente de oro, donde se le había quedado algo. Se metió la uña en las hendiduras mientras escuchaba, pero sólo oyó el sonido de la uña al raspar, y de repente sintió un escalofrío. Dejó de hurgarse y se concentró en el bulto. Las manchas del cristal le estorbaban, así que las limpió con un trapo que después lanzó al fregadero. Cogió el abrigo del perchero y se lo puso. Se acordó de que su bolso estaba encima de la mesa, así que lo asió, miró alrededor en busca de un buen escondrijo y lo metió en la alacena. Encima del mueble había un frasco de desodorante finés, que colocó en el mismo escondrijo, y tapó un tarro de azúcar del que sobresalía una pastilla de jabón Imperial Leather. Sólo entonces giró despacio la llave de la puerta interior y empujó. Se detuvo en el recibidor y tomó el mango de enebro de la horquilla que le servía como bastón, pero luego lo cambió por su bastón de la ciudad, comprado en una tienda, que también acabó dejando, para elegir finalmente una guadaña. La apoyó un momento contra la pared y se arregló el pelo, ajustándose mejor el pasador que lo sujetaba y remetiéndoselo tras las orejas. Volvió a coger la guadaña, quitó la tranca de la puerta de entrada, abrió y salió al jardín.

El bulto seguía en el mismo sitio bajo los abedules. Aliide se acercó sin perderlo de vista, pero al mismo tiempo mirando alrededor con el rabillo del ojo, por si había alguien más. El bulto era una muchacha. Cubierta de barro, harapienta y sucia, pero una muchacha al fin y al cabo. Una desconocida. Una persona de carne y hueso, no una señal del porvenir llegada del cielo. En sus uñas quebradas había restos de esmalte rojo, el rímel se le había corrido por las mejillas en chorretones y los rizos le caían despeinados sobre la cara, con restos de laca y algunas hojas de sauce blanco pegadas al cabello. Entre los rizos oxigenados despuntaban unas raíces grasientas y oscuras. Bajo aquella capa de suciedad, su piel era clara, las mejillas blancas, casi transparentes; el labio inferior, reseco y agrietado, sobresalía hinchado y enrojecido, anormalmente brillante y sanguinolento, lo que hacía que la suciedad pareciese una membrana que había que retirar, igual que la superficie cerosa de una manzana dejada al frío. La sombra de ojos color violeta se apelmazaba en los pliegues de los párpados, y las medias negras y transparentes tenían carreras. No le hacían bolsas en las rodillas, eran medias tupidas y de buena calidad. Occidentales, sin duda. A pesar del barro, brillaban. Se le había salido un zapato, que yacía en el terreno. Era más bien una zapatilla con forro de franela, gastado, gris y roto en la parte del talón. En el remate del borde llevaba un lazo con las esquinas dobladas: piel sintética bordada en zigzag y un par de remaches niquelados. Aliide había tenido unas iguales. Cuando eran nuevas, el adorno había sido de un marrón claro y delicado, el forro rosado como un lechón. Era una zapatilla de fabricación soviética. ¿El vestido? Occidental, sin duda alguna. Era un tejido demasiado bueno para ser de la zona, y un cinturón como aquél no podía conseguirse más que en los países del Oeste. La última vez que su hija, Talvi, había vuelto de Finlandia para visitarla llevaba uno así, un cinturón elástico y brillante. Le había asegurado que estaba de moda, y Talvi de eso sabía bastante. A Aino le habían dado uno parecido en el paquete de caridad de la iglesia, aunque no lo usaba para nada, pero como era gratis... Los finlandeses hasta podían permitirse donar ropa nueva en la colecta. Además del cinturón, en el paquete había un anorak y varias camisetas. Pronto tocaría ir a buscar otro. El vestido de la muchacha era demasiado bonito para proceder de uno de esos paquetes, y además ella no era de por allí.

Al lado de su cabeza había una linterna y un mapa manchado de barro.

Tenía la boca entreabierta, y cuando Aliide se agachó pudo

verle los dientes. Demasiado blancos. Sobre las coronas tenía una hilera de empastes grises.

Movía los ojos bajo los párpados como por un tic nervioso.

Le dio un golpecito con el mango de la guadaña. No hubo reacción. Sus párpados no se movieron con los holas ni con los pellizcos. Fue a buscar agua de lluvia de la tina de lavarse los pies y la roció. Entonces la muchacha se acurrucó en posición fetal, cubriéndose la cabeza con una mano. Su boca se abrió como para gritar, pero sólo emitió un susurro:

–No. Agua no. Basta.

A continuación, parpadeó y abrió los ojos, y se incorporó hasta quedar sentada. Aliide se apartó un poco por si acaso. La boca de la muchacha seguía abierta, pero sin emitir sonido alguno. Miraba fijamente en dirección a Aliide, aunque su mirada perdida no iba dirigida a ella ni a ninguna parte. Le habló con voz tranquilizadora, diciéndole que no se preocupase, en el mismo tono que usaba para calmar a los animales de la granja cuando estaban inquietos. En los ojos no vio signo alguno de entendimiento, pero en su boca, que seguía muy abierta, advirtió algo familiar. No en la chica en sí, sino en su modo de comportarse, en cómo intentaban emerger los gestos bajo aquella máscara de cera que era su piel y en cómo el cuerpo permanecía alerta. Lo que necesitaba era un médico, no cabía duda. Aliide no deseaba en absoluto cuidar a aquella criatura desconocida, tan indefinida, así que propuso llamar al doctor.

–¡No!

La voz sonó decidida, aunque la mirada seguía perdida. Al grito le siguió una pausa y de repente una retahíla de palabras atropelladas: ella no había hecho nada, por ella no hacía falta llamar a nadie. Las palabras se agolpaban, se pegaban unas a otras, con acento ruso.

La chica era rusa, una rusa que hablaba estonio.

Aliide retrocedió otro paso.

Tenía que hacerse con un nuevo perro, o dos.

La hoja de la guadaña recién afilada brillaba, a pesar de la luz grisácea atenuada por la lluvia.

El sudor perlaba el labio superior de Aliide.

Los ojos de la muchacha empezaron a enfocar, primero la tierra, una hoja del plantago, otra más, y luego lentamente se centraron en objetos más lejanos, las piedras que bordeaban el parterre, la bomba del agua, la tina de debajo de la bomba. Después volvió a bajar la mirada, la posó sobre sus propias manos, deteniéndose en ellas, y luego la desplazó hasta la hoja de la guadaña, pero no continuó alzándola, sino que se centró de nuevo en sus propias palmas, en los rasguños del dorso, en las uñas rotas. Parecía estar examinando las partes de su cuerpo, quizá contándolas, el brazo, la muñeca, la palma de la mano, todos los dedos en su sitio, y lo mismo con la otra mano, antes de pasar a los dedos del pie descalzo, el pie, el tobillo, la pierna, la rodilla, el muslo. No siguió hasta la cadera, sino que de repente se fijó en el otro pie y en la zapatilla caída. Alargó la mano, la cogió despacio y trató de ponérsela, aunque la zapatilla se le resistió. Tiró de su pie ya calzado y se palpó despacio el tobillo, no como quien sospecha que está torcido o roto, sino como alguien que no recuerda cómo es un tobillo, o como un ciego que palpa a un desconocido. Al fin consiguió levantarse, todavía sin mirar a Aliide a la cara. Una vez de pie, se tocó el cabello y se lo alisó contra la cara, mojado y pegajoso, echándoselo delante de los ojos, como si fuesen las cortinas rasgadas de una casa abandonada, cortinas que no tienen vida alguna que ocultar.

Aliide aferraba la guadaña. ¿Y si era una loca? Tal vez se había escapado de algún sitio. ¿Cómo saberlo? Quizá sólo estaba confundida, o le había pasado algo terrible y por eso se hallaba en semejante estado. También podía ser el señuelo de una banda de ladrones rusos.

La muchacha alcanzó con dificultad el banco bajo los abedules. El viento sacudía las ramas sobre su cabeza, pero ella no se apartaba para evitarlas, aunque se sobresaltaba cada vez que las hojas le golpeaban la cara.

–Apártate de esas ramas.

Un rubor de sorpresa afloró a las mejillas de la chica. Un estupor mezclado con algo más, como si recordase algo. ¿Quién no se aparta de unas ramas que le azotan la cara? Aliide entornó los ojos. Era una loca, sí.

La muchacha se alejó de las ramas trabajosamente, aferrándose al borde del banco como para evitar caerse. Cerca de su mano había una piedra de afilar. Ojalá no fuese una persona irascible, de esas que se enfadan con facilidad y empiezan a tirar cosas o piedras de afilar como aquélla. No convenía ponerla nerviosa, tenía que ser prudente.

–Dime, ¿de dónde vienes?

La joven abrió la boca varias veces antes de pronunciar unas frases inconexas acerca de Tallin y un coche. Al igual que antes, las palabras se agolpaban, se juntaban en sitios equivocados y se enlazaban antes de tiempo, lo que empezó a producir un raro cosquilleo en los oídos de la anciana. No era por lo que decía ni por su acento ruso, sino por otra cosa; en el estonio de aquella chica había algo extraño. Aunque su joven y sucio cuerpo pertenecía al presente, sus frases eran torpes y procedían de un mundo de cartas quebradizas y mohosos álbumes vaciados de fotografías. Aliide se quitó una horquilla del pelo y se hurgó la oreja; luego se la prendió otra vez en el cabello. Pero el cosquilleo persistía. De repente, le vino una idea a la cabeza: aunque la muchacha no era de la zona, quizá ni siquiera del país, ¿qué clase de forastero podía conocer el habla de una provincia como aquélla? El cura de la aldea era un finés que hablaba estonio. Había estudiado el idioma tras haber llegado a Estonia para hacerse cargo de la parroquia y lo hablaba realmente bien. Escribía los sermones y recordatorios en estonio y nadie se acordaba ya de quejarse por la falta de pastores locales. Pero en el habla de la joven había un tono distinto, algo más antiguo, como apolillado y amarillento. De alguna extraña manera, olía a muerte.

A partir de las pocas frases comprensibles que pronunció, Aliide dedujo que la tarde anterior iba con alguien en coche rumbo a Tallin, y que había discutido con ese alguien, que ese alguien le había pegado y que ella había escapado.

–¿Con quién ibas? –preguntó.

Ella volvió a mover los labios un momento, antes de balbucear que con su marido.

¿Con su marido? ¿Aquella muchacha tenía marido? Tal vez sí fuera el señuelo de una banda de ladrones, aunque estaba extrañamente confusa. ¿Acaso su objetivo, al presentarse en aquel estado, era despertar compasión para que nadie le cerrara la puerta en las narices? ¿Andarían los ladrones tras sus pertenencias o tras el bosque? Toda la madera se llevaba a Occidente y el proceso legal de la propia Aliide para recuperar sus tierras aún distaba mucho de tocar a su fin, aunque ya no debería tener ningún problema. El único aldeano que había ido a juicio era el viejo Mihkel, por disparar a los hombres que habían ido a talar su bosque. No le había caído mucho, ya que el tribunal había captado el mensaje. El proceso judicial de Mihkel para recuperar su tierra todavía estaba en trámites, cuando de repente habían aparecido las desbrozadoras finlandesas para llevarse sus árboles. La policía no se había inmiscuido en el asunto, ya que no podrían haber protegido el bosque día y noche, y sobre todo porque oficialmente aquel hombre ni siquiera era su propietario. Así, había desaparecido un trozo de bosque y al final Mihkel había disparado. En aquel país y con los tiempos que corrían, cualquier cosa era posible, pero de las tierras de Mihkel no volvería a salir un solo árbol sin permiso.

Los perros de la aldea empezaron a ladrar y la muchacha se sobresaltó. Intentó echar un vistazo a la carretera a través de la valla reticulada, pero no miró hacia el bosque.

–¿Con quién ibas? –repitió Aliide.

La joven se pasó la lengua por los labios, escudriñó a Aliide y luego la valla, y empezó a remangarse con movimientos torpes, aunque no tanto como cabría esperar dado su estado físico y su manera de hablar. Aparecieron dos antebrazos cubiertos de moretones, que extendió hacia Aliide como confirmación de su historia, mientras volvía la cara para ocultarla.

Aliide se estremeció. Sí, pretendía despertar su compasión. Quizá quería entrar en la casa para robar algo. Sin embargo, los moretones eran auténticos.

–Parecen de hace tiempo. Cardenales antiguos –dijo de todos modos.

Pero la cruenta frescura de las marcas había hecho que el sudor perlase otra vez el labio superior de Aliide. Una se cubre los moretones y se calla, no los va enseñando por ahí. Así ha sido siempre. Probablemente la muchacha notó su incomodidad, pues se tironeó las mangas con movimientos bruscos para tapar las magulladuras, como si sólo entonces advirtiera que mostrarlas era algo vergonzante. Sin dejar de mirar la valla, explicó atropelladamente que estaba oscuro y no sabía dónde se encontraba, y que simplemente había corrido y corrido. Sus frases entrecortadas terminaron cuando afirmó que ya se iba, que no quería molestar.

–Espera aquí. Voy por agua y valeriana –respondió Aliide, y se encaminó hacia la casa.

Antes de entrar, dirigió una mirada furtiva a la chica, que permanecía encorvada e inmóvil en el banco. Su miedo era auténtico, se podía oler a distancia. Aliide estaba casi sin resuello. Si aquella muchacha era un señuelo, había que temer a quien la hubiese mandado allí. Quizá tenía sus razones para estar asustada, quizá Aliide debía interpretar el miedo de la joven como una advertencia para meterse en casa y cerrar la puerta, para dejarla fuera y que se marchase a donde quisiese, que dejase en paz a una pobre anciana. Lo importante era que no se quedase y propagara en su hogar el nauseabundo y familiar olor del miedo. Así pues, ¿merodeaba por la zona una banda de salteadores? ¿Debía hacer unas llamadas para informarse? ¿La chica había ido a propósito hasta su casa? ¿Tal vez alguien se había enterado de que su Talvi estaba a punto de llegar de Finlandia? Pero ésa ya no era una noticia como lo había sido tiempo atrás.

En la cocina, llenó un tazón de agua y le echó unas gotas de valeriana. Desde la ventana veía a la muchacha, que no se había movido. Añadió valeriana a la cucharada de su medicina para el corazón, aunque no fuera la hora de comer, y después volvió al jardín y le tendió el tazón. Ella lo cogió, lo olisqueó con recelo, lo puso en el suelo, lo volcó y se quedó mirando cómo el contenido se derramaba. Aliide se irritó.

–¿Es que no te gusta el agua?

Ella le aseguró lo contrario, pero quería saber qué le había puesto.

–Sólo valeriana.

La joven no respondió.

–¿Crees que tengo alguna razón para mentirte?

La chica la miró. En su expresión había algo torvo e inquietante. Así pues, la anciana fue a la cocina por otra taza de agua y la botella de valeriana y se las entregó. Después de oler la taza, la joven se convenció de que era sólo agua, y pareció reconocer también la valeriana, así que vertió unas gotas. Aliide estaba enfadada. ¿Acaso quería provocarla? Tal vez no era más que una loca fugada de un sanatorio. Recordaba a una mujer huida de Koluveri que había vagabundeado por la aldea vestida con un traje de noche que había cogido de un paquete de beneficencia, descalza y escupiendo a los desconocidos con los que se cruzaba.

–Entonces, ¿ahora sí te gusta el agua?

El líquido le chorreaba por la barbilla mientras bebía con avidez.

–Hace un rato he intentado despertarte y lo único que has hecho ha sido gritar que no, agua no.

La joven no parecía acordarse, pero ese gemido no había parado de resonar en la cabeza de Aliide, rebotaba dentro de su cráneo, girando mientras invocaba algo mucho más antiguo. Es sorprendente que las personas giman casi de idéntica manera cuando les han metido la cabeza varias veces bajo el agua. El tono de la muchacha había sido justo aquél. Un barbullar, la desesperación porque el aire se acaba. A Aliide le dolía la mano, que le latía con insistencia por las ganas de propinarle una bofetada. Cállate. Desaparece. Vete de aquí. O puede que se equivocara. Quizá la chica alguna vez había estado a punto de ahogarse, y por eso temía el agua. O quizás era la propia mente de Aliide, que estaba jugándole una mala pasada al asociar cosas sin relación alguna. Quizás aquel lenguaje amarillento y erosionado por el tiempo le había disparado la imaginación.

–¿Hambre? ¿Tienes hambre?

Pareció no entender la pregunta, o que nadie se lo hubiese preguntado jamás.

–Espera aquí –ordenó Aliide, y entró otra vez en la casa, cerrando la puerta tras ella.

Al cabo de un rato, volvió con pan negro y mantequilla. Había dudado un momento con la mantequilla, pero al final había cogido el plato. La mantequilla todavía no escaseaba tanto como para no ofrecerle una pequeña porción. Si la muchacha era un señuelo, era verdaderamente bueno, y funcionaba incluso con una persona como ella, que ya había visto de todo. El dolor de la mano se le extendió al hombro. Había aferrado el plato de mantequilla con demasiada fuerza para contener sus ganas de darle una bofetada.

El mapa manchado de barro ya no estaba sobre la hierba. Seguramente la joven se lo había metido en el bolsillo.

La primera rebanada de pan desapareció entera en su boca. No tuvo suficiente paciencia como para untar mantequilla hasta la tercera, y lo hizo con precipitación, poniendo un pegote en medio de la rebanada, doblándola por la mitad, apretando los dos trozos para que la mantequilla se extendiera. Después le dio un mordisco. Un cuervo graznaba sobre la verja y de la aldea llegaban los ladridos de los perros, pero la joven estaba tan concentrada en el pan que los ruidos ya no la sobresaltaban. Aliide se fijó en que sus chanclos brillaban como si fuesen botas bien lustradas. La humedad le penetraba en los pies desde la hierba mojada.

–Entonces ¿qué? Ese marido tuyo... ¿anda detrás de ti? –preguntó mientras la miraba comer. El hambre era auténtica, pero aquel miedo... ¿Temería únicamente a su marido?

–Sí, anda detrás de mí. Mi marido.

–¿Quieres que llame a tu madre para que venga a buscarte, o al menos para que sepa dónde estás?

Ella negó con la cabeza.

–Vale, pues entonces a algún amigo, o familiar.

Volvió a negar, incluso con más ímpetu.

–¿Y a alguien que no vaya a decirle a tu marido dónde estás?

Otra negación con la cabeza. El pelo sucio se apartó de la cara y ella se lo alisó para devolverlo a su sitio. Ahora parecía más cuerda, a pesar de sus sobresaltos. Le faltaba el brillo de la locura en los ojos, aunque su mirada fuera huraña y torva.

–Es que yo no puedo llevarte a ninguna parte, y aunque hubiese algún coche, por aquí no hay gasolina. Hay un autobús que pasa por la aldea una vez al día, pero no siempre.

La muchacha le aseguró que se marcharía enseguida.

–¿Adónde irás? ¿Con tu marido?

–¡No!

–¿Adónde entonces?

Con un pie, la chica removía una piedra del parterre que había delante del banco, manteniendo la barbilla casi pegada al pecho.

–Zara.

Aliide se sorprendió. Menuda presentación.

–Aliide Truu.

La chica dejó de juguetear con la piedra. Sus manos, que después de comer habían vuelto a aferrar el borde del banco, al fin se soltaron. Alzó un poco la cabeza.

–Encantada de conocerla.

1992, oeste de Estonia

Zara busca una historia adecuada

Aliide. Aliide Truu. Las manos de Zara habían soltado el borde del banco. Aliide Truu estaba allí, de pie ante ella, y vivía en aquella casa. La situación era igual de extraña que el estonio en boca de Zara. Recordaba vagamente cómo había conseguido encontrar el camino indicado y los sauces blancos, pero no recordaba si había sido consciente de haber logrado dar con la casa correcta, si había pasado la noche ante la entrada sin saber qué hacer, si había decidido esperar al amanecer para no asustar a nadie presentándose en plena noche. Tampoco recordaba si había intentado ir al establo a dormir, si se había acercado a la ventana de la cocina sin atreverse a llamar a la puerta, ni siquiera si había pensado en llamar, si es que había pensado en algo. Cuando intentó hacer memoria sintió una punzada en la cabeza, de modo que se concentró en el momento presente. No había planeado qué iba a hacer una vez que llegase a su destino, y menos aún si se encontraba con Aliide Truu en el jardín de la casa que buscaba. No había tenido tiempo de pensar tanto. Ahora lo que importaba era salir adelante, vencer los miedos que la acechaban; tenía que olvidarse de Paša y Lavrenti y, haciendo acopio de fuerzas, enfrentarse al presente y a Aliide Truu. Debía recobrar la compostura, ser valiente. Y recordar cómo se trataba a la gente, para mostrar la actitud adecuada ante aquella mujer que seguía delante de ella. La cara, de huesos delicados, estaba surcada por pequeñas arrugas, pero carecía de expresión. De sus lóbulos alargados colgaban unas piedras incrustadas en oro, de reflejos rojizos. Sus iris eran grises o gris azulado, y tenía legañas en los lagrimales. Zara no se atrevía a mirarla por encima de la nariz. Aliide era más baja que ella, como había imaginado, y también más delgada. El viento le trajo un olor a ajo proveniente de la mujer.

No disponía de mucho tiempo. Paša y Lavrenti la encontrarían, no cabía duda. Pero allí estaban Aliide Truu y su casa. ¿Accedería a ayudarla? Debía conseguir que la anciana entendiese la situación con rapidez, pero no sabía cómo explicarse. Se sentía embotada, aunque el pan la había despejado un poco. El rímel le escocía los ojos, tenía las medias hechas trizas y apestaba. Enseñar los moretones había sido una estupidez, pues seguro que ahora Aliide Truu pensaba que era la clase de chica que se metía en líos o pedía que la maltrataran, una chica que ha hecho algo malo. ¿Y qué ocurriría si la anciana era como aquella vieja de la que le había hablado Katia, aquella que se parecía a Oksanka y que trabajaba para tipos como Paša, mandando chicas a la ciudad junto a hombres de su calaña? ¿Cómo iba a saberlo? En algún lugar de su cabeza resonó la risa burlona de Paša, quien no se cansaba de recordarle que una chica tan estúpida como ella no era capaz de arreglárselas sola. A una chica tan estúpida se le podía pegar porque tartamudeaba, porque era dejada, porque apestaba, una chica así de imbécil bien merecía que la ahogasen en el lavabo, porque era irremediablemente estúpida y fea.

Aliide Truu la miraba a los ojos de un modo embarazoso, apoyándose en la guadaña mientras parloteaba sobre el cierre de los koljós, como si Zara fuese una vieja conocida y hubiese ido allí a hablar del tiempo.

–Por aquí prácticamente ya no pasan forasteros –declaró Aliide, y empezó a enumerar la casas que la gente joven había abandonado–. Los Kokka se fueron a construir casas para los finlandeses y los chicos de los Roosna a hacer negocios en Tallin. El hijo de los Voorel entró en política y desapareció en Tallin.

A ése habría que llamarlo y decirle que hiciesen una ley para que la gente no abandonase el campo así, de un día para otro. Ya ni siquiera puede repararse un tejado porque no quedan obreros. Y no es de extrañar que los hombres no aguanten en el pueblo, pues no hay mujeres. Y no hay mujeres porque por aquí no hay hombres de negocios, y como todas las mujeres quieren hombres de negocios y extranjeros, entonces ¿quién iba a querer a un obrero decente? El koljós de pesca de Lääne Kalur hasta llevó su propio espectáculo de variedades de gira a Finlandia, concretamente a Hanko, ciudad hermanada, y el viaje fue un éxito, incluso hubo colas para conseguir entradas. Cuando volvieron, el director del grupo hizo un llamamiento hasta en el periódico para que todas las chicas jóvenes y guapas fuesen a bailar el cancán para los finlandeses. ¡El cancán!

Zara asentía con la cabeza, se mostraba muy de acuerdo al tiempo que se rascaba el esmalte de las uñas. Sí, sí, todo el mundo corría tras los dólares y los marcos finlandeses, y sí, antes había trabajo para todos, pero hoy en día eran unos ladrones, hombres de negocios, bueno, de hombres de negocios nada. Zara empezó a sentir frío, el entumecimiento le llegaba a las mejillas y la lengua, lo que agravaba su habla ya lenta y titubeante de por sí. La ropa mojada la hacía tiritar. No se atrevía a mirar directamente a Aliide, sólo a hurtadillas. ¿Qué pretendía? Estaban allí charlando como si la situación fuese completamente normal. La cabeza ya no le daba tantas vueltas. Se retiró el pelo tras las orejas, como para oír mejor, y alzó la barbilla. Se sentía la piel pegajosa, la voz adormecida, la nariz temblorosa, las axilas y las ingles sucias, pero aun así consiguió emitir una leve risita. Intentaba imitar la voz que había usado a veces tiempo atrás, cuando se topaba con algún viejo conocido en la tienda o por la calle. Esa voz le resultaba lejana y extraña, impropia del cuerpo del que salía. Le recordaba un mundo al que ya no pertenecía y una casa a la que ya no podía volver.

Aliide señaló hacia el norte con la guadaña y empezó a hablar de los ladrones de tejas. Había que vigilar día y noche si no querías quedarte sin tejado. A los Moisio también les habían robado las escaleras, robaban las vías del tren, de modo que la madera era el único material de reparación disponible, ya que todo lo demás acababan por robarlo. ¡Y qué decir de la subida de precios! Según Kersti Lillemäki, tales precios eran una señal del fin del mundo.

Y después, en medio de aquel parloteo, surgió una pregunta sorprendente:

–Y tú ¿qué? ¿Tienes trabajo? ¿De qué oficio es el uniforme que llevas?

Zara se alarmó de nuevo. Necesitaba explicar su aspecto harapiento, claro, pero ¿qué iba a decir? ¿Por qué no había pensado en ello? Los pensamientos la rehuían y no lograba aferrar ninguno; las verdades y las mentiras la dejaban desamparada en medio de aquella situación difícil, vaciaban su cabeza, sus ojos y sus oídos. Chapurreó una frase sobre que había trabajado de camarera, y al mirarse las piernas se acordó de su ropa occidental, así que añadió que había trabajado de camarera en Canadá. Aliide frunció el cejo.

–Caramba, qué lejos. ¿Y ganabas mucho?

Zara asintió e intentó inventarse algo más. Empezaron a castañetearle los dientes. En la boca sólo tenía saliva pegajosa y dientes sucios, pero ni una sola palabra sensata. ¿Por qué aquella mujer no dejaba de hacerle preguntas? Pero Aliide quería saber qué hacía Zara allí.

Suspirando, contestó que había ido de vacaciones a Tallin con su marido. La frase le salió bien, con el mismo ritmo con que hablaba Aliide. Ya empezaba a cogerle el tranquillo. Pero ¿y su historia?, ¿cuál sería la historia más adecuada para ella? El comienzo que acababa de inventar estaba escurriéndosele entre las manos, así que lo agarró por la cola antes de que huyese del todo. Aguanta ahí. Ayúdame. Desarrolla una historia palabra a palabra. Una buena historia. Una historia que me permita quedarme aquí, para que Aliide no llame a nadie que se me lleve.

–Ese marido tuyo, ¿también estuvo en Canadá?

–Sí.

–¿Y ahora habéis venido de vacaciones?

–Exacto.

–¿Y adónde piensas ir?

Zara respiró hondo y mientras soltaba el aire respondió que no lo sabía. Y que el hecho de no tener dinero ponía las cosas más difíciles. Enseguida se arrepintió de esto último. Ahora seguramente la anciana se imaginaría que andaba tras su monedero. La trampilla se abrió con estrépito, la historia se escapó. El buen comienzo se alejó. Aliide nunca le permitiría entrar en casa y nada funcionaría. Zara intentó pergeñar algo más, pero sus ideas se desvanecían apenas nacer. Tenía que decir cualquier cosa, aunque no fuese una historia, algo, lo que fuera. Trató de hablar de las toperas alineadas delante de la fachada de la casa, de las techumbres de fieltro de las colmenas que destacaban entre los cargados manzanos, de la rueda de afilar que había al otro lado del portal y del plantago que pisaba. Buscó cosas que decir, igual que un animal hambriento busca a su presa, pero todo escapaba entre sus romos dientes. Aliide no tardaría en notar su pánico y entonces pensaría que no era de fiar, y tendría que marcharse, y todo se iría al traste. Zara era una estúpida, como había dicho Paša, siempre lo estropeaba todo, una chica estúpida, una idiota rematada.

Miró a hurtadillas a Aliide, aunque su pelo ya no formaba una cortina ante sus ojos. La anciana la observaba de arriba abajo. Zara estaba sucia y llena de barro. Necesitaba una buena enjabonada.

1992, oeste de Estonia

Aliide prepara un baño

Aliide le ordenó que se sentase en la tambaleante silla de la cocina. Zara obedeció y su mirada perdida se posó en el tarro de sal que desde el invierno se había quedado entre el doble cristal de las ventanas, como si fuese un objeto maravilloso.

–La sal absorbe la humedad. Así, cuando hace frío, las ventanas no se empañan tanto.

Aliide hablaba despacio. No estaba convencida de que la muchacha estuviese cuerda. Aunque fuera se había animado un poco, al entrar había pisado cuidadosamente con sus zapatillas, como si el suelo fuese de hielo y dudase que pudiera soportar su peso. Al llegar a la silla se había acurrucado aún más que en el jardín. El instinto de Aliide le había dicho que no la dejara entrar, pero su estado era tan lamentable que no había podido hacer otra cosa. Ahora la joven se sobresaltó otra vez, cuando, reclinada en la silla, la cortina de la cocina le rozó ligeramente el brazo desnudo. Asustada, se inclinó hacia delante, de modo que la silla se tambaleó y ella estuvo a punto de perder el equilibrio. Su zapatilla chirrió contra el suelo. Cuando la silla se quedó quieta, la chica detuvo el pie y se agarró a los bordes del asiento. Encogió los pies bajo la silla y se abrazó el cuerpo.

–Deja que te traiga ropa seca.

Aliide mantuvo abierta la puerta del recibidor mientras rebuscaba en el armario, del que sacó un par de vestidos y una enagua. La muchacha permanecía encorvada mordiéndose el labio inferior. De repente, volvía a tener la misma expresión de antes. Aliide sintió una oleada de antipatía. Ya podía ir marchándose bien pronto, en cuanto resolviera adónde mandarla y le diera alguna medicina. No era cuestión de tener que recibir también al marido, ni a cualquiera que estuviese buscándola. Si no era un señuelo de los ladrones, ¿de quién entonces? ¿Acaso de los chicos de la aldea? ¿Por qué se habrían embarcado en algo tan complicado? ¿Sólo para fastidiarla o había algo más? Aunque, en cualquier caso, aquellos chicos nunca habrían recurrido a una rusa, eso jamás.

Cuando Aliide regresó a la cocina, la muchacha se irguió y levantó la cabeza, volviéndose hacia la anciana, pero sin mirarla. Dijo que no quería vestidos, sólo un pantalón.

–¿Un pantalón? Pero no tengo más que un pantalón de chándal, y puede que necesite un lavado.

–No importa.

–Está sucio de trabajar en la huerta.

–Da igual.

–¡Bueno, vale!

Aliide fue a buscar los pantalones comprados en Marat al perchero del vestíbulo y de paso se subió las bragas. Llevaba dos, como siempre, como cada santo día después de haber pasado aquella noche en el ayuntamiento. También había probado alguna vez con los pantalones de montar que su marido solía usar con las botas de caña alta. Le habían dado enseguida una sensación de seguridad. De mayor protección. Pero por aquel entonces las mujeres no usaban pantalones largos. Más tarde, por la aldea habían aparecido mujeres con pantalones, pero ella ya estaba tan acostumbrada a sus dos bragas que no ansiaba llevar un pantalón largo. ¿Por qué aquella chica vestida con ropa occidental querría unos pantalones de Marat?

–Los compré después de que en Marat adquirieran las máquinas de tejer japonesas –explicó con una risita al volver a la cocina.

Tras un instante de silencio, Zara respondió a su vez con una risita nerviosa. Fue muy corta y se la tragó enseguida, como hacen las personas que no han entendido un chiste pero no se atreven o no quieren admitirlo, y ríen con los demás. Aunque aquello no era ningún chiste. A lo mejor, la chica era tan joven que no se acordaba de cómo era el punto que fabricaban en Marat antes de tener las máquinas nuevas. Aunque seguramente Aliide estaba en lo cierto al suponer que la muchacha ni siquiera era de Estonia.

–Lavaremos y arreglamos tu vestido más tarde.

–¡No!

–¿Por qué no? Es un vestido caro.

La chica le arrebató el pantalón de las manos de un tirón, se bajó las medias, las hizo un ovillo, se puso rápidamente los pantalones, se quitó el vestido con prisas, se puso una bata de Aliide en un segundo y, antes de que la anciana pudiera impedírselo, arrojó el vestido y las medias a la cocina de leña. Con aquel ajetreo, el mapa cayó sobre la alfombra. La joven lo agarró y lo lanzó también al fuego.

–Zara, cálmate.

La joven se había quedado delante de la cocina de leña como protegiendo la quema de su ropa. Tenía la bata mal abotonada.

–¿Qué te parecería un baño? Voy a poner agua a calentar. Tranquila –dijo Aliide.

Y se acercó lentamente al fogón. La muchacha estaba inmóvil. Sus ojos asustados pestañeaban sin cesar. Aliide llenó la tetera, la cogió a ella de la mano, la hizo sentarse a la mesa y le sirvió una taza de té caliente. Luego regresó a los fogones. Zara se volvió para ver lo que hacía.

–Dejémoslos arder –dijo Aliide.

La chica ya no pestañeaba con aquel tic nervioso, y empezó a rascarse el esmalte de uñas concentrándose en una cada vez. ¿Eso la tranquilizaba? Aliide cogió de la despensa una fuente de tomates y la puso sobre la mesa. Echó un vistazo a la ratonera que había al lado del montón de calabazas y examinó su libreta de recetas y los tarros de verduras mixtas preparadas el día anterior y que había dejado a enfriar sobre la alacena.

–Pronto habrá que preparar las conservas de tomates. Y las frambuesas de ayer también. ¿Podrías ver qué ponen en la radio?

La muchacha agarró el periódico y lo hojeó sobre el mantel de hule, haciendo crujir el papel. La taza de té se le derramó y, asustada, dio un brinco atrás, mirando de forma alterna la taza y a Aliide, antes de enredarse en un torrente de excusas, confundiendo las palabras. Con gran nerviosismo, trató de reparar el estropicio: buscó un trapo, limpió el suelo, recogió la taza, secó las patas de la mesa y retorció la alfombra para que se secase, antes de barrerla.

–No pasa nada –dijo Aliide.

La joven seguía asustada, así que la anciana intentó calmarla de nuevo:

–Tranquila, es sólo una taza de té. No te preocupes. ¿Y si vas a la habitación del fondo y traes la tina para el baño? Dentro de un momento ya habrá suficiente agua caliente.

Sin dejar de disculparse, Zara se apresuró a obedecer. Tras arrastrar hasta la cocina una bañera de zinc, que golpeó por todos lados, empezó a apresurarse entre el fogón y la bañera, acarreando primero agua caliente y después fría. Tenía la mirada fija en el suelo, las mejillas coloradas, e intentaba quedar bien con sus movimientos serviles. Aliide seguía muy de cerca sus tareas. Era una muchacha excepcionalmente bien educada. Para conseguir una educación tan buena se requiere una alta dosis de miedo. La joven le dio pena, y cuando le acercó una toalla de lino adornada con dibujos de Lihula le sujetó la mano por un instante. Zara volvió a sobresaltarse, crispó los dedos y tironeó de la mano para liberarla, pero la anciana la retuvo. Aunque hubiese querido acariciarle el cabello, parecía demasiado tímida para dejarse tocar, así que se limitó a repetir que se tranquilizara. Ahora tomaría un baño relajante, después volvería a ponerse la ropa seca y bebería algo. A lo mejor un vaso de agua fría bien azucarada. ¿Y si se lo preparaba ya?

La muchacha distendió los dedos. El miedo empezaba a remitir y su cuerpo a relajarse. Aliide le soltó con cuidado la mano y se puso a preparar el agua azucarada que la ayudaría a relajarse. La joven bebió; en el vaso tembloroso, los cristales de azúcar se arremolinaban. Aliide le sugirió meterse en la bañera, pero Zara no se movió hasta que la anciana le dijo que la esperaría en el recibidor. Dejó la puerta entornada y pudo oír el salpicar del agua y el suave suspiro de una voz infantil.

La joven no sabía leer estonio. Hablarlo sí, pero no leerlo. Por eso había hojeado el periódico con aire nervioso y tal vez tirado el té a propósito, para no tener que confesar su carencia.

Aliide echó una ojeada por la rendija de la puerta. El magullado cuerpo de Zara yacía en la bañera. Un mechón de pelo sobre la sien apuntaba hacia arriba, como si fuese una tercera oreja en estado de alerta.

1991, Vladivostok

Zara admira las medias brillantes y prueba la ginebra

Un día, Oksanka fue a casa de Zara en un Volga negro. Zara estaba de pie en los escalones cuando el coche paró delante de su puerta, la portezuela se abrió y apareció una pierna enfundada en una brillante media. Al principio se asustó: ¿cómo era que se detenía ante su casa un Volga negro? Pero el susto se le pasó en cuanto un rayo de sol se reflejó en la pierna de Oksanka. Las ancianas sentadas en el banco de al lado enmudecieron y miraron fijamente aquel vehículo de carrocería reluciente y la pierna que destellaba. Zara nunca había visto nada similar: era una media color carne que ni siquiera parecía una media, a lo mejor tal vez ni lo fuera. Pero la luz se reflejaba de tal manera que indicaba que tenía que haber algo, no podía tratarse de una pierna desnuda. Era como si la extremidad tuviese un halo, igual que la Virgen María, Madre de Dios. La luz doraba el borde de la pierna, que terminaba en un tobillo y un zapato de tacón, ¡y menudo zapato! El tacón era más estrecho por el medio, como un fino reloj de arena. En los viejos libros de historia del arte había visto que Madame de Pompadour llevaba unos parecidos, pero el zapato surgido de aquel coche era más alto y delicado, algo puntiagudo. Cuando se posó sobre la calle polvorienta y el tacón pisó una piedra, pudo oír el rechinar desde los escalones. Al final, del interior del coche salió el resto de la mujer. Oksanka.

De las puertas delanteras bajaron dos hombres vestidos con cazadoras de cuero negro, gruesas cadenas de oro y brillantes al cuello. No dijeron ni una palabra, se limitaron a quedarse al lado del vehículo mirando fijamente a Oksanka. Era digna de admirar. Muy guapa. Hacía mucho tiempo que Zara no veía a su amiga, desde que ésta se había ido a estudiar a Moscú. Le había enviado alguna tarjeta postal y después una carta en que le anunciaba su intención de ir a trabajar a Alemania. Desde entonces no había recibido noticias suyas. El cambio operado en ella era desconcertante. Sus labios brillaban como el papel de una revista occidental, y llevaba una estola de zorro marrón claro, no propiamente del color del zorro, sino más bien café con leche, ¿o quizás en otros sitios los había con ese pelaje?

Oksanka avanzó unos pasos hacia la puerta y al ver a Zara se detuvo y la saludó con la mano. En realidad pareció arañar el aire con sus uñas rojas. Tenía los dedos un poco flexionados, como preparados para rascar. Las ancianas se volvieron en dirección a Zara. Una de ellas se ciñó el pañuelo; otra se colocó el bastón entre las piernas; la última aferró el bastón con ambas manos.

Sonó el claxon del Volga.

Oksanka se acercó a su amiga. Subió los peldaños sonriendo, con el sol jugueteando en sus dientes relucientes, y tendió sus manos de largas uñas para abrazarla. La estola de zorro rozó la mejilla de Zara. Los ojos cristalinos estaban fijos en ella, que les devolvió la mirada. Aquella mirada le resultaba familiar. Por un instante, pensó que los ojos de su abuela a veces eran justo así.

–Cuánto te he echado de menos –susurró Oksanka. El pegajoso brillo de sus labios destellaba, y era como si le costase entreabrirlos, como si tuviese que forcejear con pegamento cada vez que abría la boca.

El viento empujó un mechón de pelo de Oksanka hasta sus labios y, al apartarlo con gesto delicado, Zara le rozó la mejilla, dejándole una raya roja. Tenía marcas similares en el cuello, como azotes de fusta o arañazos. Cuando Oksanka le apretó la mano, Zara sintió los leves pinchazos de sus uñas.

–Tendrías que ir a la peluquería, corazón –dijo riendo Oksanka, ahuecando el pelo de su amiga–. ¡Un color nuevo y un peinado bonito!

Zara no respondió.

–Bah, ahora me acuerdo de cómo son las peluquerías de por aquí. Quizá será mejor que no dejes que te toquen. –Oksanka volvió a reír–. Vamos a tomar un té.

Zara la llevó dentro. A su paso, en la cocina de la *kommunalka*, el piso comunitario, se hizo el silencio. El suelo rechinó: las mujeres se habían acercado a la puerta para verlas. Las zapatillas de Zara, aplastadas por un lado, hacían crujir la arena y las cáscaras de pipas que alfombraban el suelo. Sentía las miradas de las mujeres como puñales en la espalda.

Zara hizo pasar a Oksanka a la habitación y cerró tras ellas. Su amiga resplandecía como un cometa en aquella estancia poco iluminada. Sus pendientes destellaban como ojos de gato. Zara tiró de las mangas de su bata para taparse los nudillos enrojecidos.

La abuela no movió la cabeza. Siempre se sentaba en aquel sitio y miraba fijamente por la ventana. Su cabeza parecía negra a contraluz. La anciana apenas se movía de su silla, sólo miraba fuera día y noche sin decir nada. Todos la habían temido siempre un poco, incluso el padre de Zara, a pesar de que raramente no estaba borracho. El día que cayó en un coma etílico y murió, su madre volvió a vivir con la abuela y Zara. A la abuela nunca le había gustado su yerno, al que siempre llamaba *tibla*, sucio ruso. Pero Oksanka estaba acostumbrada a aquella mujer y se apresuró a saludarla, le cogió la mano y le habló con amabilidad. La anciana hasta pareció soltar una risita. Cuando Zara empezó a poner la mesa, Oksanka rebuscó en su bolso y le entregó a la abuela una caja de bombones que relucía tanto como ella misma. Zara introdujo el hervidor eléctrico en la olla de agua. Su amiga se acercó y le tendió una bolsa de plástico.

–Aquí tienes cuatro cositas.

Zara vaciló. La bolsa parecía pesada.

–Cógela, mujer, o... Espera un momento. –Sacó rápidamente una botella–. Es ginebra. ¿La ha probado alguna vez la abuela? Puede que sea una experiencia nueva.

Oksanka sacó unos vasitos de la alacena, los llenó y le llevó uno a la anciana. Ésta olfateó la bebida y esbozó una mueca de desagrado, luego soltó una risita y la apuró de un trago. Zara la imitó. Un ardor amargo se extendió por su garganta.

–Con la ginebra se puede hacer una bebida que se llama gin-tonic. La preparo a menudo para nuestros clientes. *Would you like to have something else, sir? Another gin-tonic, sir? Noch einen?* –dijo, fingiendo sostener una bandeja con los vasos y depositando la botella en la mesa.

Zara le siguió el juego. Asintió y simuló darle una propina y mostrarse satisfecha con la bebida que la camarera le servía. Luego rió nerviosamente ante el alocado comportamiento de Oksanka, tal como había hecho siempre.

–¡Por fin consigo que te rías! –exclamó su amiga, y se sentó casi sin aliento después de tanta payasada–. Antes siempre nos reíamos mucho, ¿te acuerdas?

Zara asintió. En la olla ya empezaban a formarse burbujas alrededor del hervidor. Esperó a que el agua hirviese, desenchufó y sacó el cacharro, cogió el tarro del té de la estantería, puso varias hojas en dos tazas y las llenó de agua caliente antes de llevarlas a la mesa. Oksanka podría haber avisado de su visita con antelación, haber mandado aunque fuese una postal. Así habría tenido tiempo para preparar algo que le gustase y recibirla de otro modo, no en bata y zapatillas viejas.

Oksanka se sentó a la mesa y colocó la estola en el respaldo de la silla de modo que la cabeza del zorro quedara sobre su hombro y el resto le rodease el brazo.

–Éstos son auténticos –aseguró, dando unos toquecitos con una uña en los pendientes–. Diamantes de verdad. Mira cuánto dinero se gana en Occidente, Zara. ¿Y te has fijado en mis dientes? –añadió con una radiante sonrisa.

Zara reparó entonces en que los empastes delanteros no se le notaban.

Zara recordaba muy bien aquellos Volgas que avanzaban a toda velocidad y se te echaban encima con los faros apagados. Ahora Oksanka también tenía uno. Y chófer propio. Y guardaespaldas. Y pendientes de oro con diamantes. Y los dientes blanquísimos.

Una vez, de niñas, casi las había atropellado un Volga. Volvían a casa después del cine y la calle estaba desierta. Zara iba jugueteando en el bolsillo con una endurecida goma de borrar azul grisácea con la marca desvaída. Entonces apareció. Oyeron el estruendo pero no lo vieron, y al doblar la esquina surgió justo ante ellas para desaparecer al instante. Les pasó a un palmo de distancia. Cuando llegaron a casa, Zara tuvo que limarse la uña del dedo índice, ya que se le había doblado al clavarla en la goma, del susto, además de que otra uña se le había levantado y había sangrado.

En el mismo piso comunitario vivía una familia cuya hija había sido arrollada por un Volga. La policía militar se había limitado a cruzarse de brazos, asegurando que no podían hacer nada. Que las cosas eran así. Eran coches gubernamentales, ¿qué iban a hacer? Encima, los familiares habían tenido que aguantar una bronca antes de que los mandaran a casa. Zara no quería contárselo a su madre, pero ésta ya se había fijado en la uña levantada y en la yema amoratada, así que no creyó sus explicaciones, sabiendo que mentía. Cuando al final Zara le reveló que un Volga negro había estado a punto de atropellarlas, su madre la pegó. Después quiso saber si los ocupantes del coche las habían visto.

–No creo. Iba muy rápido.

–¿No se han parado?

–Claro que no.

–Nunca, jamás te acerques a un coche de ésos. Si ves uno, sal corriendo. Da igual donde sea, en ese mismo instante corre a casa.

Zara se sorprendió al oír tantas palabras juntas de boca de su madre. No era algo habitual. El hecho de que le pegase no importaba, pero aquel fulgor repentino en los ojos maternos... Su expresión traslucía la mayor seriedad, cuando, en general, la cara de su madre siempre era de lo más inexpresiva.

Aquella noche, su madre la pasó despierta, sentada a la mesa de la cocina, mirando con fijeza al frente. Y después, las noches siguientes, espiaba furtivamente entre las cortinas, como si estuviese esperando que un Volga se apostara delante de la casa y acechara con el motor en marcha. Pasado el tiempo, solía despertar en plena noche, echaba un vistazo a Zara, que fingía dormir, e iba hasta la ventana para escudriñar fuera; un rato después volvía a la cama y se tumbaba rígida hasta caer dormida, si es que lograba conciliar el sueño.

En ocasiones se quedaba de pie ante la cortina hasta el amanecer.

Una vez, Zara se levantó y se acercó a ella.

–No va a venir nadie –le dijo, tirándole del camisón de franela desde atrás.

Su madre no contestó, se limitó a zafarse de su mano.

–Mamá, Lenin nos protege, no tenemos por qué preocuparnos.

La mujer permaneció un rato en silencio y luego se volvió para mirar a su hija de soslayo, como acostumbraba hacer, como si a su espalda hubiese otra Zara y su vista se centrara en esa otra. Todo seguía sumido en la oscuridad, el reloj dio la hora, sus pies descalzos fueron resiguiendo las irregularidades del gastado suelo de madera, hasta que su madre la metió de nuevo en la cama sin mediar palabra.

Zara también había oído hablar del comisario Berija y la policía secreta. Y de coches negros que buscaban chicas jóvenes. Al parecer, daban vueltas por las calles de noche y las seguían, hasta que paraban a su lado. Nunca volvía a saberse de aquellas chicas. Un Volga negro del gobierno era siempre un Volga negro del gobierno.

Y ahora Oksanka, como una estrella de cine de algún lugar lejano, había saludado a Zara con la mano, con sus impecables y largas uñas rojas después de bajar de un Volga negro. Había arañado el aire con una sonrisa benévola y amplia, como una persona de sangre azul al descender de un transatlántico.

–¿El Volga es tuyo? –preguntó Zara.

–Mi coche está en Alemania –contestó su amiga sonriendo.

–Entonces ¿tienes coche?

–¡Claro! En Occidente todo el mundo tiene.

Oksanka cruzó las piernas con elegancia. Zara escondió los pies debajo de la mesa. El forro de franela de sus zapatillas estaba húmedo, como siempre, igual que lo había estado también el de unas zapatillas idénticas de color rosa que había tenido Oksanka. En los tiempos en que ambas las usaban, se dedicaban a rellenar juntas el diario de la escuela justo en aquella misma mesa, con los dedos manchados de tinta.

–A mí los coches no me interesan –declaró Zara.

–Pero ¡con ellos puedes ir a donde te plazca! ¡Piénsalo!

Zara pensaba en que su madre no tardaría mucho en llegar y en lo que pasaría si veía un Volga negro allí aparcado.

La abuela no había visto el coche porque estaba sentada en su sitio de siempre y desde su ventana no se veía la calle. En realidad, no le interesaba la vida callejera, como a las ancianas que se sentaban contra la fachada; a ella le bastaba con el cielo.

Cuando Zara la acompañó de vuelta al Volga, Oksanka le explicó que el tejado de la casa de sus padres ya no tenía goteras, que lo había mandado arreglar.

–¿Lo pagaste tú?

–Con dólares.

Antes de subir al coche, su amiga le tendió un folleto alargado.

–Es del hotel donde trabajo.

Zara lo sopesó en la mano. El papel era grueso y brillante, y llevaba impresa la foto de una mujer cuyos dientes relucían con un blanco irreal.

–Es un folleto –le aclaró Oksanka.

–¿Un folleto?

–Hay tantos hoteles que los folletos son necesarios. Aquí tienes más. Éstos no los conozco, pero sé que también contratan a mujeres rusas. Podría conseguirte un visado si quieres.

Los hombres que estaban esperándola pusieron el motor en marcha y Oksanka subió detrás.

–¡En la bolsa de plástico hay unas medias como éstas! –exclamó, señalando sus piernas y sacando una por la puerta–. Toca, toca.

Zara se acercó y acarició la brillante pantorrilla de Oksanka.

–Increíble, ¿verdad? –dijo riendo su amiga–. Volveré a visitarte mañana. Ya seguiremos hablando.

1992, oeste de Estonia

Cada tintineo del cuchillo parece una burla

Debajo de la toalla de lino se veían las piernas cubiertas de moretones. Las medias habían atenuado las marcas, pero ahora sus extremidades estaban desnudas, con piel de gallina y todavía húmedas por el baño. Una cicatriz le cruzaba el pecho y desaparecía debajo de la toalla. Aliide sintió repulsión. La chica, que estaba de pie ante la puerta de la cocina, parecía más joven después del baño, con la piel como la pulpa de una manzana roja recién partida. El pelo le goteaba en el suelo. Su fragancia se extendía hasta la habitación y por un instante Aliide echó de menos la sauna, que se había quemado hacía ya un año. Desviando la vista de la joven, la dirigió a lo largo de la pared, a los tubos aislantes, que aún parecían funcionar; dio unos golpecitos a un tubo verde y limpió las telarañas con el bastón.

–Ahí encima de la mesa hay esencia de plantago. Es bueno para la piel.

Zara no se movió, pero preguntó si tenía tabaco. Aliide le señaló el mueble de la radio con el bastón y pidió que le encendiese un Priima también a ella. Tras prender los dos cigarrillos, la muchacha volvió al umbral. Las gotas del pelo cayeron sobre el mismo charquito de antes.

–Siéntate en el sofá, pequeña, venga.

–Lo mojaré.

–No, no te preocupes.

Zara se dejó caer en un extremo del sofá y bajó la cabeza,

para que el pelo gotease en el suelo. En la radio, Rüütel hablaba sobre las elecciones y Aliide cambió de emisora. Aino había dicho que iría a votar, pero ella no iría.

–Tinte de pelo seguro que no tiene, ¿verdad?

La anciana negó con la cabeza.

–¿Tendrá entonces pintura o tinta? ¿Tinta de sellos?

–No, me temo que no.

–¿Papel de calco tampoco? ¿Qué voy a hacer entonces?

–¿Crees que te volverás irreconocible tan fácilmente?

La muchacha no contestó y siguió allí medio encorvada.

–¿Qué tal si te traigo un camisón limpio y cenamos algo?

Aliide aplastó la colilla en el cenicero, rebuscó en el cajón de la cómoda, sacó un camisón estampado con flores rojas y blancas y dejó que la chica se vistiese. Un tintineo de botellas de cristal llegó de la cocina; la esencia de plantago le vendría bien. La oscuridad reinaba tras las cortinas; echó un vistazo para asegurarse de que no quedasen rendijas abiertas. No había ninguna, pero el borde inferior de las cortinas se movía un poco debido a la corriente. Ya sacaría fuera el agua del baño por la mañana. El rascar de un ratón en alguna parte la sobresaltó, pero su mano se mantuvo firme cuando empezó a anotar las fechas en sus tarros de conserva. Algunas llevaban pegado un trozo de papel de periódico en los lados. «El 18 % de los crímenes de este año ha sido resuelto», rezaba uno, y Aliide dibujó encima una marca que indicaba que era una partida de conserva anterior. La noticia sobre el primer *sex-shop* de Tallin llevó la marca de una partida posterior. El bolígrafo estaba a punto de quedarse sin tinta, de modo que lo apretó contra el papel. «Durante los primeros días el problema fueron los chiquillos, que entraban como enjambres de moscas; había que sacarlos de la tienda.» El papel se rompió, así que dejó de insistir, sacó la carga de tinta del bolígrafo y la metió dentro de un bote con otras vacías. Había anotado las fechas con letra temblorosa. Tendría que seguir después. Aunque sin mayores dificultades guardó en la despensa los botes de cristal ya preparados, el corazón le latía con fuerza. Tenía que desembarazarse de aquella muchacha antes del día siguiente. Aino iría a llevarle la leche y juntas irían a la iglesia a recoger los paquetes de caridad; no quería dejarla sola en casa. Además, si Aino la veía, no podría impedir las habladurías en la aldea. Y, suponiendo que el marido de la chica existiera de verdad, no parecía la clase de invitado que a Aliide le gustaría tener en casa.

Reparó en que encima de la mesa de la cocina había un trozo de salchichón comprado en su última visita a la tienda, y se acordó de la mosca. El salchichón ya estaba perdido. Con el asunto de la chica, la mosca se le había ido de la cabeza. Era una estúpida. Y vieja. Ya no era capaz de hacer varias cosas al mismo tiempo. Estaba a punto de tirarlo a la basura, cuando cambió de opinión y lo examinó con detenimiento. Normalmente, las moscas se quedaban tan exhaustas cuando depositaban los huevos que perdían el sentido. No vio ni huevos ni a la mosca, pero al levantar el envoltorio de papel descubrió una bien gorda aleteando penosamente. La bilis le subió a la garganta. Agarró el salchichón y empezó a cortarlo en rebanadas para prepararle un bocadillo a la muchacha. Los dedos le temblaban.

Zara, ya cambiada, entró en la cocina. Con aquel camisón de franela parecía aún más joven.

–Lo que no entiendo todavía es cómo sabes estonio.

–¿Qué tiene de raro?

–No eres de por aquí. Ni siquiera eres de Estonia.

–No. Soy de Vladivostok.

–Pero ahora estás aquí.

–Sí.

–Pues me resulta bastante intrigante.

–¿Ah, sí?

–Sí. Claro que una persona de mi edad no puede saber si en Vladivostok hay colegios que enseñan estonio. Los tiempos han cambiado mucho.

Zara se dio cuenta de que se estaba frotando la oreja otra vez. Volvió a llevarse las manos al regazo y después las puso sobre la mesa, al lado de la fuente de tomates. El tomate más grande tenía el tamaño de dos puños, el más pequeño era como una cuchara, todos redondos y a punto de reventar, tan maduros que entre sus hendiduras goteaba el jugo. El comportamiento de Aliide era muy cambiante, así que Zara no podía prever adónde conducirían sus palabras o actos. La anciana se sentaba y levantaba, se lavaba las manos, iba de aquí para allá, volvía a lavarse las manos en la misma agua, se las secaba, examinaba los tarros y la libreta de recetas, cortaba, pelaba, volvía a lavarse, siempre entregada a una actividad incesante. Sus palabras se le antojaban una velada acusación, y cuando estaba poniendo la mesa, cada tintineo del cuchillo parecía una burla. Zara no dejaba de sobresaltarse. Tenía que pensar qué decir, parecer una chica decente, una persona de fiar.

–Mi marido me enseñó.

–¿Tu marido?

–Sí. Mi marido es estonio.

–¡Vaya!

–De Tallin.

–¿Y ahora quieres ir allí? ¿Para que te encuentre tu marido?

–¡No!

–Entonces ¿para qué?

–Necesito salir de aquí.

–Puedes ir a Rusia, por Valga o Narva.

–¡No puedo ir a Rusia! Tengo que llegar a Tallin y cruzar la frontera. Mi marido tiene mi pasaporte.

Aliide tomó el bote donde guardaba su medicina para el corazón y percibió un fuerte olor a ajo. Tomó una cucharada de su miel medicinal y la devolvió a la nevera. Tendría que preparar más, un poco más concentrada quizás, añadiéndole ajo, pues se sentía débil. La tijera con que estaba cortando los tallos de las cebollas para mezclarlas con las patatas le pesaba mucho. Sus dientes ya no podían masticar el pan. La muchacha tenía una mirada grave. Aliide cogió un pepinillo con un movimiento brusco, le cortó la punta y después de hacerlo rodajas empezó a metérselas en la boca. La miel le había suavizado la garganta y la voz.

–Tu marido debe de ser un hombre especial, por lo que se ve.

–Lo es.

–Nunca había oído hablar de un estonio que fuese a Vladivostok a buscar una mujer, y menos todavía que le hubiese enseñado estonio. ¡Sí que ha cambiado el mundo!

–Paša es medio ruso.

–¿Paša? Menudo nombre. Tampoco he oído jamás que un medio ruso fuese a Vladivostok a buscar una mujer y que le enseñase estonio. ¿Fue así? Por lo general, los rusos de Estonia sólo hablan ruso, de modo que sus mujeres empiezan a escupir ruso al compás que ellos les marcan. Las cáscaras de pipa vuelan de sus bocas con cada palabra.

–Paša es un hombre especial.

–Vaya si lo es. Entonces ¡eres una chica con suerte! ¿Y cómo es que fue a Vladivostok a buscar una mujer?

–Allí había trabajo.

–¿Trabajo?

–Sí, trabajo.

–Normalmente, son los rusos quienes vienen aquí y no al revés, sea por trabajo o cualquier otra cosa.

–Paša es un hombre especial.

–¡Parece un verdadero príncipe azul! E incluso te lleva a Canadá de vacaciones.

–En realidad nos conocimos mejor en Canadá. Ya le he contado que fui a trabajar de camarera, y allí me lo encontré.

–Y después os casasteis y él te dijo que ya no tendrías que volver a trabajar de camarera.

–Algo así, sí.

–Podrías escribir una novela con una historia tan bonita.

–¡Pues sí!

–Mimos, viajes y coches. Cuántas chicas querrían estar con un hombre así.

1991, Vladivostok

En el armario está la maleta de la abuela, y dentro su chaquetón de plumas

Zara escondió los folletos que le había dado Oksanka en la maleta que tenía en el ropero, ya que no sabía qué opinaría su madre al respecto. Por la abuela no debía preocuparse, no le contaría nada de lo dicho por su amiga. Sin embargo, sí tendría que decirle que la había visitado, porque al final se enteraría por los chismorreos de las mujeres del piso comunitario. Como querrían saber qué regalos le había traído, tendría que invitar a cada una a un trago de ginebra. Su madre seguramente se pondría contenta por los regalos, pero ¿se alegraría igual si se enteraba de que Zara podía encontrar trabajo en Alemania? ¿Ayudaría que le dijese cuántos dólares podría mandar a casa? ¿Y si fuese una cantidad de dinero desorbitada? Al día siguiente le preguntaría a Oksanka qué cantidad podía asegurarle. Probablemente también debería aclarar otros asuntos. ¿Ahorraría lo suficiente para vivir cinco años, lo necesario para estudiar y graduarse? ¿Podría ahorrar bastante y al mismo tiempo mandar dinero a casa? Si se quedaba allí poco tiempo, sólo medio año por ejemplo, ¿lograría ahorrar algo?

También metió las medias en la maleta. Si su madre las descubría, seguro que las vendería de inmediato con la excusa de que Zara no las necesitaba.

La abuela dejó de mirar al cielo por un momento.

–¿Qué tienes ahí?

Zara le mostró el envoltorio plano: un sobre de plástico transparente con una foto de una mujer de sonrisa reluciente y piernas largas, impresa sobre un cartón multicolor. En éste había un troquelado por el que se veía un trozo de media. La abuela le dio vueltas en la mano. Zara quiso abrirlo para enseñarle las medias, pero la anciana se lo impidió. ¿Para qué? Se romperían entre sus ásperas manos. ¿Y quién podría arreglar unas medias tan finas con una aguja de remiendo?

–Vamos, escóndelas ya –le ordenó, y añadió que las medias de seda también habían sido una valiosa moneda de cambio durante su juventud.

Zara volvió al armario y decidió colocarlas junto con los folletos en la parte de abajo de la maleta. La bajó al suelo y empezó a deshacerla. En el armario siempre tenían unas maletas preparadas: una para mamá, una para la abuela y una para Zara. Decían que era por si se producía un incendio. A veces, la abuela las rehacía y examinaba, incluso de noche, haciendo tanto ruido que despertaba a su nieta. A medida que Zara fue creciendo, la abuela fue sustituyendo la ropa de la maleta, quitando la que se le quedaba pequeña. También estaban todos los documentos importantes, la chaqueta con el dinero cosido en el forro, y medicinas que se renovaban con regularidad. Asimismo había agujas, hilo, botones e imperdibles. En la maleta de la abuela se guardaba además un chaquetón de plumas, ya grisáceo por el uso. El relleno se había endurecido y las costuras, que iban de arriba abajo, regulares como un alambre de espino, contrastaban extrañamente con la tosquedad de la chaqueta.

De niña, Zara siempre había pensado que la abuela sólo veía la porción de cielo visible por la ventana y no se daba cuenta de lo que pasaba en la casa. Sin embargo, una vez la maleta se le había caído sin querer del estante, y al estrellarse contra el suelo habían saltado las cerraduras. La abuela se volvió con la rapidez de una joven y su boca se abrió de par en par, como la tapa de una lata de conservas. Aquel chaquetón de plumas que Zara nunca había visto había caído al suelo. La abuela no se movió de su sitio, delante de la ventana, pero su mirada traspasó a Zara de parte a parte, y ella no entendió por qué se sentía avergonzada, y por qué era una vergüenza distinta a la que experimentaba cuando tropezaba o contestaba mal en la escuela.

–Guárdalo.

Cuando llegó a casa, su madre arregló la maleta y la cerró. No consiguieron reparar las cerraduras, así que se las dieron a Zara para jugar, y ella hizo unos pendientes para la muñeca. Era uno de los acontecimientos más extraños de su niñez y aunque ni siquiera más tarde llegó a comprender qué había pasado y por qué, lo cierto era que a partir de ese momento abuela y nieta comenzaron a hacer cosas juntas. La anciana empezó a llevarla consigo y a dejarla participar en la preparación de las conservas durante la época de recolecta. Como su madre trabajaba, nunca disponía de tiempo para regar la huerta de legumbres que tenían, ni para quitar las malas hierbas. Zara y su abuela se cuidaban la una a la otra, y de paso la anciana le contaba historias de aquel otro país en aquel otro idioma. Zara lo había oído por primera vez cuando, al despertar de repente en plena noche, vio a su abuela hablando sola junto a la ventana. Tras despertar a su madre, Zara le susurró que a la abuela le pasaba algo. Su madre echó la manta a un lado, se calzó las zapatillas y luego le recostó la cabeza en la almohada sin mediar palabra. Zara fingió obedecer. La manera en que su madre habló con la anciana le sonó extraña, y ésta le contestó también con palabras extrañas. Las maletas yacían en el suelo, abiertas. Su madre palpó las manos y la frente de la anciana y le dio agua y Validol. Su abuela lo tomó sin mirarla, lo que no era de extrañar, ya que nunca miraba a nadie a la cara, siempre desviaba un poco la vista. Luego su madre recogió las maletas, las metió en el armario y después apoyó las manos en los hombros de la anciana. Así permanecieron, quietas, mirando la oscuridad exterior.

Al día siguiente, Zara le preguntó a su madre qué había dicho su abuela y en qué idioma hablaba. Su madre trató de eludir el tema fingiéndose ocupada con el té y el pan, pero Zara insistió. Entonces le contó que la abuela había estado hablando estonio, repitiendo la letra de una canción de ese país; por lo visto chocheaba un poco. Sin embargo, le dijo el título: *Emasüda*, «Corazón de madre». Zara memorizó la palabra y cuando su madre no estaba en casa aprovechó para pronunciarla delante de su abuela. Ésta la miró a los ojos y Zara sintió su mirada atravesándola, en la boca, en la garganta, y notó que la garganta se le cerraba, que la mirada de su abuela se deslizaba hacia abajo, hacia el corazón, que empezaba a encogérsele. Luego percibió que seguía desde el corazón al estómago, que se le retorció, y a continuación hacia sus piernas, que le empezaron a temblar, y de éstas a las plantas de los pies, que le hormiguearon. Entonces notó una oleada de calor, y su abuela le sonrió. De esa sonrisa nació su primer juego compartido, que había brotado palabra por palabra y empezado a florecer de manera brumosa y amarillenta, como florecen las lenguas muertas, a chasquear con dulzura, como la aguja del gramófono, y a sonar como las voces bajo el agua. Entre silencios y susurros crearon un idioma propio. Era su secreto, su juego compartido. Mientras su madre se hallaba inmersa en las tareas domésticas, Zara sacaba cualquier cosa, un juguete, o simplemente tocaba algún objeto, y la anciana sentada en su silla articulaba con los labios una palabra en estonio, sin pronunciarla en voz alta. Entonces Zara tenía que descubrir si era el nombre correcto. Si no lo descubría, se quedaba sin un caramelo, pero si acertaba conseguía un dulce. A su madre no le gustaba que la abuela le diese chucherías sin motivo, pues eso era lo que creía, pero, como no tenía ganas de entrometerse, se limitaba a soltar un hondo suspiro de vez en cuando. Zara había ido atesorando aquellas palabras melodiosas, aquel idioma suave, y las pocas historias que su abuela le había contado en la huerta acerca de un café en algún lugar, donde servían pasteles de ruibarbo decorados con nata cremosa. Un café donde los pasteles de nata y chocolate se derretían en la boca y en cuya terraza se percibía la fragancia del jazmín, el crujir de los periódicos en alemán, estonio y ruso, las agujas de corbata y los gemelos, las mujeres con elegantes sombreros, y donde se veía a algún dandi con zapatillas de tenis y traje oscuro. En la calle flotaba una nube de magnesio salida de un apartamento donde acababan de tomar unas fotografías. El concierto dominical en el paseo marítimo. Tragos de agua Seltzer en el parque. El fantasma de la princesa de Koluveri, que se aparecía en la oscuridad por los caminos. En las noches de invierno, al calor de una cocina de leña, tostadas untadas con confitura de frambuesa y leche fría para beber. ¡Y compota de grosellas rojas!

Zara rehízo su maleta, metió todo lo que contenía sobre los folletos y las medias, la cerró y la puso en su sitio en el armario. La abuela se había vuelto otra vez hacia la ventana y miraba el cielo. En invierno no podían tapar el cristal con mantas, aunque entrase la corriente, e intentaban sellarla de todas las maneras posibles, pero no había forma. Su abuela quería contemplar el cielo también de noche, cuando de hecho no se veía nada. Decía que era el mismo cielo de su hogar. También la Osa Mayor era de gran importancia para ella, pues era la misma de su casa, sólo que se veía menos y a veces incluso había que buscarla. Siempre había sido fácil hacer sonreír a la abuela con la ayuda de la Osa Mayor; bastaba con que Zara la señalase y pronunciase su nombre. De niña, Zara no comprendía el porqué; hasta más tarde no había entendido que la abuela quería decir «Estonia» cuando decía «casa». Había nacido allí, y su madre también. Después había llegado la guerra y el hambre, y la guerra se había cobrado la vida del abuelo y ellas habían tenido que escapar de los alemanes. Habían llegado a Vladivostok, ya que allí había trabajo y comida, de modo que se habían quedado.

–¿Estaría mal que me fuera a trabajar a Alemania? –le preguntó Zara a su abuela.

–Eso tienes que preguntárselo a tu madre –respondió la anciana sin volverse.

–Total, ella no va a decirme nada. Nunca dice nada sobre nada. Si no quiere que se haga algo, no dice nada. Y si quiere, tampoco.

–Tu madre es de pocas palabras.

–¡Es que parece muda!

–Calla, calla –la reprendió la abuela.

–No creo que le importe que esté aquí o en otra parte.

–A mí no me lo parece.

–¡No intentes justificarla!

Zara bebió un sorbo de té con ímpetu, se atragantó y empezó a toser tanto que se le saltaron las lágrimas. Se iría, al menos así dejaría de oír cómo se arrastraban las zapatillas de su madre. Otras madres también habían presenciado los bombardeos de niñas, y aun así hablaban, aunque la abuela aseguraba que una bomba podía asustar a un niño hasta tal punto que no volviera a hablar. ¿Por qué tenía que ser justo su madre la que se había quedado conmocionada por las bombas? Se marcharía. Traería un montón de dinero para su abuela y a lo mejor incluso un telescopio. Y a ver si su madre tenía algo que decir cuando volviese con la maleta repleta de dólares y se pagase los estudios, cuando consiguiese una vivienda sólo para ellas y se hiciese médica en un tiempo récord. Tendría su propia habitación, donde podría estudiar tranquila y prepararse para los exámenes, y luciría un peinado occidental, medias brillantes a diario, y la abuela podría buscar la Osa Mayor con un telescopio.

1992, oeste de Estonia

Zara traza un plan para escapar y Aliide tiende trampas

Zara se despertó con un familiar aroma de orejas de cerdo cocidas. Provenía de la cocina. Primero pensó que estaba en Vladivostok, pues la tapa de la cacerola repiqueteaba de un modo conocido sobre el agua hirviendo y reconoció el olor a cartílago, con lo que se le hizo la boca agua. Pero después una pluma de la almohada le pinchó la mejilla, y al abrir los ojos vio el ángulo de un tapiz desconocido. Se hallaba en casa de Aliide Truu. El papel de la pared tenía burbujas y las juntas estaban pegadas de cualquier manera. Entre el tapiz y el empapelado se veía una telaraña fina como una neblina de la que colgaba una mosca muerta. Apartó el tapiz con un dedo y debajo una araña correteó nerviosa. Estuvo a punto de apretar el tapiz para aplastarla, pero recordó que matar una araña significa la muerte de la propia madre. Acarició el tapiz. Se sentía el pelo ligero, la piel suave con aquel camisón de franela abrochado hasta el cuello. Los calcetines humedecidos en alcohol, que por la noche le habían resultado desagradablemente fríos, ahora estaban calientes. Todavía podía oler la fragancia del jabón. Sonrió. El sol se filtraba entre las cortinas, unas cortinas que eran justo como las había imaginado.

Habían preparado la cama en el sofá de la habitación de la entrada. La estancia de atrás estaba tan llena de plantas medio secas que a duras penas habría cabido una persona acostada. El suelo, las camas, las estanterías y la mesa habían sido cubiertos con periódicos, sobre los que había caléndulas, colas de caballo, menta, milhojas y comino. De las paredes colgaban bolsas llenas de rodajas de manzana y pan moreno secos. La mesa pequeña frente a la ventana rebosaba de jarabes medicinales que fermentaban al sol; algunos tarros parecían verdaderos hormigueros, y Zara se apresuró a desviar la mirada. A causa de las plantas, la atmósfera estaba tan cargada que habría sido difícil conciliar el sueño allí. Sin embargo, Aliide se había hecho la cama delante de la puerta, sobre una alfombra. Había apartado con cuidado los periódicos cubiertos de plantas de modo que en el suelo quedase un espacio libre para una persona. Aunque Zara había insistido en dormir allí, la anciana no había querido ni oír hablar de ello, probablemente temiendo que la joven aplastara sus hierbas al moverse en sueños. El olor de las plantas medicinales llegaba también hasta la habitación de atrás, aunque no tan intenso. Allí sólo había panales de miel apilados junto con algún que otro bote, y una ristra de ajos en un colgador al lado de la estufa. Junto al mueble de la radio había una pila de almohadones; las puntillas de sus fundas blancas y algo arrugadas habían amarilleado un poco, pero la parte central resplandecía en aquella habitación, por lo demás, casi en penumbra. Zara les había echado un vistazo furtivo antes de acostarse. Todos llevaban iniciales bordadas, todas distintas.

La puerta de la cocina, en cuyo interior se cocían las orejas de cerdo, estaba cerrada, pero la radio estaba lo suficientemente alta para que se oyese desde la habitación. Estaban hablando de la caída de una antena de repetición en Varsovia, el año anterior. Había sido la estructura más alta jamás construida, de 629 metros. Zara salió de la cama de un brinco, de pronto nerviosa.

–¿Aliide?

Miró fuera por la ventana, como esperando ver un Volga o un BMW negro. Sin embargo, en el jardín no había nada anómalo. Aguzó el oído para intentar captar si ocurría algo raro, pero sólo oyó su pulso, la radio, el tictac del reloj y el crujido del parquet cuando se acercó sigilosamente a la puerta de la cocina. ¿Estarían allí Paša y Lavrenti, sentados tranquilamente tomando un té? ¿Esperándola? Conociéndolos, no le sorprendería: la habrían dejado despertar en paz para que luego fuese a la cocina sin sospechar nada. Un sistema, según ellos, diabólico y genial. Estarían apoyados con descaro contra una esquina de la mesa, fumando y hojeando periódicos. Y le sonreirían cuando entrase en la cocina. Tal vez habrían obligado a Aliide a guardar silencio y permanecer sentada entre ellos, con sus legañosos ojos aterrorizados. Aunque era difícil imaginar a la anciana con tal expresión.

Abrió la puerta de un empujón, y al estar muy ajustada emitió un chirrido. La cocina se hallaba vacía. Ni rastro de Paša o Lavrenti. Encima de la mesa vio la libreta de recetas de Aliide, un periódico abierto y varios billetes de coronas. La olla de las orejas de cerdo hervía bajo una nube de vapor. Justo delante de la jofaina vacía, el suelo estaba mojado, la bañera también estaba vacía, pero los cubos de agua sucia estaban llenos a rebosar. No se veía a la anciana por ninguna parte. La puerta de entrada chirrió y Zara se volvió. ¿Acaso llegaban en ese preciso momento?

–Buenos días, Zara –la saludó Aliide al entrar–. Por lo visto has dormido bien. –Y depositó un cubo de agua en el suelo–. Pero ¿qué ha pasado? ¿Qué te has hecho en el pelo?

Zara se sentó a la mesa y se pasó una mano por la cabeza. El pelo corto pinchaba y sentía frío en la nuca.

Las tijeras estaban al lado del tarro de azúcar. Las cogió con un movimiento súbito y empezó a cortarse las uñas. Unas medias lunas irregulares y pintadas de rojo fueron cayendo de una en una sobre el mantel de hule.

–Creo que podríamos haber buscado una manera de teñirte el pelo. Con ruibarbo se consigue un color rojizo.

–Ya no importa.

–Bueno, pues por lo menos deja las uñas en paz. Debería tener una lima por alguna parte. Vamos a arreglarlas.

–No.

–Zara, ese marido tuyo no sabe llegar hasta aquí. ¿Cómo iba

a saberlo? Podrías estar en cualquier parte. Bebe un café y tranquilízate. Esta misma mañana he molido unos granos de café del bueno.

Llenó la taza de la joven y empezó a poner las orejas de cerdo en un plato con ayuda de una espumadera, sin dejar de mirar de reojo a Zara cortarse las uñas. Cuando acabó, la joven empezó a remover el amarillento y grueso azúcar con la cucharilla. Sentía las yemas de los dedos desnudas y limpias. El húmedo crujido del azúcar junto con el zumbido de la nevera la serenaban. ¿Debía aparentar la mayor calma posible o explicar cómo era Paša en realidad? ¿Qué le convenía contar para que Aliide estuviese dispuesta a ayudarla? ¿Tal vez tendría que tratar de olvidar a Paša durante un tiempo y centrarse en la anciana? Como mínimo, necesitaba pensar con mayor claridad.

–Siempre te encuentran.

–¿Te encuentran?

–Quiero decir que mi marido siempre acaba encontrándome.

–Así pues, no es tu primera huida.

La cucharilla dejó de moverse en el azucarero.

–No hace falta que contestes. –Aliide llevó a la mesa el plato de orejas de cerdo–. Yo sólo digo que estás en demasiado baja forma para ser un señuelo.

–¿Un señuelo?

–No te hagas la inocente, chiquilla. Una jovencita de esas a las que mandan de avanzadilla para ver si hay algo de valor en la casa. Normalmente, las dejan tiradas en medio de la carretera como si estuviesen heridas, para que uno detenga el coche, y luego ya está, te quedas sin él. Aunque no tendrías que haber venido hasta después de la visita de mi hija. –La anciana empezó a poner los platos en la mesa, mirando de reojo a Zara; estaba claro que esperaba una réplica de la joven.

¿Había gato encerrado en sus palabras? Zara se esforzó por interpretarlas, pero no encontró nada extraño.

–¿Y por qué? –se limitó a preguntar al fin.

Aliide no contestó enseguida. Era evidente que había esperado una reacción distinta de la joven.

–Porque vendrán las visitas, la gente de la aldea, pues todos querrán ver qué me ha traído. Pero yo escondo la mayor parte de las cosas en los recipientes de la leche y sólo dejo a la vista un par de paquetes de café. No es que ahora haya nada en ellos, están vacíos, únicamente quedan unos pocos macarrones y algo de harina; están esperando a que mi hija llegue de visita. A mimar a su vieja madre.

Zara siguió removiendo la cucharilla e intentó entender qué quería decir la anciana.

–Le pedí que me trajera un poco de todo.

De repente, Zara tuvo una idea. ¡Un coche! ¿Acaso su hija vendría en coche?

–Vendrá en su propio coche. Talvi también prometió traer un televisor nuevo para sustituir ese Record, ¿qué te parece? Qué raro que hoy en día dejen pasar aparatos electrónicos por la frontera con tanta facilidad.

Zara se sirvió una oreja de cerdo. Su cuchillo tintineaba contra el plato y el tenedor se hundía despacio en los trozos de carne. No siempre acertaba; a veces el tenedor chirriaba, y sus dedos sujetaban con fuerza los cubiertos. Tenía que concentrarse en aflojarlos o Aliide se daría cuenta de que trataba de evitar que le temblasen. Tampoco podía aparentar demasiado interés, debía comer la oreja y hablar al mismo tiempo, pues masticar hacía más firme su voz. Le preguntó adónde se marcharía Talvi después de la visita, si se dirigiría directamente a Tallin en su coche. Aunque Zara consiguiese llegar hasta la ciudad más próxima (y no sabía cuál era), no podría tomar autobuses ni trenes si no quería que su marido se enterara enseguida, y también la milicia. Aliide le recordó que en Estonia ya había policía normal, pero Zara insistía en que necesitaba llegar a Tallin a escondidas, sin que nadie se percatase. Que alguien la descubriera supondría el fin de su viaje.

–Sólo necesito que me lleve hasta Tallin, nada más.

Aliide frunció el ceño. Aunque era una mala señal, Zara ya no podía parar, su voz sonaba agitada y hablaba atropelladamente, se saltaba algunas palabras para luego volver sobre ellas. ¡Un coche! ¡Talvi tenía un coche! Eso podría solucionar sus problemas. ¿Cuándo llegaría?

–Pronto.

–¿Cómo de pronto?

–Quizás en un par de días.

Si Paša no la descubría antes, podría escapar a Tallin con la ayuda de Talvi. Después, solamente tendría que pensar la forma de continuar hasta Finlandia. Quizás en el puerto podría esconderse en un camión, o tal vez en algún otro lugar. ¿Cómo se las arreglaba Paša para llevar a la gente al otro lado de la frontera? Zara sabía que la policía registraba los maleteros de los turismos. Tenía que ser un camión, uno finlandés, los finlandeses siempre lo tenían más fácil para cruzar al otro lado. Necesitaba un pasaporte, y sólo lo conseguiría si se lo robaba a alguna finlandesa de su edad. Pero sería muy complicado, no lo lograría ella sola. Primero había que llegar a Tallin. Ahora debía centrarse en que Aliide la ayudase. Pero ¿qué podía hacer para que la anciana dejase de fruncir el ceño? Tenía que tranquilizarse, olvidarse por un instante de Talvi y su coche para no inquietar todavía más a la mujer. Las alternativas cruzaban su cabeza a toda velocidad, pero no las podía controlar, ni siquiera sopesarlas. Las sienes le latían. Tenía que respirar hondo, aparentar ser digna de confianza, una de esas chicas que se hacen querer por las personas mayores. Tratar de ser amable, correcta, educada y servicial, pero tenía cara de puta y modales de puta, aunque seguramente el hecho de cortarse el pelo la ayudaría un poco. Joder, no lo conseguiría.

Fijó la vista en la taza de café de Aliide. Si se concentraba en algo, podría contestar mejor a cualquier pregunta. La porcelana amarillenta estaba surcada de fisuras negras, como patas de araña. La taza era translúcida y recordaba a una piel joven, aunque ya tuviera sus años. Era chata y modelada con gracia, pertenecía a un ámbito distinto del resto de cacharros de la cocina, poseía alguna clase de refinamiento procedente de un mundo pasado. Zara no había visto en la alacena ninguna otra pieza de vajilla de la misma serie, aunque, por supuesto, no conocía la vajilla entera de Aliide, sólo la que estaba a la vista. La anciana bebía el café, la leche y el agua en aquella taza, que sólo enjuagaba de vez en cuando. Se trataba de su taza favorita, estaba claro. Zara siguió sus fisuras con la mirada, a la espera de la siguiente pregunta.

–Este año hemos tenido una cosecha buena –dijo Aliide, y empujó la fuente de tomates hacia la muchacha.

Entre los tomates revoloteaba una mosca.

Zara negó con la cabeza mirando la fuente.

Aliide espantó la mosca con la mano.

–Sólo ponen los huevos en la carne.

Aliide estaba alerta. Había intentado despertar el interés de Zara por Finlandia, pero la muchacha no había formulado más preguntas sobre Talvi ni sobre aparatos eléctricos. Se limitaba a toquetear el plato con el tenedor, masticaba con esmero, hacía tintinear la taza de café. Sus tragos largos se oían perfectamente, aunque la radio estaba encendida, y de vez en cuando se tocaba el pelo recién cortado. Su pecho subía y bajaba. Hablar del coche la había puesto nerviosa, no había sido el televisor nuevo ni otra cosa. A lo mejor era que simplemente no le interesaban, o que era astuta como un zorro. Pero ¿podría ser aquella piltrafa de chica un señuelo o una ladrona? Aliide reconocía a los ladrones. Zara no tenía aquella vivacidad en los ojos, no miraba como los ladrones, sino más bien como un perro siempre alerta para que los niños no le pisen el rabo. Su expresión era huidiza, como si se estuviese encogiendo. Los ladrones no eran así, ni siquiera los que aprendían a robar a base de sopapos. Tampoco el hecho de mencionar los regalos de Finlandia había producido en la chica la reacción que Aliide esperaba, aquel conocido brillo de la codicia, una vibración respetuosa en la voz, nada. ¿Acaso lo que quería robar era el coche?

También la había puesto a prueba dejándola sola en la cocina: había salido fuera para espiarla por la ventana, pero la muchacha no se lanzó sobre el bolso de la anciana, ni siquiera miró los billetes esparcidos en la mesa, aunque ella los había dejado bien a la vista. Luego, al entrar, le mencionó las coronas y se las enseñó, diciendo: «Mira, billetes de corona, y sólo tienen un par de meses, ya no tenemos rublos, ¡imagínate!». Charló un buen rato sobre el gran día del cambio de moneda, el 20 de junio, y después dejó, como quien no quiere la cosa, las coronas en la esquina de la alacena, pero la muchacha no les prestó ninguna atención. Mientras Aliide parloteaba sobre la devaluación del dinero y cómo los rublos se habían convertido en papel higiénico, la chica parecía ausente, limitándose a asentir de vez en cuando con educación y atrapando al vuelo alguna palabra en su conciencia para dejarla escapar enseguida, sin la más mínima reacción. Más tarde, sin que la muchacha la viera, la anciana contó los billetes. No faltaba ninguno. También comentó lo bonito que era su bosque, pero en los ojos de la joven no surgió la menor chispa de interés.

Sin embargo, al dejarla sola, la vio frotarse los brazos y ponerse a examinar la antigua azucarera, anterior a la época soviética, recorriendo con los dedos las fisuras y los adornos, observando la cocina a través de ella. Ningún ladrón podría estar interesado en una pieza de porcelana rota. Aliide había repetido el truco de antes, dejó a la chica sola y salió por agua al pozo. Antes de marcharse, apartó una de las cortinas justo lo suficiente para poder espiar a su invitada desde el jardín. La muchacha se limitó a dar vueltas y se acercó al ropero, pero no lo abrió, ni siquiera los cajones, tan sólo lo toqueteó por fuera e incluso apretó la mejilla contra la madera pintada de blanco, para luego aspirar la fragancia de los claveles que había sobre la mesa. Acarició el mantel, con sus amapolas, sus lirios y sus capuchinas bordadas sobre fondo negro, tocó sus hojas verdes con los ojos fijos en la tela, como si de repente estuviera interesada en aprender a bordar. Si se trataba de una ladrona, era la peor del mundo.

Antes de que Zara se despertase, Aliide ya había llamado a Aino para decirle que tenía un poco de fiebre y no se sentía con fuerzas para recoger los paquetes de la beneficencia. Aún le quedaba un poco de leche, así que ya se la traería en otra ocasión. Aino se puso a hablar sobre Kersti, que una vez había visto una luz extraña en el camino del bosque, un ovni según ella, se había desmayado y se había despertado horas más tarde en el mismo camino. Ni siquiera la propia Kersti recordaba si los ovnis se la habían llevado a algún sitio. Aliide la interrumpió alegando que se sentía muy débil e iba a acostarse, y casi le colgó sin más. Ya tenía bastante que pensar en su propia casa. Debía desembarazarse de aquella muchacha antes de que Aino u otra vecina fuese a visitarla. ¿Qué demonios la había movido a acogerla?

Zara comía ruidosamente. Sus mejillas resplandecían como una manzana roja. Sus ojos aún brillaban al pensar en el coche, aunque intentaba contener su entusiasmo. Era una pésima actriz, y no llegaría muy lejos si seguía así. ¿Qué había pretendido al raparse el pelo, si con un pelo así todavía llamaba más la atención que antes?

Aliide fue a la despensa en busca de pepinillos. La crema de caléndulas que había preparado para el invierno estaba espesándose en la alacena, delante de los tarros de pepinillos en conserva. Era lo único que Talvi aceptaba llevarse a Finlandia, pues la caléndula le sentaba muy bien a su cutis, pero nunca había aprendido a prepararla. En cambio, jamás quería llevarse pepinillos, aunque le gustaran. En el maletero de su coche cabían un montón de tarros, pero si Aliide intentaba meterlos a escondidas, su hija los sacaba. ¿Acaso aquella muchacha que seguía acurrucada en la cocina quería robarle el coche a Talvi y escapar? La anciana no tenía ni idea.

Contaban que los finlandeses no echaban rábano picante a sus pepinillos en conserva, ésa era la diferencia con los suyos.

Aliide se sentó a la mesa y le ofreció a la chica rodajas de pepinillo en vinagre al eneldo y nata agria, pepinos en salsa y pepinillos amargos.

–Este año he tenido una cosecha extraordinaria.

Zara no era capaz de decidir qué clase de pepinos escoger: extendió el brazo primero hacia los amargos y después hacia el otro recipiente, que hizo caer al suelo a causa del temblor de su mano. El golpe la hizo brincar de la silla y taparse los oídos con las manos. Como siempre, lo había estropeado todo. El recipiente esmaltado quedó boca abajo al lado de la alfombra de retales; unas rayas de nata agria veteaban el cemento gris. Afortunadamente, el recipiente no era de cristal, al menos no había roto nada. Aunque seguramente rompería algo pronto si las manos no dejaban de temblarle. Primero tendría que controlar el temblor y luego conseguir que Aliide entendiese que no disponía de mucho tiempo. La anciana tampoco pareció enfadarse esta vez por el desastre ocasionado; al contrario, fue a buscar un trapo y empezó a limpiar canturreando de modo tranquilizador. No pasaba nada. Cuando al fin a Zara se le ocurrió ayudar, sus manos aún temblaban.

–Venga, Zara, solamente era un tarro de pepinos. Vuelve a la mesa.

La muchacha no paraba de repetir que había sido sin querer, pero eso no parecía interesar a Aliide, que interrumpió su retahíla de excusas y lamentos.

–Entonces ¿tu marido tiene dinero?

Zara volvió a sentarse. Ahora tenía que concentrarse en hablar correctamente y no provocar nuevos estropicios. Zara, sé una buena chica. No pienses que no vales para pensar. Sólo contesta a las preguntas y ya está. Ya hablarás más tarde del coche.

–Sí, tiene dinero.
–¿Mucho?
–Mucho
–¿Y la mujer de un hombre rico trabajaba de camarera?

Zara se tironeaba del lóbulo. No llevaba pendiente, tan sólo tenía un agujero ligeramente enrojecido. ¿Cómo podía contestar a aquella pregunta? Era estúpida y lenta para improvisar, pero si se quedaba callada, la anciana pensaría que estaba ocultando algo malo. Pero ¿seguiría sosteniéndose su historia de que trabajaba de camarera? Aliide la escrutaba, así que comenzó a ponerse nerviosa otra vez. No sería capaz de salir airosa. Paša tenía razón, lo que necesitaba era una paliza. Quizá también acertaba cuando le decía que era incapaz de comportarse a menos que temiese recibir una tunda. Puede que en ella hubiese algo malo e insano, alguna tara de nacimiento. Y mientras pensaba en su propia incapacidad para comportarse correctamente, las palabras empezaron a brotar de sus labios, sin darle tiempo de decidir qué iba a decir. Vale, vale, no era camarera. Se apretaba el agujero de la oreja con una mano, mientras con la otra se frotaba el hueco de la clavícula. Su mente, su boca y ella misma eran ahora entidades separadas que nada tenían en común. La historia simplemente fluía hacia fuera y ella era incapaz de acallarla. Le contó que habían estado de vacaciones en Canadá, en un hotel de cinco estrellas, y pasaban el día entero dando paseos en un coche negro, y que tenía un abrigo de piel nuevo cada día de la semana, además de abrigos distintos para la noche, para el día, para estar dentro y estar fuera.

–Vaya, qué emocionante.

Zara se limpió las comisuras de la boca. Sintió vergüenza y calor, e hizo lo que solía cuando tenía demasiada vergüenza: concentró sus pensamientos y su mirada en algo distinto. Aliide, la cocina y la olla de orejas de cerdo desaparecieron. Miraba fijamente su dedo. La espumilla de las comisuras que le había quedado en la yema era igual que la saliva que deja una serpiente sobre una hoja de frambuesa. Era una oruga. Se concentró en esa pequeña criatura, eran las más útiles cuando se trataba de abstraerse de la realidad. La oruga se esconde dentro de una bola de baba, que la protege de sus enemigos y evita que se seque. ¿Dónde lo había oído? ¿En la escuela? Recordaba el crujir tranquilizador del libro de texto, el olor a papel y pegamento. Por un instante, evocó aquel crujido, imaginando que sus pensamientos eran como las páginas secas del libro y se tranquilizó, abandonó la oruga y permitió que la emisora Vikerraadio volviese a sus oídos, que su mente regresara a la cocina de Aliide, a las ranuras del suelo, al mantel de hule, a la cucharilla de aluminio. En una esquina de la mesa vio un frasco en cuya etiqueta se leía en cirílico *drazee*, «vitamina C», y el código de certificación sobre el familiar cristal marrón. Zara extendió la mano hacia él repitiendo para sí aquellas tranquilizadoras palabras rusas de la etiqueta, y le dio unos golpecitos a la tapa, un sonido conocido. Cuando era niña, a menudo se zampaba todo el contenido del frasco a escondidas; aquel sabor amargo, de un naranja vivo, le colmaba la boca junto con el olor a farmacia, pues se compraba en la farmacia. Su pulso ya había recuperado el ritmo normal cuando se volvió hacia Aliide y le pidió perdón por su nerviosismo. Dijo que sólo había querido parecer una persona normal y corriente, y que no tenía ninguna intención de parecer presumida.

Aliide soltó una risita.

–No querías parecer una ladrona.

–Probablemente.

–Y tampoco la mujer de un mafioso.

–Probablemente.

Pero Aliide no continuó con la conversación y tampoco preguntó el motivo por el que Zara no podía volver a Rusia o a su casa.

Oyó el tictac del reloj. El fuego chisporroteaba en la cocina de leña. Zara sentía la lengua entumecida. Las ranuras del suelo de cemento parecían borrosas, como si se moviesen un poco.

–Ya está –dijo al fin Aliide levantándose de la mesa. Golpeó la lámpara con el matamoscas, pues algunos insectos revoloteaban alrededor, y se puso a hervir unos tarros de cristal en una tartera–. A ver, ven aquí a ayudarme. Por lo visto, los calcetines mojados en alcohol han servido de algo, al menos no pareces resfriada. Luego iré a buscar un pañuelo, para que te tapes esa cabeza.

1991, Berlín

Zara se pone una falda de cuero roja y aprende a comportarse

La luz se filtraba por el ojo de la cerradura. Zara se despertó en el colchón situado al lado de la puerta. Su lóbulo infectado había supurado pus, podía olerlo. Buscó a tientas en el suelo una botella de cerveza. El gollete estaba pegajoso y la bebida obró el mismo efecto en su garganta seca, que quedó igualmente pegajosa y amarga. Tocó el marco de la puerta con los pies. Al otro lado estaban sentados Paša y Lavrenti. Los jirones del empapelado amarillento por la nicotina ondeaban al compás de la respiración fría de Paša, pero eso no tenía nada de alarmante. ¿O sí? Zara escuchaba. Las voces de los hombres le llegaban a través de la fina pared; parecían divertirse. ¿Estarían de suficiente buen humor para dejarla ducharse? Su humor era imprevisible, así que Zara tendría que hacerlo lo mejor posible con los clientes. Pronto vendría el primero; de lo contrario Paša y Lavrenti no estarían esperando. Le quedaba un momento de tranquilidad, y después tocaba prepararse para que Paša no tuviese queja. Lavrenti nunca se quejaba, le dejaba las broncas a Paša. Metió el dedo en una hendidura del zócalo, que apenas se distinguía debajo de la pintura desconchada. La madera estaba tan blanda que el dedo se hundía en ella. ¿Sería de madera o de cemento el suelo bajo el colchón? Había una alfombra de sintasol, pero ¿qué había debajo? Si era de madera y estaba igual de podrida, podría ceder en cualquier momento. Y Zara caería con ella, desaparecería entre los cascotes. Sería maravilloso.

Se oía la navaja de Lavrenti sacando virutas de alguna madera. Solía dedicarse a la talla mientras estaba de guardia. Fabricaba toda clase de objetos, especialmente «juguetes» para las chicas.

Zara tenía que levantarse. No podía seguir tumbada, aunque le apeteciera. Las rojas luces de neón del edificio de enfrente se proyectaban en la habitación. El estruendo de los coches era intenso, y de vez en cuando destacaba el sonido de un claxon; había tantos coches y de tantas marcas... Encendió un cigarrillo Prince, de los que anunciaban las vallas publicitarias que había visto por la ventanilla del coche cuando iban hacia allí. En aquel momento tenía las manos esposadas a la portezuela. Paša y Lavrenti habían puesto la música a todo volumen. Zara ignoraba que un coche pudiese correr tanto. Siempre que se veían obligados a parar, Paša tamborileaba nervioso sobre el volante. Sus tatuajes en forma de anillo se movían a saltitos. Según él, Zara había sido incapaz de seducir a nadie la noche anterior en la gasolinera, aunque había un montón de camioneros. Había pasado casi toda la noche de pie en el arcén de la autopista, con la falda de cuero rojo fuego que Paša le había dado, sin que nadie hubiera requerido sus servicios. Paša y Lavrenti la habían vigilado a distancia desde el coche, y al final aquél se había acercado para agarrarla del pelo, cogerle la barra de labios y pintarrajearla con ella un poco más. Después la había empujado dentro del vehículo y le había comentado a Lavrenti:

–¡Mira qué payasa!

–Ya aprenderá –había dicho sonriendo Lavrenti–. Todas aprenden.

Paša se había quitado la camisa para flexionar los hombros varias veces, como sacudiendo los galones que llevaba tatuados. Lavrenti le había dirigido un saludo militar con una sonrisa impostada. Ya en el hotel, Paša le había ordenado a Zara lavarse la cara y entonces le metió la cabeza dentro del lavabo, que se estaba llenando de agua, y se la retuvo allí hasta que ella perdió el conocimiento.

Ahora Paša estaba hablándole al otro otra vez de sus grandes planes. Por eso pensaba tanto sobre la vida, porque tenía un futuro. Los hombres hablaban todo el rato de las mismas cosas cada día, cada noche, un cliente tras otro. Paša decía que en aquella época cuanto había soñado podía hacerse realidad y que ganar dinero sería un juego de niños. ¡Pronto tendría su propio estudio de tatuajes! ¡Y después una revista de tatuajes! En Occidente había revistas especializadas en tatuajes, con ilustraciones de muchos colores y modelos, iguales que los que Paša haría algún día.

Todo el mundo se reía de sus historias. ¿Quién en su sano juicio querría tener un estudio de tatuajes con los tiempos que corrían, cuando se podían conseguir hoteles, restaurantes, compañías petroleras, ferrocarriles, países enteros, millones, miles de millones...? En realidad, cualquier cosa era posible, todo cuanto uno pudiese imaginar. Pero a Paša no le importaba, se limitaba a darse unas palmaditas en los galones tatuados, que eran iguales que los que había llevado su padre. Éste había estado en el campo de trabajo correctivo PERM en 1936, y en su espalda se leía NKVD, las siglas de la policía estatal, pero la gracia era que también podían significar *Nisto Krepste Vorovskoi Drusby:* «Nada hay más fuerte que la amistad entre ladrones». Lavrenti también se reía de los sueños de Paša, probablemente lo consideraba un loco. Decía que él ya estaba viejo, atrás quedaban veinticinco años en el KGB, y hubiese querido que las cosas continuasen como estaban antes de las payasadas de Yeltsin y Gorbachov. Sólo quería que sus hijos tuviesen lo que necesitaban, nada más. Quizá por eso trabajaba con Paša, ya que ambos eran los únicos dispuestos a contentarse con menos que los otros. Claro que Paša también anhelaba su casino, su tierra y sus millones, pero eso no lo ilusionaba tanto como el estudio de tatuajes.

Ese sueño suyo lo llevaba a practicar con las chicas que ya estaban fuera de circulación. Como con Katia. Había anunciado que iba a ser su mejor trabajo y luego alardeado de la imagen que le tatuó en el pecho: una mujer de grandes tetas haciéndole una mamada a un demonio. Había dicho que quería practicar mucho, y que la aguja encajaba en su mano igual de bien que un arma, así que luego tatuó en el brazo de Katia otro demonio, con una polla grande y peluda. «¡Tan grande como la mía!», exclamó entre risotadas. Después, Katia había desaparecido.

Zara abrió la botella de popper e inhaló. Cuando Paša la llamase para practicar con ella, sabría que su hora había llegado.

–El estudio de tatuajes será como una metáfora de todo: de Dios, de la Madre Rusia, de los santos, ¡de todo!

Lavrenti soltó una carcajada.

–Una metáfora... Pero ¿de dónde has sacado esa palabreja?

–Cierra el pico –se ofendió Paša–. No entiendes nada.

Una tercera voz se mezcló con las de ambos: por lo visto, un cliente. Siempre se reconocía a un cliente por la voz.

De abajo llegaban los cantos de unos borrachos alemanes, entre ellos algún americano. Zara le había pedido a uno que echase al buzón una carta para su abuela, pero el hombre se la había entregado a Paša y después éste había subido y...

Cogió del armario la falda de cuero roja y los zapatos de tacón. Su camisa era de niña, roja también. Paša pensaba que sólo las camisas de niña eran suficientemente apretadas para provocar a los hombres. Sacó un Prince. Las manos le temblaban levemente. Echó unas gotas de valeriana en un vaso. Tenía el pelo tieso por la laca y el semen del día anterior.

De un momento a otro, la puerta se abriría y se cerraría, se oiría el chasquido de la cerradura, la charla de Paša y Lavrenti continuaría: estudios de tatuajes, fulanas de Occidente y más tatuajes. Pronto se desabrocharía una hebilla y se bajaría una cremallera. Luces de colores. Al otro lado de la puerta, Paša seguiría con sus historias y Lavrenti se reiría de sus estupideces, y aquél se ofendería. En la habitación, el cliente respiraría de forma entrecortada y abriría las nalgas de Zara. Le ordenaría abrirlas más y más y le mandaría meterse el dedo dentro. Dos dedos, tres, tres dedos de cada mano, ¡más abierto! ¡Más grande! ¡Di que Natasha se tiene que abrir el coño para recibir! ¡Dilo! ¡Dilo! Y Zara diría que Natasha *will es*.

Nadie le preguntaba de dónde venía o qué haría si no estuviese allí.

A veces, alguien le preguntaba qué le gustaba a Natasha, qué la excitaba, cómo quería que la follasen.

A veces, alguien le preguntaba qué le daba placer.

Y eso era lo peor, porque no tenía respuesta.

Si le preguntaban sobre Natasha siempre tenía una respuesta preparada, pero si le preguntaban sobre ella misma, pasaba un momento antes de pensar qué habría contestado Natasha si le hubiesen preguntado.

Y para entonces el cliente sabía que mentía.

Después empezaban las preguntas insistentes.

Pero eso no ocurría muy a menudo, casi nunca.

Normalmente, bastaba con declarar que nunca la habían follado tan bien. Eso era muy importante para el cliente. La mayoría se lo creía.

A pesar de todo aquel semen, todos aquellos pelos, todos aquellos pelos en la garganta... aun así, el tomate seguía sabiendo a tomate, el queso a queso, y el tomate y el queso juntos a tomate y queso, aunque todavía le quedasen pelos en la garganta. Supuestamente, eso significaba que seguía viva.

Durante las primeras semanas había visto vídeos. De Madonna y *Erotica*, *Erotica* y Madonna.

La dejaban sola.

La puerta estaba cerrada.

En la habitación había un espejo.

Había intentado bailar ante el espejo, tratando de imitar los movimientos y la voz de Madonna; se había esforzado mucho. Le había resultado muy difícil, pese a que le tiñeron y rizaron el pelo como el de Madonna. Los movimientos le costaban, pues le dolían los músculos, pero al menos lo intentó. Y también perfilarse los ojos del mismo modo. La mano le temblaba. Lo intentó una y otra vez. Tenía una semana para conseguirlo. El maquillaje alemán era bueno. Si conseguía maquillarse como Madonna, no importaría que no bailara tan bien.

Cuando, según la opinión de Paša, estuvo preparada, la llevaron a una orgía. Había muchas chicas, muchos hombres de Paša, y clientes. A uno de ellos en particular tuvo que tratarlo de un modo extremadamente amable, no sabía por qué, pero a todas las chicas les habían dado orden de complacerlo. Ese cliente tenía una barriga prominente, y en su mano se balanceaba un vaso de Jim Beam. El hielo tintineaba, la música sonaba, el perfume de los productos de limpieza alemanes impregnaba el aire, junto con el frío olor del vodka. Al principio se alzaron algunas voces y Zara tuvo que acudir a calmar al cliente, pero después Paša comenzó a tamborilear en el sofá de cuero, como hacía siempre. Luego se puso en pie de un salto y le gritó al tío que qué se creía, y después siguieron gritando cada vez más. Las chicas buscaron dónde esconderse. Zara advirtió que uno de los hombres de Paša se llevaba la mano a donde portaba el arma y otros iban hacia la puerta con disimulo; Zara comprendió que pretendían impedir que alguien saliese. Intentó apartarse del cliente con disimulo, primero llegando hasta el borde del sofá, después al lado, luego tras el respaldo. El cliente había dejado de prestar atención a sus pechos y discutía con Paša a gritos. Detrás de Zara, Lavrenti vigilaba en silencio por la ventana, aunque casi no se podía ver fuera, pues era de noche. Lavrenti agitaba su vaso y los gruesos cubitos de hielo tintineaban, hasta que se dio la vuelta, se acercó al cliente y le preguntó si ésa era su última palabra. El hombre contestó que sí y estrelló el vaso sobre la mesa. Lavrenti negó con la cabeza, y le rompió el cuello. De un solo movimiento. El silencio duró apenas un instante, hasta que Paša se echó a reír y todos lo imitaron.

1992, oeste de Estonia

El miedo vuelve a casa por la noche

Aliide oyó un golpe familiar tras la ventana, pero pareció no enterarse y siguió tomando el café como de costumbre, haciendo oscilar la taza para observar los remolinos que formaba la nata, con la cabeza inclinada hacia la radio, como si estuviesen emitiendo algo importante. Por supuesto, la muchacha se asustó del ruido. Su cuerpo se tensó y los ojos se le desorbitaron, abrió las pestañas como si fuesen alas cuando un tic empezó a palpitarle en la sien izquierda. Con voz apenas audible, preguntó qué era aquello. Aliide sopló en la taza, movió los labios al compás de las noticias y paseó la mirada más allá de la joven, que buscaba en su rostro una explicación de aquel golpe. La mujer no cambió su expresión ni un ápice. Ojalá los chavales se contentasen esa noche con sólo esa piedra.

La chica no cejaba en su expectación, no ahora que se imaginaba a su marido acechándola en el jardín. ¿Por qué tenía que estar siempre con los sentidos tan alerta? Aliide bajó la taza y la rodeó con los dedos. Empezó a examinar las grietas de sus manos, oscurecidas por la tierra, mucho más marcadas que los antiguos cortes de cuchillo sobre el mantel de hule, llenos de las migas de pan y de los granos de sal derramados sobre la mesa.

–¿Qué ha sido ese ruido?

–Yo no he oído nada.

La chica hizo caso omiso de la respuesta y se dirigió de puntillas a la ventana. Se había bajado el pañuelo hasta la nuca para oír mejor. Tenía la espalda tiesa y los hombros levantados.

La taza de Aliide ya no tenía asa, solamente quedaba un resto áspero. Empezó a darle golpecitos con el pulgar. Los restos de tierra acumulados en su piel agrietada rebotaban contra la porcelana. Pues sí que habían escogido un buen momento los chavales. La muchacha seguramente no concebía que detrás de aquello pudiese estar alguien que no fuese su hombre de negocios. Aliide se notó irritada otra vez. A la rusa le gustaba la ropa elegante y los hoteles lujosos, pero cuando llegaba la hora de pagar, entonces se echaba a lloriquear. En la vida, todo tiene un precio. La protección cuesta lo suyo. Sintió ganas de darle un bofetón. Si quería temblar de miedo, que lo hiciese a escondidas, donde nadie la viera.

–Por aquí hay muchos animales, jabalíes y eso. Si la verja queda abierta, a veces llegan hasta la casa.

La muchacha se volvió hacia Aliide con gesto de incredulidad.

–Pero... ¡si te he contado cómo es mi marido!

Otra piedra llegó a impactar contra la ventana, seguida de muchas más.

La joven abrió la puerta de la cocina y se dirigió sigilosamente a la entrada. Cuando pegó la oreja a la ranura de la puerta, algo golpeó la hoja y la hizo temblar. Dio un salto atrás y volvió a la cocina.

Había que centrar la atención de aquella chica en otra cosa. Cuando era más joven, Aliide tenía un montón de trucos para cada situación, pero ahora su cabeza se negaba a proporcionarle algo más que los jabalíes.

Se lavó las manos con parsimonia y después se puso a cambiar la leche del recipiente del kéfir. Intentaba actuar con naturalidad. Levantó el bote del suelo, abrió la tapa, vertió la leche con un colador y enjuagó el fermento, e intentó una vez más la explicación del jabalí, el perro y el gato vagabundos, aunque ella misma se daba cuenta de lo estúpida que sonaba. La muchacha no le hacía caso, se limitaba a susurrar que ahora tendría que irse, que su marido había encontrado lo que le pertenecía y había conseguido llevar su presa hasta la trampa. Aliide la vio encogerse igual que un perro viejo, apretaba los labios, se le ponía piel de gallina y cruzaba los pies como si tuviese frío. Vertió despacio la leche fresca en el fermento y le tendió un vaso.

–Esto hará que te sientas mejor, bebe, anda.

Ella miró el vaso fijamente, sin cogerlo. Una mosca se posó en el borde. El tic de su sien continuaba y los movimientos de las orejas en dirección a la ventana eran visibles en su cabeza rapada.

–Tengo que marcharme –dijo, y suspiró–, para que no te hagan daño.

Aliide se llevó lentamente el vaso a los labios y tomó un trago largo, aunque no fue capaz de apurarlo. Su garganta no respondía. Lo posó en la mesa de nuevo. Por el suelo, una araña avanzaba con sigilo y desapareció bajo el zócalo. Aliide estaba casi segura de que la muchacha se equivocaba, pero cómo iba a explicarle que los chavales de la aldea solían ir a armar jaleo en su jardín. Querría saber por qué, cómo y cuándo y sabía Dios qué más, y ella no tenía ninguna intención de explicarle nada a una desconocida, pues ni siquiera lo hacía con los conocidos.

Sin embargo, el pánico de la chica era tan palpable que Aliide de repente lo sintió en carne propia. Dios mío, su cuerpo recordaba aquella sensación, la recordaba tan bien que se sentía vulnerable en cuanto la descubría en los ojos de alguien. ¿Y si la joven tenía razón? ¿Y si de verdad existían razones para temer lo que temía, que su marido estuviese allí? La capacidad de Aliide de aterrorizarse era algo del pasado. La había dejado atrás, y los que tiraban piedras la traían sin cuidado. Pero ahora, con aquella desconocida en su cocina esparciendo su miedo desnudo por el mantel de hule, ya no era capaz de expulsarlo como debía, y dejó que se deslizase entre el empapelado y la cola vieja, en los huecos que habían quedado tras retirar las fotografías para esconderlas y más tarde destruirlas. El miedo se había instalado en su propia casa, como si siempre hubiera estado allí. Como si simplemente hubiera estado de visita en algún lugar y hubiese vuelto por la noche.

La muchacha se pasó la mano por la cabeza rapada, se ató de nuevo el pañuelo apretándolo bien fuerte, llenó la jarra con agua y se enjuagó la boca, la escupió en el cubo de agua sucia, echó un vistazo al cristal de la alacena, que reflejaba su imagen, y se encaminó hacia la puerta de entrada. Iba erguida y con la cabeza bien alta, como preparada para una batalla o desfilando con los Jóvenes Pioneros. El rabillo del ojo se le contraía en un tic; ahora estaba preparada. Abrió la puerta de un tirón y salió al porche.

El silencio se extendía alrededor como un manto oscuro. La noche se espesaba. Zara dio un par de pasos y se detuvo bajo la luz amarillenta de la lámpara exterior. Los grillos cantaban, los perros del vecino ladraban. Olía a otoño. Los blancos troncos de los abedules del jardín se revelaban en la oscuridad. La verja estaba cerrada, los serenos campos descansaban tras los ojos huecos de las cercas de alambre.

Inspiró tan hondo que sintió una punzada en los pulmones. Se había equivocado. Le fallaron las piernas por la sensación de alivio y se derrumbó sobre los escalones.

Ni Paša ni Lavrenti ni el coche negro.

Levantó el rostro hacia el cielo. Aquélla tenía que ser la Osa Mayor. La misma que se veía en el cielo de Vladivostok, aunque ésta parecía distinta. Desde ese mismo jardín, su abuela había mirado la Osa Mayor de joven, y aquél era su aspecto. Había estado en el mismo sitio, delante de aquella misma casa, encima de las mismas piedras del jardín. Había tenido ante ella los mismos abedules y el viento en sus mejillas había sido el mismo que soplaba entre aquellos mismos manzanos. La abuela había estado sentada en la misma cocina donde se hallaba ella hacía un rato, había despertado en la misma habitación por las mañanas, bebido agua del mismo pozo, salido por la misma puerta. Sus pasos habían dejado huellas en la tierra de aquel jardín, desde él había ido hasta la aldea, y en aquella misma cuadra su vaca había dado cornadas a la misma viga. La hierba que cosquilleaba en los pies de Zara era la caricia de la mano de su abuela y el viento en los manzanos era su susurro, y se sentía como si estuviese mirando la Osa Mayor a través de los ojos de la anciana, y cuando dejó de mirar al cielo, le pareció que la joven figura de la mujer estaba en su interior y le ordenaba volver dentro en busca de una historia que no le habían contado.

Zara metió la mano en el bolsillo. La fotografía seguía allí.

En cuanto la muchacha salió, Aliide cerró de un portazo, echó el cerrojo a las puertas, se sentó en su sitio a la mesa de la cocina y entreabrió el cajón que el mantel de hule ocultaba, justo lo necesario para sacar de un tirón la pistola que guardaba allí, desde que Martin la había dejado viuda. Del jardín no llegaba ningún sonido. ¿Se habría marchado? Esperó un minuto, un par de minutos. Cinco. El reloj hacía tictac, el fuego crepitaba, las paredes crujían, la nevera zumbaba, y en el exterior el aire húmedo corroía la cubierta del tejado. Se oía un ratón rascar en algún sitio. Pasaron diez lentos minutos hasta que llamaron suavemente a la puerta. La voz de la muchacha le pidió que le abriese y añadió que allí no había nadie, sólo ella. Aliide no se movió. ¿Cómo iba a saber si decía la verdad? Tal vez aquel hombre estaba al acecho tras ella. Tal vez había conseguido de algún modo aclarar sus asuntos con la muchacha sin hacer ruido.

Se levantó, abrió la puerta de la despensa que daba al establo, cruzó por los bebederos y los compartimentos vacíos hasta el portón de dos hojas y entreabrió una con cuidado. En el jardín no había nadie. Empujó la puerta un poco más y divisó a la muchacha sola de pie en los escalones. Entonces volvió a la cocina y la dejó entrar. Una sensación de alivio inundó la estancia.

La espalda de la joven seguía erguida y sus orejas ya no parecían tan alertas. Respiraba tranquila y pausadamente. ¿Por qué se había quedado tanto rato en el jardín si no había aparecido su marido? Repitió que fuera no había nadie. Aliide le sirvió una taza de achicoria recién preparada e inició una conversación sobre cómo conseguir té, intentando llevar la mente de la chica lo más lejos posible de las pedradas contra las ventanas. Hoy en día ya se podía encontrar té. Ella asintió con la cabeza. Hacía poco aún era muy difícil. La muchacha volvió a asentir. Aunque también se podía sustituir por infusión de frambuesa o de menta u otras hierbas, lo cierto era que los ingredientes para hacer infusiones sobraban en el campo. En pleno parloteo, Aliide se dio cuenta de que, de todas maneras, la joven volvería a preguntar sobre los gamberros. Y como ahora se había tranquilizado, no aceptaría las historias sobre jabalíes. ¿Desde cuándo funcionaba tan mal su cabeza como para ser incapaz de inventar algo verosímil acerca de los extraños ruidos en la ventana? El miedo ya no hacía presa en la anciana, pero todavía lo sentía igual que un soplo frío salido de las ranuras del suelo y que le subía por los pies. No temía a los gamberros y por eso no entendía por qué el terror que le había contagiado la muchacha no había desaparecido cuando ella había vuelto a entrar como flotando, arrastrando consigo aquel tranquilizador olor a hierba. De repente, se sintió capaz de percibir el movimiento de la luna en el firmamento. Sabía que eso era totalmente absurdo, así que aferró su taza y apretó los restos del asa tan fuerte que sus dedos empezaron a blanquearse, como huesos.

La joven bebía achicoria y miraba a la anciana de un modo un tanto diferente. Aliide se dio cuenta, aunque no miraba a la chica directamente y seguía quejándose de las consecuencias de la ley seca impuesta por Gorbachov y hacía memoria de cómo se preparaba una sustancia con efecto de droga metiendo varios sobres de té en un mismo vaso. Esa bebida también tenía un nombre, pero ya no lo recordaba; por lo visto, la usaban mucho en el ejército. También, con todo aquel ajetreo, se le había olvidado echar té fresco al té ácido. Quejándose en voz alta, fue a coger un tarro de cristal de antes de la era soviética donde guardaba su fermento de té, retiró la gasa de algodón de la boca, admiró el hongo pequeño que crecía al lado del grande y luego echó azúcar al té fresco para verterlo dentro del tarro.

–Con esto se mantiene la tensión a raya –explicó.

–*Tibla* –soltó la joven.

–¿Qué?

–*Tibla*.

–Ahora sí que no te entiendo, Zara.

La joven le explicó que en la puerta de Aliide habían escrito *tibla*, «sucia rusa», y *Magadan*.

La anciana se sorprendió.

–Travesuras de niños –le restó importancia, aunque la explicación no pareció convincente.

Volvió a intentarlo y dijo que de joven lavaba la ropa dándole golpes con un palo y los chicos hacían lo mismo con las piedras. Lo llamaban el juego de los fantasmas, y se divertían mucho.

La muchacha pareció no hacerle caso, pero sin embargo le preguntó si era rusa.

–¿Qué? ¡De eso nada!

Zara lo había considerado una deducción lógica, ya que en su puerta habían escrito esas dos palabras. ¿O acaso Aliide había estado en Siberia?

–¡Qué va!

–Entonces ¿por qué escriben *Magadan* en la puerta de tu casa?

–¡Y yo qué sé! ¿Desde cuándo las cosas de chiquillos han tenido pies ni cabeza?

–¿No tienes perro? Todo el mundo tiene uno.

Aliide había tenido uno, *Hiisu*, que había muerto. Estaba segura de que lo habían envenenado, igual que a las cinco gallinas, y después la sauna se había incendiado, pero no pensaba mencionarlo; tampoco iba a contarle cómo a veces aún oía las pisadas de *Hiisu* y el cacareo de las gallinas, cómo le era imposible recordar que en la casa ya no había nadie más a quien alimentar aparte de ella misma y las moscas. Nunca había vivido en una casa con el establo vacío. Y no podía acostumbrarse a ello. Quería volver a hablar de Paša, pero no lo consiguió, ya que la muchacha tenía muchas preguntas, además de que sentía curiosidad por si su hija estaba preocupada por ella, que vivía sola y sin perro en el campo.

–No le voy a llenar la cabeza con tonterías.

–Pero...

Aliide agarró con rapidez el cubo esmaltado y fue a buscar agua, dando golpes y haciendo chirriar el asa. Alzó la cabeza con gesto desafiante. Yendo a buscar agua quería demostrar que fuera no acechaba ninguna amenaza y que en la oscuridad nocturna no había ojo alguno que la espiase. Tampoco sentiría la mirada de nadie a su espalda en aquel jardín oscuro.

1991, oeste de Estonia

Después de las piedras vienen las canciones

La primera andanada de piedras impactó contra la ventana de Aliide en una límpida y clara noche de mayo. Los ladridos de *Hiisu* la habían despertado, pero ella había dado un perezoso empujón a su miedo, apartándolo como a una mosca coja. Se volvió y le dio la espalda al temor, la paja del colchón crujió, no se iba a molestar en levantarse por un par de piedras. Con la segunda andanada experimentó un sentimiento de superioridad. ¿De verdad pensaban meterle miedo con cuatro pedruscos? ¿A ella? Vale, de todas las personas la habían escogido a ella, pero una chiquillada así la hacía reír. Podían hacer gamberradas con armas más contundentes. Ella sólo se levantaría de la cama por la noche si los tanques entraban en el jardín arrollando la valla. Y si eso pasara, no sería cosa de esos gamberros, sino porque había estallado la guerra. Y eso sí que no lo deseaba, ya no, antes prefería morir. Sabía que mucha gente estaba preparada para la eventualidad y habían almacenado en sus casas todo lo posible: cerillas, sal, velas, pilas... Y en una de cada dos casas, las cocinas estaban llenas de pan seco. De ése sí tenía que preparar más, aparte de conseguir pilas, ya que sólo contaba con unas pocas para una emergencia. Si la guerra estallaba al fin y los rusos salían vencedores, cosa que pasaría sin duda, entonces no tendría ningún problema, la verdad. ¿Qué problema iba tener una vieja *babushka* roja? Pero aun así, ojalá no hubiese más guerra.

Aliide seguía despierta, escuchando los gruñidos de *Hiisu*, y cuando el perro se hubo tranquilizado un poco, esperó a que amaneciese para preparar café. No se levantaría en plena noche por culpa de aquellos rapaces. ¡Ni hablar! No se marcharía de allí; aunque el establo estuviese vacío y ella sola en la casa, no se iría a Finlandia con Talvi, ni a ningún otro sitio. Aquél era su hogar y había pagado un alto precio por él, así que una pandilla de mocosos lanzapiedras no conseguiría echarla. No se había marchado antes ni se marcharía ahora, ni siquiera después de muerta. Aunque le prendiesen fuego a la casa, se quedaría sentada en su silla favorita de la cocina y tomaría un café endulzado con miel de su propio huerto. Encima, los saludaría con la mano desde la ventana y llevaría bollos de leche caseros a la entrada, y volvería dentro cuando la cubierta ardiese en llamas. Cuanto antes pasara, mejor. Y de repente sintió una esperanza clara como un arroyo de primavera. Ojalá lo hiciesen. Que le prendiesen fuego a la casa entera. La dueña de un establo vacío no le teme al fuego. Estaba preparada para marcharse y aquél era el momento adecuado. ¡Que arda todo! La boca se le secó de rabia y se humedeció los labios con la lengua, saltó de la cama y fue hasta la ventana. La abrió con estrépito y gritó:

–¡Vosotros también mereceríais que os mandasen a Siberia! ¡Os estaría bien empleado!

Después de las primeras piedras vinieron las canciones. Las piedras y las canciones. O sólo piedras, o sólo canciones. Después se fue *Hiisu* y más tarde las gallinas y la sauna. Las noches sin dormir desfilaban al lado de la cama de Aliide, los días de cansancio la acechaban desde más lejos. La paz que había conseguido en la década anterior se había convertido en un montón de trapos hechos jirones que sólo servían para hacer alfombras, y desde ese montón de trapos viejos había que salir adelante, reunir fuerzas una vez más.

«Ya es hora de enderezar la espalda y deshacernos de la esclavitud», cantaban ante la ventana de su dormitorio. Ella seguía acostada sin moverse, con la espalda recta sobre el lecho de paja, mirando fijamente el tapiz que colgaba de la pared, sin volverse hacia la ventana ni echar las cortinas. ¡Que canten lo que les dé la gana, que tarareen sus canciones de mierda, que bailen encima del tejado si quieren! ¡Pronto vendrán los tanques y les cerrarán el pico a todos esos cantores listillos!

«Nuestra madre patria, esta tierra sagrada, ahora es libre. La canción, nuestra canción de triunfo, sigue resonando. Pronto verás una Estonia libre.»

Unos años antes, tal vez en 1988, un grupo de jóvenes había cruzado la aldea entonando en voz alta «Somos estonios, orgullosos de serlo, igual que nuestros antepasados». La voz de algún adolescente se había alzado con el «Estonio soy, estonio seré, ya que me concibieron estonio», y los otros se habían reído. Algún melenudo había levantado la cabeza con orgullo. Aliide acababa de salir de la tienda, aún se oía el repicar óseo del ábaco y las bisagras chirriaban como un estómago hambriento cuando, dejando la bolsa del pan en los escalones, se había detenido para atarse mejor el pañuelo. Al oír las primeras estrofas, se había apartado para ocultarse tras la esquina de la tienda y dejar que el grupo pasara. Los había observado alejarse, experimentando tal irritación que se había olvidado la bolsa del pan allí mismo, junto a la tienda, y no se había dado cuenta hasta encontrarse a medio camino de su casa. ¿Cómo se atrevían? ¡Qué vergüenza! ¿Qué tenían en la cabeza? ¿O acaso era sólo envidia lo que había tras su ceño y en su pecho, donde el corazón le palpitaba con fuerza?

La voz que cantaba al lado de la ventana era joven, parecida a la de su cuñado Hans en los tiempos de la República de Estonia, cuando lo había visto por primera vez. Antes de que Hans dejase de cantar. Antes de que su cuerpo de dos metros y distinguido porte se encorvase, y sus huesos, que no habían querido doblegarse, se vieran obligados a hacerlo. Antes de que se le hundieran las mejillas y su portentosa voz se acallase. ¡Que cante más el mocoso ese! A Aliide le gustaría escucharlo. Y pensaría en Hans, en el guapo Hans. Sonrió en la oscuridad. Hans incluso había cantado en el coro. ¡Y qué bien lo hacía! Cuando trabajaba en el campo, durante las fiestas de verano, su canto siempre llegaba antes que él cuando venía de regreso, y hacía que los sauces blancos del camino que llevaba a casa resonasen de pura alegría y que los troncos de los manzanos canturreasen a compás. Su hermana Ingel estaba muy orgullosa de él, ¡claro, era su marido! Y también de que a Hans lo hubieran enviado al cuartel de Riigikogu durante el servicio militar. Para aquel destino sólo cogían a buenos deportistas y hombres de cierta estatura. Y Hans también había presumido de ello. Él, un simple campesino de una aldea, ¡asignado a la defensa del cuartel de Riigikogu!

1991, oeste de Estonia

Aliide encuentra el broche de Ingel y se queda consternada

Un par de meses después de la declaración de independencia llegó de visita Valdemar, un viejo amigo de Martin, el marido de Aliide. *Hiisu* empezó a ladrar antes de que apareciese. Aliide salió al jardín, el perro corrió hacia el sendero, y entre los postes grises de la valla divisó a un hombre, también gris y consumido, que empujaba su bicicleta hacia la casa. En su boca encogida brillaba el oro robado tiempo atrás. Las arrugas le habían hundido las mejillas, como si le hubiesen cosido la cara para hacérsela más pequeña. En el pasado, Volli siempre había estado en vanguardia, siempre había querido ser el primero en todo. Aliide se acordaba bien de cómo se colaba en las filas, con su barriga grande y su gruesa papada, hinchando muy orgulloso su pecho de veterano. En los ojos de los que llevaban haciendo cola desde la madrugada brillaba el odio e intentaban ponerle la zancadilla, aunque nunca lo conseguían, por muy larga que fuese la cola, ya que las piernas de Volli por aquel entonces aún no estaban débiles, más bien al contrario, eran gruesas y fuertes, y en un santiamén conseguía cruzar el umbral de cualquier tienda dejando tras de sí una corriente de odio que jamás lo alcanzaba. Después de que entraran Volli y sus compañeros, apenas quedaban las migajas sobre el mostrador. Aquellas veces, si Aliide por casualidad aguardaba su turno y Volli se había colado a todo el mundo, siempre se escabullía entre la muchedumbre para que él no la viese y no la saludase, pues no quería que nadie supiera que lo conocía. Aliide nunca había querido que aquellas colas de gente de ojos hundidos dirigiesen su mirada hacia ella. Estaba segura de que, si Volli la saludaba, la echarían de la cola y le darían codazos en las costillas, no en las bien alimentadas costillas de Volli.

Ahora, Aliide le dedicó una calurosa bienvenida y lo invitó a tomar achicoria. Hablaron un poco de todo. Después, él le contó que quizá lo llevasen a juicio.

El espanto de ella fue como un relámpago y Aliide se quedó como cegada por un instante.

–Se inventan toda clase de mentiras. Es posible que vengan a hacerte preguntas a ti también, Aliide.

Volli hablaba en serio. Todo aquello tendría que haber quedado en el pasado. ¿Por qué tenían que ir a molestar a la gente mayor?

–Todos nosotros nos limitamos a cumplir órdenes. Éramos buena gente. Y ahora de repente somos los malos, no lo entiendo. –Volli negó con la cabeza y empezó a criticar a Yeltsin y la ingratitud de los jóvenes hacia el país que ellos habían construido lo mejor que habían podido–. Ahora necesitas cartillas de racionamiento para comprar cualquier cosa, ¿acaso eso es bueno?

Aliide se negó a oír más lamentaciones. Tenía que hacer nuevos planes otra vez, aunque ya no tenía fuerzas para ello, ya no.

Volli se dispuso a marcharse. Ella lo miró de arriba abajo. Le temblaban las manos, había tenido que agarrar la taza de café con ambas para que no se le cayese y Aliide pudo ver el miedo en ellas, no en su expresión macilenta, no en su cara arrugada, pero sí en sus manos. Y quizá también tras la boca, en las comisuras, que Volli no paraba de limpiarse con el pañuelo, toqueteándoselas con dedos temblorosos y huesudos. Aliide se estremeció. El hombre estaba ahora débil y eso la irritaba tanto que tenía ganas de propinarle una patada, de pegarle bien, de darle un buen estacazo en la espalda y las costillas... o no, quizá mejor con una bolsa de arena, eso no le dejaría marcas. Con eso le machacaría los intestinos, y además se trataba de un instrumento de trabajo familiar para él, casi como una antigua novia. ¡Bésala ahora! Aquella visión le pasó por la cabeza: Volli tirado en el suelo, temblando, protegiéndose la cabeza, lloriqueando y pidiendo clemencia. ¡Qué escena más deliciosa! En sus pantalones se extendería una mancha húmeda y la bolsa de arena se alzaría una y otra vez y machacaría a conciencia su cuerpo asquerosamente frágil, teñiría de azul sus ojos llorosos, molería sus huesos porosos, pero lo mejor de todo sería aquella mancha en su pantalón y su llanto de animal a las puertas de la muerte.

Aquella visión tan impresionante la hizo suspirar. Volli asintió con la cabeza y también suspirando dijo:

–A esto hemos llegado.

Aliide prometió testificar a su favor en caso de que hubiese un juicio. Aunque por supuesto que no iría.

Cerró la verja mientras el hombre se alejaba en su bicicleta y le decía adiós con la mano.

Después de Volli vendrían otros, todos con los mismos problemas. De eso no cabía duda. La considerarían una aliada y querrían arrastrarla con ellos. Aliide casi se podía oír a sí misma haciendo declaraciones, hablando ante la prensa. Como ella siempre había sido buena oradora y como suele darse más crédito a las mujeres en esos casos, eso harían, y apelarían a la memoria de Martin, y al hecho de que también Aliide había colaborado en la construcción del país y de cómo ahora se estaba intentando mancillar su honor, arrastrándolo por el barro de un modo vergonzoso. Apelarían también a la memoria de los soldados y veteranos caídos. Sabe Dios a la memoria y al honor de quién más apelarían, y después vendrían los discursos sobre cómo la Unión Soviética no habría permitido que los héroes de la patria tuviesen que usar cartillas de racionamiento para comprar macarrones.

Aliide nunca iría a ninguna parte para pronunciar una sola

palabra a favor de aquellos tiempos. No lo haría por mucho que la amenazaran.

Por lo demás, ya no era creíble que tuviesen mucho interés en remover las cosas, porque había mucha gente con las manos sucias a la que no le gustaría que se escarbase en el pasado. Además, uno siempre encontraría a alguien dispuesto a protegerlo en caso de que a los fanáticos les diese por causar disturbios. Antes los habrían llamado saboteadores y metido en la cárcel para que reflexionasen sobre su comportamiento. Jóvenes estúpidos, ¿qué pretendían conseguir removiendo el pasado? Nada. El que desentierra cosas viejas merece que se le clave una astilla en el ojo, aunque sería mejor una estaca.

Cuando Volli ya había desaparecido de la vista, Aliide se dirigió a la habitación y abrió el cajón del armario. Sacó los documentos y empezó a clasificarlos. Luego, el segundo cajón. Después, el tercero. Tras repasarlos todos, fue a la cómoda y abordó los cajones de la parte baja. Se acordó del cajón secreto de la mesa y también rebuscó en él. El mueble de la radio. La repisa de la estantería. Los bolsos que ya no usaba. El papel de pared hecho jirones por donde a veces había deslizado algo. Las oxidadas latas de caramelos. Las pilas de periódicos amarillentos llenos de moscas muertas. ¿Habría tenido Martin otros escondites?

Aliide se limpió las telarañas que se le habían pegado en el pelo. No apareció nada que la pudiese implicar, aunque todos los rincones rebosaban de toda clase de basura. Los documentos y diplomas del Partido fueron directamente a la cocina de leña, lo mismo que la medalla de pionera de Talvi. Y la pila de *Abiks Agitaatorile*, el periódico mensual que Martin siempre leía con ojos brillantes: «En 1960, en Inglaterra sólo había nueve médicos por cada 10.000 habitantes, en Estados Unidos doce, pero ¡en la Estonia Soviética había veintidós! ¡En la Georgia Soviética, treinta y dos! Antes de la guerra, en Albania no había guarderías, pero ahora, ¡hay trescientas! ¡Exigimos una existencia feliz para todos los niños del mundo! ¡Así de buenos son nuestros revolucionarios!».

El hecho de ver los volúmenes viejos y el nombre del EKP KK, Departamento de Agitación y Propaganda, impreso debajo de la cabecera del periódico, hizo que Aliide evocase la voz de Martin, temblorosa de excitación: «¡El socialismo aporta las mejores condiciones para el desarrollo de la ciencia, para el desarrollo de la agricultura, para el avance de la conquista del espacio!». Aliide negó con la cabeza, pero la voz de Martin proseguía. «¡El mundo capitalista no es capaz de aguantar el ritmo de nuestro nivel de vida, que está avanzando como una tempestad! ¡El mundo capitalista tropieza a nuestros pies y desaparece!» Y después venían cifras interminables: el aumento de la producción de acero en comparación con el año anterior, cuánto se había superado tal o cual previsión, cómo se había cumplido el plan anual en un mes. Adelante, siempre adelante, y más, siempre más adelante; triunfos más grandes, mayores beneficios, ¡triunfo, triunfo, triunfo! Martin nunca decía «tal vez». Nadie podía ponerlo en duda, porque en sus palabras nunca dejaba abierta alguna posibilidad. Simplemente decía la verdad.

Había tantos papeles que tirar que Aliide tuvo que esperar que se consumiesen los anteriores para poder echar más al fuego. Tocar aquellos documentos viejos la ensuciaba. Se lavaba las manos hasta los codos, pero se le volvían a manchar enseguida, en cuanto cogía el siguiente periódico. Los volúmenes interminables del *Comunista de Estonia*. Y después todos los libros que habían pedido: *Experiencias sobre el trabajo ideológico en la región de Viljand*, de K. Raave; *Análisis sobre la eficacia de la cría productiva del ganado en el koljós*, de R. Hagelberg, *Preguntas sobre la educación comunista de la juventud*, de Nadezda Krupskaja. Aquella montaña de optimismo del pasado crecía y crecía ante la cocina de leña. Podría haberlos quemado poco a poco y aprovecharlos para encender el fuego, pero le parecía importante desembarazarse de todo cuanto antes. Habría sido más razonable concentrarse en buscar algo que pudiesen usar contra ella misma, pues Martin siempre había sabido guardarse las espaldas. Así que seguramente algo habría. A pesar de eso, el montón de basura que se alzaba ante la cocina la irritaba demasiado.

Después de pasar un par de días rasgando y quemando libros, fue al establo de los caballos por una larga escalera que consiguió arrastrar hasta el otro extremo de la casa, aunque pesaba mucho. *Hiisu* salió disparado tras un avión militar que volaba bajo; no acababa de acostumbrarse a ellos, e intentaba cazarlos muchas veces al día, ladrando con fiereza. El perro desapareció tras el establo y Aliide levantó la escalera apoyándola con gran esfuerzo contra la pared de la casa. Hacía años que no subía a aquel altillo. Allí sí que abundaba aquella clase de basura, cada rincón estaba repleto de frases embarazosas y argumentos asfixiantes.

El olor a desván. Las telarañas se movían ligeramente a su paso, mientras notaba el regusto de una extraña nostalgia. Volvió a atarse el pañuelo bajo la barbilla y avanzó. Dejó la puerta abierta y esperó a que sus ojos se acostumbrasen a la oscuridad al mismo tiempo que echaba un vistazo superficial a los montones de objetos. ¿Por dónde empezar? La parte del altillo que quedaba en el ala trasera de la casa estaba llena a rebosar de todo lo imaginable: ruecas, lanzaderas, hormas de zapatero, cestas viejas de patatas, una tejedora, bicicletas, juguetes, esquís, bastones de esquiar, marcos de ventanas, una máquina de coser de pedal, una Singer que Martin había insistido en llevar allí a pesar de que Aliide quería tenerla en la habitación porque aún funcionaba bien. Las mujeres de la aldea se habían quedado sus Singers y si tenían que comprar una nueva siempre preferían un modelo de pedal, porque ¿qué ocurriría si volvían a quedarse sin electricidad? Martin no solía enfadarse ni discutir con su mujer sobre asuntos de economía doméstica, pero la Singer había desaparecido, sustituida por una Tsaika rusa eléctrica que trajo él.

Entonces Aliide lo había dejado estar, porque probablemente lo que ocurría era que Martin odiaba las cosas de la época presoviética y quería dar ejemplo depositando su confianza en una máquina rusa. Pero la Singer había sido el único objeto de aquellos tiempos del que Martin se había querido librar. ¿Por qué la Singer, por qué sólo la máquina de coser? «Tómame, mis labios nunca han besado. / Tómame, soy virgen y pura, / tómame, tengo una máquina de coser Singer, / tómame, tengo una mesa de ping-pong.» ¿Quién cantaba esa canción? Allí seguro que nadie. En la cabeza de Aliide se mezclaban jóvenes voces que cantaban con los resoplidos de Martin de décadas atrás, cuando arrastraba la Singer escaleras arriba hasta el altillo. ¿Donde había oído Aliide esa canción? En Tallin, una vez que estaba de visita en casa de su prima. ¿A qué había ido? ¿Al dentista? Era la única explicación posible. Su prima la había llevado al centro y se habían cruzado con un grupo de estudiantes que cantaban «tómame, tengo una máquina de coser Singer». El grupo reía despreocupadamente. Tenían toda la vida por delante, el futuro les sonreía, las chicas, con faldas cortas y botas brillantes de caña alta. Sus pañuelos de *chiffon* se agitaban ligeramente sobre sus cabezas o alrededor de sus cuellos. Su prima había criticado benévolamente lo corto de sus faldas, pero también llevaba un pañuelo de aquel tipo en la cabeza. Decían que estaban de moda. La expresión de aquellos rostros jóvenes estaba preñada de posibilidades de futuro. El futuro de Aliide ya había quedado atrás. La canción había resonado en sus oídos durante días, o más bien semanas. Se había mezclado con la leche que caía a chorros en el cubo, con el barro que se pegaba a las suelas de sus chanclos de goma, con sus pasos al atravesar el campo del koljós, mientras contemplaba el entusiasmo con que Martin hablaba sobre la prosperidad de la comuna y el futuro, que había arrollado el corazón de Aliide con sus pesadas ruedas, con sus tuercas implacables, con músculos de estajanovista, sin tregua, sin que pudiese esquivarlo.

Aliide iluminó de nuevo con la linterna la máquina de coser. «La Singer está por encima de las demás.» Recordaba bien aquellos anuncios de la revista *Taluperenaine* («Ama de casa»), hacía ya muchos años. Bajo la tapa de la máquina que servía como mesa, apareció un cajón lleno de trastos inservibles: aceite de máquina de coser, brochas pequeñas, agujas rotas y trozos de cinta. Se arrodilló y examinó la mesa desde abajo. Los clavos de la parte inferior eran más pequeños que los de arriba. Puso la máquina patas arriba y después bajó la escalera con cuidado. Se dirigió a la cocina, cogió un hacha y subió de nuevo al altillo tambaleándose. El hacha acabó fácilmente con la Singer.

En medio del montón de escombros apareció una bolsa pequeña, la vieja tabaquera de Martin. Dentro había unas monedas de oro antiguas, y también dientes de oro. Un reloj de oro con el nombre «Theodor Kruus» grabado. Y el broche de Ingel, que había desaparecido aquella noche en el sótano del ayuntamiento.

Se sentó en el suelo.

Martin no había estado allí. Él no.

Aunque Aliide tenía la cabeza tapada y no había visto prácticamente nada, aún podía recordar cada voz, cada olor y la manera de andar de cada hombre en aquel sótano. Ninguno de ellos tenía relación con Martin. Y por eso lo había escogido a él.

Entonces ¿cómo era posible que Martin guardase el broche de Ingel?

Al día siguiente, Aliide cogió la bicicleta y salió al camino que atravesaba el bosque. Cuando estuvo lo suficientemente lejos, dejó la bicicleta a un lado del sendero, se dirigió al pantano y lanzó allí con fuerza la tabaquera, que describió una amplia parábola.

1992, oeste de Estonia

El coche de Paša está cada vez más cerca

Zara estaba limpiando las últimas frambuesas de la temporada, separaba los gusanos y los frutos ya totalmente comidos por éstos, los que conservaban una mitad intacta los partía en dos y dejaba caer la parte buena en una escudilla. De paso, intentaba pensar cómo preguntarle a Aliide acerca de las piedras que habían impactado contra la ventana, y sobre la palabra *tibla* escrita en su puerta. Al principio se había asustado, pensando que esa pintada se refería a ella, pero incluso a pesar de que no estaba muy lúcida, sabía que ni Paša ni Lavrenti harían tales jueguecitos. Iba dirigida a Aliide, mas ¿por qué iban a burlarse así de una anciana? ¿Cómo era posible que Aliide estuviese tan tranquila en semejante situación? La mujer trasteaba junto a la cocina de leña como si nada hubiese pasado, incluso tarareaba y de vez en cuando asentía con la cabeza hacia la escudilla de las frambuesas, supervisando su trabajo. En un abrir y cerrar de ojos, la joven tuvo en sus manos un cuenco de espuma extraída de la cacerola donde hervía la confitura. Según la anciana, Talvi siempre le pedía probarlo la primera. Empezó a beberse el cuenco obedientemente. La dulzura de la espuma le provocó un dolor punzante en los dientes. Los gusanos se movían en la fuente de los frutos de desecho, y las flores esmaltadas de la fuente parecían cobrar vida. Aliide estaba demasiado tranquila, sentada en una banqueta al lado de la cocina para vigilar los pucheros, con el bastón apoyado contra la pared y, sobre el regazo, el matamoscas, con el que asestaba un golpe de vez en cuando a algún que otro insecto. Sus chanclos de goma brillaban, aunque la cocina se hallaba en penumbra. El olor dulzón de las cacerolas se mezclaba con el del apio colgado a secar y con el desagradable sudor provocado por el calor de la cocina. Eso mareaba a Zara. El pañuelo, medio caído sobre su nuca, olía a Aliide. Le costaba respirar. No dejaban de ocurrírsele nuevas preguntas, aunque aún no había recibido respuesta a las primeras. ¿Por qué Aliide Truu vivía en aquella casa? ¿Qué significaban las pedradas contra las ventanas? ¿Llegaría Talvi antes que Paša? Zara se movía impaciente. Tenía el paladar pegajoso. La anciana apenas había pronunciado palabra después de haberle explicado la razón por la que habían pintado su puerta y tirado piedras. Era una situación incómoda. ¿Cómo conseguir que volviera a parlotear? Se había indignado bastante por la subida de los precios, a lo mejor debía preguntarle sobre eso. ¿Sería un tema lo bastante seguro? ¿Cuánto costarían hoy en día los huevos o los huesos para preparar una sopa? ¿Y el azúcar? Aliide había murmurado que probablemente habría que empezar a cultivar remolacha dulce otra vez, así estaban los tiempos. Pero ¿qué sabía Zara sobre aquello? Durante el último año, había olvidado todo lo relacionado con la vida normal, cómo se conocía gente, cómo conversar, y no lograba encontrar una manera sutil de acabar con aquel silencio. Aparte de eso, el tiempo se acababa y la imperturbabilidad de Aliide la asustaba. ¿Y si estaba loca? Seguramente las piedras y las pintadas no significaran nada para los propósitos de Zara, seguramente debería limitarse a actuar con rapidez y decisión. Las semillas de frambuesa que se le habían colado entre los dientes se le clavaban en las encías. Notaba el sabor a sangre. El reloj seguía con su tictac metálico, el fuego consumía un madero tras otro, quedaban menos frambuesas en las cestas, Aliide seguía quitando la espuma y los gusanos salían a la superficie con una precisión y exactitud fanáticas, mientras Paša se acercaba. A cada instante Paša estaba más cerca. El coche de Paša no se estropearía, el coche de Paša no se quedaría sin gasolina, el coche de Paša no sería objeto de un robo, Paša no sufriría ninguno de los percances que pueden retrasar el viaje de un mortal normal y corriente, porque los problemas de la gente normal y corriente no le afectaban y porque siempre se salía con la suya. No se podía contar con que tuviese mala suerte. Jamás la tenía. Tenía suerte, y dinero, y eso era buena suerte. Paša se acercaba sin tregua.

En la casa no había nada que hubiese llamado la atención de Zara, nada que hubiese podido aprovechar; ni viejas fotografías, ni libros con dedicatorias. Tenía que inventarse algo diferente.

La fotografía esperaba en su bolsillo.

Cuando Aliide fue a la despensa a buscar las tapas para los tarros, decidió actuar.

1991, Berlín

La fotografía que Zara recibió de su abuela

En la fotografía aparecían dos jóvenes de pie y juntas mirando la cámara, pero sin atreverse a sonreír. Los vestidos les caían hasta las caderas ligeramente torcidos. Una de ellas llevaba el dobladillo del lado derecho levantado; quizás estaba arrugado por detrás. La otra tenía mejor porte, bastante pecho y poca cintura. Adelantaba una pierna para destacar su forma delicada y grácil, enfundada en una media negra. En la pechera del vestido había una insignia, un trébol de cuatro hojas. No se distinguía bien, pero Zara sabía que era la insignia de las Juventudes Campesinas porque su abuela se lo había contado. Y ahora, al mirar la instantánea, veía algo que hasta entonces no había comprendido: en la cara de las muchachas había una gran inocencia que resplandecía en la redondez de sus mejillas de un modo que la hacía avergonzarse. Quizá no se había dado cuenta antes porque ella misma había tenido la misma expresión, la misma inocencia, pero ahora, una vez que la había perdido, podía reconocerla en las muchachas de la foto. Una expresión previa a la experiencia de la realidad. Una expresión de una época en que el futuro todavía existía y todo era posible.

Su abuela le había dado la fotografía antes de que su nieta se marchara a Alemania, por si le pasaba algo. A los viejos siempre podía pasarles algo, y en ese caso seguro que tirarían la fotografía antes de que Zara tuviese tiempo de volver. La muchacha no había querido que su abuela le hablase de esa manera, pero la anciana había insistido. La madre de la joven opinaba que todo lo viejo era basura y no guardaría una vieja fotografía. Zara había asentido con la cabeza, ya que conocía esa faceta materna, y había conservado la foto, incluso cuando le era prácticamente imposible, y seguiría conservándola en el futuro, aunque el resto de sus pertenencias ya no existiera y cada prenda que llevara encima fuera propiedad de Paša; conservaría esa fotografía aunque en su cuerpo ya no hubiese nada que fuese suyo de verdad, aunque todas las funciones de su cuerpo dependieran del permiso de Paša, aunque sólo pudiera ir al baño si él se lo permitía y aunque no le dieran compresas para la regla, ni siquiera algodón, nada, porque Paša decía que sólo faltaba eso, con lo cara que le estaba saliendo.

Además de la fotografía, la abuela le había dado una tarjeta en cuyo reverso aparecía la dirección del lugar donde había nacido, el nombre de la aldea y el de la casa. La casa de Tammi, por si Zara pasaba por Estonia por casualidad durante su largo viaje por el mundo. La idea la había sorprendido, pero para su abuela todo estaba muy claro.

–¡Alemania queda justo al lado de Estonia! Así que puedes pasar por allí, ya que ahora te resultará muy fácil.

Los ojos de la anciana habían brillado cuando Zara le contó de sus planes de trabajar en Alemania. Su madre no había mostrado ningún entusiasmo, del mismo modo que no se entusiasmaba por nada, aunque dichos planes le habían gustado aún menos, pues pensaba que Occidente era un lugar peligroso. El sueldo alto no la había hecho cambiar de opinión. Las argumentaciones económicas de Zara tampoco habían interesado a su abuela, pero sin embargo ésta había insistido en que usase el dinero que iba a ganar para visitar Estonia.

–Zara, recuerda que no eres rusa, eres estonia. ¡Y me comprarás unas semillas en el mercado y me las mandarás! ¡Quiero tener flores estonias en la repisa de mi ventana!

En el reverso de la fotografía se leía: «Para Aliide, de tu hermana». En la tarjeta, la abuela había escrito también el nombre «Aliide Truu». Hasta entonces, nadie le había hablado a Zara sobre Aliide Truu.

–Abuela, ¿quién es?

–Mi hermana. Mi hermana pequeña. O lo era. Puede que ya esté muerta. Podrías ir y preguntar por ella. Casi seguro que alguien la conoce.

–Abuela, ¿por qué nunca me habías contado que tenías una hermana?

–Aliide se casó y se fue pronto de casa. Y después estalló la guerra. Y nosotras nos mudamos aquí. Pero tienes que ir a conocer la casa. Luego, cuando vuelvas, me contarás quién vive allí y cómo es aquello ahora. Yo ya te he contado cómo era por aquel entonces.

El día de su partida, su madre la acompañó a la puerta. Zara dejó la maleta en el suelo y le preguntó por qué nunca le había contado nada sobre su tía.

–Yo no tengo ninguna tía –respondió su madre.

1992, oeste de Estonia

Las historias de ladrones sólo interesan a otros ladrones

Cuando Aliide fue a la despensa, Zara se sacó la fotografía del bolsillo y se quedó a la espera. La anciana tendría que reaccionar de alguna manera, decir algo, contarle algo, lo que fuese. Algo pasaría cuando viese la foto. Su corazón palpitaba. Pero cuando Aliide volvió a la cocina y Zara le mostró la instantánea, murmurando que se había deslizado entre la alacena y la pared, quizá por una grieta en el empapelado, nada en la expresión de la mujer reveló que conociese a las chicas de la foto.

–¿Qué es?

–Aquí pone: «Para Aliide, de tu hermana».

–Yo no tengo hermanas.

Y subió el volumen de la radio. Estaban terminando de leer la carta abierta de un comunista decepcionado, y pasarían a hablar de otros asuntos.

–Dámela. Trae aquí.

Su tono autoritario hizo que Zara le tendiese la fotografía, que la anciana le arrebató con rapidez.

–¿Cómo se llama? –preguntó la joven.

Aliide subió aún más el volumen.

–¿Cómo se llama? –repitió.

–¿Quién?

«Si no tenemos leche ni caramelos que dar a nuestros hijos, ¿cómo podrán crecer y llegar a ser personas sanas? ¿Les enseñamos a comer sólo ensalada de ortiga y diente de león? Pido de todo corazón que en nuestro país...»

–Por aquel entonces, a esa clase de mujeres las llamaban enemigas del pueblo.

«... haya bastante pan y algo más aparte del...»

–¿Tu hermana?

–¿Qué? Fue una ladrona y una traidora.

Zara bajó el volumen de la radio.

Aliide no la miró. Su respiración traslucía la indignación que sentía. Las orejas se le habían puesto rojas.

–Entonces, era una mala persona. ¿Cómo de mala? ¿Qué hizo?

–Robó grano del koljós y la detuvieron.

–¿Robó grano?

–Se comportó como un usurero. Le robó al pueblo.

–¿Por qué no robó algo de mayor valor?

Aliide volvió a subir la radio.

–¿No se lo preguntaste?

–¿El qué?

«... durante siglos, nuestros genes fueron orientados hacia la esclavitud, que reconoce sólo la fuerza bruta y el dinero, y por eso no debemos extrañarnos...»

–Por qué robó grano.

–¿Acaso vosotros allá en Vladivostok no sabéis con qué se hace el vodka?

–A mí me parece más bien que simplemente estaba hambrienta.

Aliide puso la radio a todo volumen.

«... por la paz de nuestro pueblo, deberíamos pedir protección a una gran nación, por ejemplo a Alemania. Sólo una dictadura podría acabar con el caciquismo que estamos sufriendo hoy día en Estonia y así sanear la economía...»

–Así pues, tú nunca pasaste hambre, porque no robaste grano.

Aliide escuchaba la radio y, tarareando, cogió con gesto brusco unos ajos para pelarlos. Las pieles empezaron a caer sobre la fotografía. Debajo de ésta había una revista, *Nelli Teataja* («Nelli Informadora»). Su anagrama, la silueta negra de una mujer mayor impresa en la portada, quedó a la vista. Zara desenchufó la radio de la pared. El zumbido de la nevera devoraba el silencio, los dientes de ajo repiqueteaban al caer en el cuenco, el enchufe estaba caliente en la mano de Zara.

–Hija, ¿no sería hora de que te tranquilizaras y te sentases?

–¿De dónde robó?

–Del campo, el que se ve desde esta ventana. ¿A qué viene tanto interés por lo que hacen los ladrones?

–Pero si ese campo pertenece a esta casa...

–No; era del koljós.

–Pero antes...

–Era una casa de fascistas.

–¿Y tú eres una fascista?

–Yo era una buena comunista. ¿Por qué no te sientas? En mi casa los invitados se sientan cuando se lo piden, o si no, se van.

–Ya que no eres una fascista, ¿cuándo te mudaste aquí?

–Yo nací aquí. Vuelve a encender la radio.

–No entiendo nada. Entonces tu hermana robó en su propio campo.

–¡En los campos del koljós! Vuelve a encender la radio, muchacha, ¿me oyes? Por aquí los invitados no se portan como si fuesen los dueños de la casa. Quizá donde tú vives son las únicas costumbres que conocéis.

–Lo siento. No quería ofender. Es que me interesa la historia de tu hermana. ¿Qué le pasó?

–Se la llevaron. ¿Por qué te interesa una historia de ladrones? Las historias de ladrones sólo interesan a otros ladrones.

–¿Adónde se la llevaron?

–A donde solían llevarse a los enemigos del pueblo.

–Y después ¿qué pasó?

La anciana se levantó, le dio unos empujones a Zara con el bastón para que se apartase y enchufó la radio otra vez.

«... El espíritu del esclavo, sin embargo, echa de menos un azote, y de vez en cuando también un dulce...»

–¿Y después qué pasó?

La fotografía quedó cubierta de pieles de ajo. La radio estaba tan alta que vibraba.

–¿Y cómo es que sigues aquí aunque se llevaron a tu hermana? ¿No desconfiaban de ti?

Aliide parecía no oír y sin embargo gritó:

–¡Echa mas leña a la cocina!

–¿O acaso tenías buenos antecedentes? ¿Eras un miembro destacado del Partido?

Las pieles de ajo se iban acercando al borde de la mesa y algunas cayeron revoloteando al suelo. Aliide se levantó y empezó a echar leña al fuego ella misma. Zara bajó el volumen de la radio y se quedó de pie delante de la anciana.

–¿Tan buena camarada eras, entonces, Aliide?

–Sí, y también lo fue mi marido, Martin. Era un dirigente del Partido. Procedía de una vieja familia comunista de Estonia, no de esos especuladores que vinieron más tarde. Incluso recibimos medallas y diplomas honoríficos.

Todos aquellos gritos por encima de las voces de la radio la habían hecho jadear, así que Zara se llevó una mano al pecho para calmarse, se abrió unos botones de la bata y ya no reconoció a la mujer que estaba ante ella. Ya no era la misma que hacía un momento parloteaba con jovialidad. Aquella mujer era fría y calculadora, y no soltaría ninguna información.

–Creo que deberías ir a dormir. Mañana tenemos que pensar en qué vamos a hacer con tu marido, siempre que todavía te acuerdes de ese problema.

Bajo la manta, en la habitación, Zara respiraba con dificultad. Aliide había reconocido a la abuela.

La abuela no era una ladrona ni una fascista. ¿O sí?

Desde la cocina le llegaban los golpes del matamoscas.

SEGUNDA PARTE

Siete millones de años
oyendo los dicursos del Führer, los mismos
siete millones de años
viendo florecer el manzano.

PAUL-EERIK RUMMO

Junio de 1949

¡Por una Estonia libre!

Aquí tengo la taza de Ingel. Me hubiera gustado tener también su almohada, pero Liide no me la dio. Ha intentado seducirme otra vez, trata de peinarse como Ingel. A lo mejor sólo quiere que me alegre un poco, pero no me alegra en absoluto. Está igual de fea. Pero no puedo decirle nada, ya que incluso me prepara la comida. Y si se enfada, no me deja salir de aquí. Aunque no se enfade abiertamente, simplemente no me deja salir y tampoco me trae comida. La última vez pasé dos días sin comer. Supongo que se puso nerviosa porque le pedí el camisón de Ingel. Ya no queda pan.

Cuando me deja salir, intento hacerle la pelota, hablo de cosas agradables y la hago reír un poco, alabo sus comidas, eso le gusta. La semana pasada preparó un bizcocho de seis huevos. No le pregunté por qué había gastado semejante cantidad de huevos, pero ella quiso saber si el bizcocho era mejor que los que hacía Ingel. No contesté. Ahora intento inventar algo agradable que decirle.

Estoy aquí acostado con la Walther y un cuchillo a mi lado. Me pregunto por qué tardarán tanto los ingleses.

Hans Pekk,
hijo de Eerik,
campesino de Estonia

1936-1939, oeste de Estonia

Aliide se come una flor de lila de cinco pétalos y se enamora

Los domingos, después de misa, Aliide e Ingel solían dar una vuelta por el cementerio para ver a algún conocido o intercambiar miradas con los chicos, y para coquetear tanto como lo permitía la decencia. En la iglesia, se sentaban al lado del sepulcro de la princesa Augusta de Koluveri y trazaban pequeños círculos con los pies, impacientes por ir al cementerio a exhibirse, a mostrar sus tobillos cubiertos con preciosas medias de seda negra de última moda, a pasear graciosamente luciendo sus mejores galas, guapas y preparadas para guiñarles un ojo a los pretendientes apropiados. Ingel se había trenzado el pelo y se había hecho una corona con las trenzas sobre la cabeza. Aliide, como era más joven, se dejaba la trenza suelta a la espalda. Aquella mañana había dicho que iba a cortarse el pelo. Adujo que las chicas de ciudad lucían elegantes rizos hechos con rulos eléctricos y que por dos coronas se podían conseguir unos iguales, pero Ingel, horrorizada, le advirtió que delante de su madre no se podía hablar de esas cosas.

Por algún motivo, aquella mañana era especialmente clara y las flores de lila especialmente embriagadoras. Aliide se sentía mayor y, mientras se pellizcaba las mejillas delante del espejo, había tenido la certeza de que ese verano a ella también le ocurriría algo maravilloso, de lo contrario no habría encontrado una flor de lila de cinco pétalos. Un hallazgo como ése tenía que ser un presagio, sobre todo después de haberse comido la flor del modo correcto.

Cuando por fin la gente salió de la iglesia, charlando animadamente, las chicas consiguieron dar su paseo por el cementerio bajo los abetos. Los helechos les acariciaban las piernas, las ardillas saltaban de rama en rama y la bomba del pozo del camposanto chirriaba de vez en cuando. A lo lejos graznaban las cornejas. ¿Qué estarían prediciendo sobre sus pretendientes? Ingel tarareaba «Craaa, craaa, ¿quiénes pareja serán?», el futuro resplandecía en el cielo y la vida era maravillosa. Sus ilusiones respecto a los años venideros reverberaban en sus corazones, como solía ocurrirles a las muchachas jóvenes.

Las hermanas acababan de dar una vuelta completa al cementerio cuchicheando y parando de vez en cuando para charlar con algún conocido, cuando de pronto el vestido de seda de Aliide se enganchó en la balaustrada de hierro de una tumba y se agachó para soltarlo. Entonces vio a un hombre junto a las tumbas de los alemanes, al lado del muro de piedra; los sauces, el musgo del muro iluminado por el sol, una risa límpida. El hombre estaba con alguien y se reía; se agachó para atarse el cordón de un zapato sin dejar de charlar y volviendo la cara hacia su amigo, y se incorporó con la misma soltura con que se había agachado. Aliide se olvidó del vestido y se levantó sin darse cuenta de que no había liberado el dobladillo. El sonido de la seda al rasgarse la hizo volver en sí y soltó la tela, sacudiéndose las partículas de óxido de las manos. Gracias a Dios, el desgarro era pequeño. Tal vez ni se notase. Tal vez aquel hombre no lo notase. Se alisó el pelo sin siquiera sentir la mano. *Mírame.* Se mordisqueó los labios para que se le enrojecieran. Podrían dar la vuelta con naturalidad y volver a pasar por delante del muro. *Mira hacia aquí.*

Mírame a mí. El hombre se volvió hacia ellas y dejó de hablar justo cuando Ingel se daba la vuelta para ver qué retenía a su hermana, y en ese instante el sol alcanzó la corona de su cabello y... *¡No, no! ¡Mírame a mí!...* Ingel irguió el cuello, lo hacía a menudo, y parecía un cisne, levantó la barbilla y se miraron el uno al otro, el hombre e Ingel. Aliide supo entonces que él nunca se fijaría en ella, al ver cómo se interrumpía, cómo inmovilizaba la mano que acababa de sacar una pitillera del bolsillo, cómo se quedaba mirando fijamente a Ingel sin continuar la frase, y cómo la tapa de la pitillera brillaba en su mano igual que un cuchillo. Ingel se acercó a Aliide, la mirada fija en el hombre, la piel resplandeciente desde los hombros hasta el hoyuelo de la clavícula, como una invitación. Sin siquiera mirar a su hermana, Ingel la agarró de la mano y la condujo hacia el muro donde el hombre permanecía inmóvil. Incluso su amigo se había percatado de que no estaba escuchándolo y de que la mano con la pitillera se había parado a la altura de la cintura. También vio que Ingel arrastraba a Aliide de la mano, aunque ésta intentaba resistirse a cada paso, buscando en las lápidas o en alguna raíz un apoyo al que agarrarse. Los tacones se le hundían en el mantillo una y otra vez, pero el terreno era resbaladizo, las raíces cedían, los abetos se apartaban, la hierba se deslizaba, las piedras rodaban ante sus pies e incluso una mosca voló hasta su boca, pero Aliide no fue capaz de espantarla tosiendo, porque Ingel no quería parar, tenía que seguir, tiraba y tiraba y el sendero estaba despejado y conducía directamente a aquel muro de piedra. Aliide reparó en la expresión ausente del hombre, una expresión que indicaba que ya no estaba en aquel momento ni en aquel lugar, y percibió los pasos ansiosos de su hermana y la fuerte presión de sus dedos. El pulso de Ingel latía contra su mano, al mismo tiempo que su rostro se desembarazaba de todas las expresiones viejas y familiares, que volaban hacia atrás para estrellarse contra la cara de Aliide; se pegaban a sus mejillas como jirones mojados y salados, algunas incluso la atravesaban como fantasmas del pasado. Los hoyuelos de las mejillas de Ingel al reírse aquella mañana con su hermana se ajaron y alejaron de su cara. Al llegar al muro, Ingel se había convertido en una extraña, una nueva Ingel, alguien que ya no le contaría sus secretos sólo a Aliide, que ya no iría al parque a beber agua Seltzer con ella, sino con otro. Una nueva Ingel que pertenecería a otra persona, sus pensamientos y su risa serían de otro, aquel a quien ella misma hubiese querido pertenecer. Aquel cuya piel habría querido oler, cuyo calor habría querido mezclar con el suyo. A aquel que debería haber mirado a Aliide, haberla visto, haberse quedado petrificado al verla mientras sacaba la pitillera del bolsillo. Pero fue a Ingel a quien el destello de aquella pitillera de latón separó de la vida de Aliide con su cuchillo de luz.

Aino, la vecina, se acercó presurosa al muro de piedra. Conocía al amigo de aquel hombre y presentó a las hermanas. Los sauces murmuraban. El hombre no miró a Aliide ni siquiera al saludarla.

Los tres leones de Estonia destellaban al sol y se reían en la tapa de la pitillera.

Otra vez Ingel. Siempre ella. Siempre lo había conseguido todo y seguiría haciéndolo, porque Dios continuaba burlándose de Aliide. No bastaba con que Ingel recordase todos los pequeños trucos aprendidos de su madre, como fregar la vajilla con el agua de cocer las patatas y dejarla brillante. No bastaba con que nunca se olvidase de aquellos consejos, como Aliide, a quien los platos siempre le quedaban grasientos. No, Ingel sabía hacerlo todo incluso antes de que se lo enseñaran. Desde la primera vez que había ordeñado las vacas, la espuma de la leche había llegado al borde del cubo, y en los campos que pisaba crecía mejor el grano. Eso tampoco bastaba. También tenía que conseguir al hombre a quien Aliide había visto primero. El único al que Aliide había querido.

Habría sido razonable que Aliide consiguiese al menos alguna de las cosas que deseaba, eso habría sido lo correcto, sólo por una vez, porque desde su nacimiento había observado como ni siquiera hacía falta colar la leche que Ingel ordeñaba, porque ella lo hacía todo de un modo limpio e incluso había ganado el concurso de ordeño de las Juventudes Campesinas sin ningún esfuerzo. Aliide había visto con sus propios ojos cómo las leyes del mundo no afectaban a su hermana, cómo en su cubo no caían pelos de vaca y cómo en su frente no había ni un solo grano. El sudor de Ingel olía a flores y con la menstruación no se le hinchaba su cintura de avispa. Las picaduras de los mosquitos no dejaban marcas en su piel casi transparente, ni las orugas atacaban las coles que plantaba. Las confituras que preparaba no se enmohecían, ni su repollo agridulce fermentaba. Los frutos de sus manos estaban siempre bendecidos, la insignia de las Juventudes Campesinas destellaba más en su pecho que en el de los demás, y su trébol de cuatro hojas nunca se rayaba, mientras que su hermana menor perdía el suyo una y otra vez, haciendo que su madre negase con la cabeza, pero sólo un momento, pues sabía que no mejoraría nada con ello.

Y ni siquiera era suficiente el hecho de que Ingel consiguiese al único hombre que había hecho detenerse el corazón de Aliide, a Hans. No, con eso tampoco bastaba, pues la tan admirada hermosura de Ingel y su sonrisa celestial habían empezado a resplandecer después de conocerlo con una fuerza que no era de este mundo, de un modo aún más cegador. Alumbraba todo el jardín de la casa incluso en las noches lluviosas y llenaba la alcoba donde dormían las hermanas, a tal punto que a Aliide le faltaba el aire y por las noches se despertaba jadeante y se precipitaba tambaleándose a abrir la puerta en busca de oxígeno. Y con eso tampoco bastaba, antes bien, las penurias de Aliide se multiplicaron aunque eso ya pareciese imposible. Se multiplicaron porque Ingel no era capaz de guardarse para sí misma sus pensamientos, así que tenía que estar susurrando sin parar cosas sobre Hans, que si Hans esto y Hans lo otro. Encima, obligaba a Aliide a observarlo, a fijarse en sus miradas y gestos, si eran lo suficientemente devotos, si miraba a otras, o si sus ojos sólo se fijaban en Ingel, y qué significaba esto y lo otro que Hans hubiera dicho, qué querría decir la flor de aciano que le había dado, si significaría amor, amor sólo por ella. ¡Y sí, era eso! Hans andaba tras la fragancia de Ingel como un animal en celo.

Los tonteos y arrumacos de los dos tortolitos se extendieron por la casa con tal rapidez que, un año después, apareció sobre la mesa una botella del licor rojizo que solía traer el pretendiente para pedir la mano de la novia. Después empezaron los preparativos de la boda y el baúl del ajuar. El baúl con el ajuar de Ingel engordaba como un cerdito, y ella correteaba de un lado a otro entusiasmada. Hubo divertidos bailes al atardecer y muchas risas, y después llegó la luna nueva, la que trae suerte y salud a los novios. Boda por aquí y boda por allá, y los novios a la iglesia y luego de vuelta. Los invitados esperaban, el velo corto de la novia ondeaba al viento y Aliide, con sus medias negras de seda, bailó y les contó a todos lo feliz y contenta que se sentía por su hermana y por el hecho de que al fin tenían un joven amo de la casa. Los guantes blancos de Hans resplandecían, y aunque bailó alguna pieza con Aliide estuvo mirando a Ingel todo el tiempo, volviendo la cabeza hacia allí donde resplandeciera el velo de la novia.

Hans e Ingel juntos en el campo. Ingel que corre a su encuentro. Hans que le quita la paja del cabello. Hans que la coge por la cintura y le da vueltas por el jardín. Ingel que corre hacia el establo de los caballos, Hans tras ella, risas tontas y nerviosas. Un día, una semana, un año, otro más. Hans que se quita la camisa y las manos de Ingel ya están acariciando su piel. Ingel que le echa agua en la espalda. Los dedos de los pies de Hans retorciéndose de gusto cuando Ingel le lava el pelo. Susurros, suspiros, el sordo roce de la ropa de cama por las noches. El crujido del colchón de paja y el chirrido de la cama de hierro. Murmullos para que el otro se calle y risitas tontas. Suspiros. Gemidos ahogados en la almohada y grititos atenuados con la mano. El calor sudoroso atravesaba la pared hasta la cama atormentada de Aliide. Después el silencio, y luego Hans abría la ventana a la noche de verano, se apoyaba con el torso desnudo contra el marco y fumaba un cigarrillo, cuya ascua brillaba en la oscuridad. Si Aliide se pegaba a su ventana podía ver el cigarrillo y aquella mano de venas abultadas y dedos largos, la mano que aguantaba el cigarrillo y que luego dejaba caer la colilla en el parterre de los claveles.

1939, oeste de Estonia

Las cornejas de la vieja Kreeli se callan

Aliide fue a la casucha de Maria Kreeli. Los poderes de la vieja Kreeli para echar un mal de ojo y parar las hemorragias ya eran famosos cuando Aliide había nacido, y ella no los ponía en duda.

Lo que hacía embarazosa aquella visita era que Maria Kreeli fuera vidente, ya que Aliide no quería que ni siquiera ella supiese de su tormento interior, pero, cuando una no sabía qué hacer, no quedaba más remedio que ir a casa de los Kreeli.

La anciana estaba en el patio, sentada en un banco y rodeada de sus gatos. Declaró que había estado esperándola.

–Maria Kreeli, ¿sabe de qué se trata?

–De un chico rubio, joven y guapo.

Con su boca desdentada chupaba un trozo de pan.

Aliide dejó un bote de miel en los escalones. Al lado de la puerta colgaban ramilletes de hierbas medicinales, y había una corneja que la miraba fijamente. Aliide se asustó; cuando era niña, le decían que las cornejas eran personas embrujadas. En el patio de Maria Kreeli había una bandada y todas graznaban. También estaban allí cuando la había visitado por primera vez, después de que su padre se dañara un pie con el hacha. La vieja había mandado salir a todo el mundo y se había quedando sola con el hombre. Aquella cocina no era un lugar idóneo para los niños, pues olía raro, y Aliide se había tapado la nariz. En la mesa había un bote grande de larvas de mosca para curar las heridas.

La corneja alzó el vuelo hacia los árboles que silbaban al viento detrás del banco, y la vieja movió la cabeza como saludando. El sol brillaba, pero en aquel patio siempre hacía frío. Por la puerta entreabierta se veía la cocina en penumbra. En el recibidor había una pila de almohadones con fundas blancas. Los bordes adornados con puntillas se curvaban en un juego de luces y sombras. Almohadones de difunto. Maria Kreeli los coleccionaba.

–¿Ha tenido visitas?

–Aquí siempre hay visitas, la casa siempre está llena.

Aliide se apartó de la puerta.

–Puede que venga mal tiempo para la siega –continuó la vieja, y se metió otro trozo de pan en la boca–, pero parece que eso no importa. ¿Acaso has oído lo que dicen las cornejas, Aliide?

La joven se asustó. La vieja soltó una risita y dijo que las cornejas habían estado calladas varios días, y tenía razón. Aliide buscó más pájaros con la mirada; había bastantes por todas partes, pero no emitían sonido alguno. Detrás de la casucha se oía el maullido de una gata en celo. La vieja la llamó y al cabo de un momento la gata ya estaba al lado de su bastón, frotándose contra él. La anciana la empujó hacia Aliide.

–No se cansa –dijo clavando sus ojos legañosos en la joven. Ésta se ruborizó–. Es así, qué remedio. En un día como éste, incluso las cornejas callan, pero no hay quien pueda con el celo de la gata.

¿Qué querría decir la vieja con «un día como éste»? ¿Acaso se avecinaba mal tiempo? ¿Una mala cosecha y una hambruna, o acaso se refería a Rusia? ¿O a la vida de Aliide? ¿Iba pasarle algo a Hans? La gata se frotaba contra la pierna de la muchacha, que se agachó para acariciarla. El animal se frotó el trasero contra el dorso de la mano y Aliide la retiró. La anciana rió. Era una risa desagradable, una risa que sabía y callaba. A Aliide le picó la mano. Le picó todo el cuerpo, como si dentro tuviese pajas secas que intentaban atravesarle la piel, y su mente torturada le susurró cómo había sido capaz de ir a aquella casa, cuando Hans estaba a solas con Ingel en casa. Sus padres habían ido a visitar a un vecino y ella allí. Cuando regresase a casa, Hans olería a hombre incluso el doble que antes, e Ingel a mujer, como ocurría después de sus momentos íntimos, y sólo de pensarlo aumentaban los picores de Aliide.

La muchacha iba cambiando su peso de una pierna a otra. Maria Kreeli se levantó y entró en la casa, cerrando tras ella. Aliide no sabía si tenía que marcharse o esperar, pero la vieja regresó pronto con una botellita de cristal marrón y una sonrisa sarcástica dibujada en su boca contraída. Aliide cogió la botellita. Cerrando la puerta a sus espaldas, la vieja le susurró:

–Ese chico tiene el pecho negro.

–Yo puedo...

–A veces se puede, a veces no.

–¿Usted no ve nada más?

–Mira, chiquilla, de la tierra de la desesperación brotan flores podridas.

Aliide echó a correr alejándose de aquella casucha, sus zapatillas de cuero volaban en grandes zancadas y la botellita que le había dado la vieja se calentaba en su mano, pero sus dedos seguían fríos. ¿Acaso no había ningún poder que pudiese detener aquel doloroso latir de su corazón?

En el patio, una risueña Ingel sacaba agua del pozo. La trenza se le había deshecho y tenía las mejillas enrojecidas; sólo llevaba puesta la enagua.

En la cama de Aliide esperaba un libro de Friedebert Tuglas, *Toome helbed* («Flores del cerezo aliso»); en la cama de Ingel esperaba un hombre. ¿Por qué era tan injusto todo?

Aliide no tuvo tiempo de probar la eficacia del brebaje de Kreeli. Tenía que haberlo mezclado con el café, pero a la mañana siguiente Ingel dejó su café a medias y se fue corriendo a vomitar. Ya había pasado aquello que la botellita de Kreeli debía impedir. Ingel estaba embarazada.

1939-1944, oeste de Estonia

El retumbar del frente se convierte en olor a sirope

Cuando los alemanes del Báltico fueron llamados a Alemania en el otoño de 1939, una amiga de las hermanas, compañera del colegio y catequesis y también alemana, fue a despedirse de ellas y prometió volver. Sólo iría de visita a aquel país que no conocía y después regresaría a contarles cómo era de verdad esa Alemania. Se despidieron agitando las manos, mientras Aliide miraba al mismo tiempo los brazos de Hans, que abrazaban a Ingel por la cintura, y que al poco rato la transportaron detrás del establo de los caballos. Las risitas tontas se podían oír hasta en la parte delantera de la casa. Aliide apretó los dientes contra la palma de su mano. La imagen de la cintura cada vez más abultada de Ingel la torturaba, tanto de día como de noche, dormida o despierta, y no le dejaba ver ni oír nada más. A ninguno de los tres les llamaba la atención el modo como se arrugaban de preocupación las frentes de los ancianos, unas arrugas que no desaparecían sino que, al contrario, se volvían más profundas, el modo como el padre de las muchachas contemplaba las puestas de sol, escudriñaba cada atardecer al lado del sembrado, fumaba su pipa y miraba el horizonte buscando señales, examinaba las hojas del arce, suspiraba cuando leía los periódicos o escuchaba la radio, y siempre volvía a intentar oír el canto de los pájaros.

En 1940, cuando nació la niña, Linda, Aliide creyó que la cabeza le estallaría. Hans andaba con su hija en brazos, y en los ojos de Ingel brillaba la felicidad, en los de Aliide, las lágrimas, y los de su padre se hundían bajo las arrugas de su frente. Éste empezó a aprovisionarse de petróleo y cambió sus billetes por oro y plata. En la ciudad se veían colas, por primera vez había colas en todo el país, y en las tiendas se agotó el azúcar. Hans no se interesaba por Aliide, aunque ésta ya había conseguido en tres ocasiones añadir un poquito de su sangre a la comida de su cuñado, una vez incluso de la menstruación, durante la luna llena. La próxima vez lo intentaría con la orina. Maria Kreeli había asegurado que en ocasiones era más eficaz.

Hans empezó a conversar con su suegro de un modo discreto y grave. Tal vez no querían preocupar a las mujeres de la familia y por eso, cuando ellas andaban cerca, nunca hablaban sobre los malos augurios que se iban cumpliendo, o quizá lo hacían, pero las hermanas no prestaban atención. El ceño del padre no las inquietaba lo más mínimo, porque era un viejo, una persona del pasado que temía la guerra. Los que habían crecido en la Estonia libre no se preocupaban por la guerra. No habían cometido crímenes, así que ¿de qué podían inculparlos? Hasta que las tropas soviéticas se hubieron desplegado por todo el país no empezaron a temer un futuro amenazante. Arrullando a su bebé en brazos, Ingel le susurraba a Aliide que Hans había empezado a sujetarla más fuerte, que dormía a su lado aferrando su mano toda la noche, no la aflojaba ni siquiera cuando se quedaba dormido, lo que la extrañaba bastante. Hans la apretaba como si temiese que Ingel pudiera desaparecer en plena noche. Aliide escuchaba la preocupación de su hermana, aunque cada palabra suya era una puñalada en sus entrañas. Sin embargo, empezó a sentir que se iba librando un poco de su obsesión y que en su lugar aparecía otra cosa: el miedo por Hans.

Ninguna de las mujeres pudo eludir la realidad cuando llegaron a la ciudad ya semidesierta y oyeron a la banda del Ejército Rojo tocar marchas militares soviéticas. Hans no estaba con ellas, porque ya no se atrevía a ir a la ciudad, y tampoco habría querido que fuesen las hermanas. En un primer momento empezó a dormir en el trastero que había detrás de la cocina, después se pasaba allí también los días y al final acabó por irse al bosque, donde se quedó.

Una risa incrédula se propagó de pueblo en pueblo, de aldea en aldea. Proclamas como «¡Luchamos por la gran causa de Stalin!» y «Acabamos con el analfabetismo» levantaron gran hilaridad, ya que nadie podía afirmar en serio semejantes cosas. Las que parecían verdaderos chistes andantes eran las esposas de los oficiales, que se paseaban de un lado a otro como si fuesen la tonta del baile; iban por las calles de los pueblos vestidas con sus camisones llenos de flecos. ¿Y los soldados del Ejército Rojo? ¡Pues mondaban las patatas cocidas con las uñas porque no sabían usar el cuchillo! ¿Quién iba a tomar en serio a aquella gente? Pero después empezaron a desaparecer personas y la risa se tornó amarga. Cuando se puso en práctica la matanza y el traslado de hombres, mujeres y niños, algunas historias se repetían una y otra vez como si fuesen salmos. El padre de Aliide e Ingel fue detenido en la carretera que conducía a la ciudad. Su madre simplemente desapareció. Las hermanas se encontraron un día con una casa vacía y gritaron como animales. El perro no dejó de esperar a su amo, y aulló su pena junto a la puerta hasta que murió. Nadie se atrevía a salir. La tierra se retorcía bajo la marea del dolor y cada una de las tumbas cavadas en territorio estonio se hundía por alguna de sus esquinas, como prediciendo más muertos en la familia. El retumbar del frente corría a campo traviesa hasta cada rincón y en todas partes clamaban por Jesús, por Alemania y por los antiguos dioses.

Aliide e Ingel empezaron a dormir en la misma cama, con un hacha bajo la almohada. Pronto les tocaría a ellas. Aliide hubiese querido marcharse y esconderse, pero lo único que fue capaz de esconder fue la bicicleta Dollar de Ingel, que llevaba pintada la bandera americana. En cambio, su hermana decía que una mujer estonia no abandonaba ni su casa ni sus animales, pasara lo que pasase, aunque fuese a detenerlas un batallón entero. Ella sí les demostraría el orgullo de la mujer estonia. Así pues, una de las hermanas velaba mientras la otra dormía, mientras en la mesilla de noche velaban por ellas la Biblia y la imagen de Jesucristo. Durante aquellas largas noches, Aliide contemplaba a veces el resplandor rojizo del cielo y en ocasiones la claridad que irradiaba la cabeza de Ingel, y meditaba si tendría que escapar sola. Lo habría hecho de no haberle dado Hans un cometido antes de marcharse: «Protege a Ingel, tú sabes hacerlo». Aliide no sería capaz de defraudar su confianza, tenía que demostrar que era merecedora de ella. Por eso empezó a seguir atentamente los partes de guerra de Finlandia, igual que había hecho Hans antes. Por su parte, Ingel se negaba a leer los periódicos, tenía fe en sus plegarias y en las estrofas de Juhan Liivi: «Madre patria, contigo estoy triste, sin ti lo estoy más».

–¿Y si nos vamos ahora que aún podemos? –sugirió un día Aliide con delicadeza.

–¿Y adónde? Linda es demasiado pequeña.

–Quizás a Finlandia, pero Hans opina que Suecia seguramente sería lo mejor.

–¿Y tú qué sabes de las opiniones de Hans?

–Quizás él pueda seguirnos.

–Yo de mi casa no me voy. Pronto cambiarán las cosas. Los países occidentales vendrán a ayudarnos. Hasta entonces aguantaremos. Tienes poca fe, Aliide.

Ingel no se equivocaba. Aguantaron, el país aguantó y el libertador llegó. Los alemanes entraron con sus tropas, limpiaron el cielo de los humos de las casas en llamas e hicieron que volviese a brillar azul; la tierra ennegreció y las nubes recuperaron su blancura. Hans pudo regresar. Y cuando su pesadilla terminó, empezó la de otros. Los comunistas palidecieron y, como los transportes quedaron paralizados, huyeron a pie, como liebres.

Pero Hans ensilló su caballo y salió con andares orgullosos a recuperar la bandera de las Juventudes Campesinas, el trofeo itinerante del Sembrador, los libros de contabilidad y otros papeles que habían tenido que llevar a la ciudad cuando los rojos invadieron el país y prohibieron la organización. Volvió con una sonrisa de oreja a oreja. Todo había ido bien, los alemanes habían sido amables, el ambiente era maravilloso e incluso había sonado una armónica. Los zuecos de las mujeres resonaban por todas partes de un modo agradable y enérgico. También habían fundado la ERÜ, Eesti Rahva Ühisabi (Solidaridad del Pueblo Estonio), para alimentar y apoyar a aquella gente cuyo cabeza de familia hubiese sido alistado a la fuerza en el Ejército Rojo. ¡Todo se arreglaría! Todos volverían a casa: papá, mamá, los desaparecidos regresarían, el grano crecería en los campos igual que antes. Ingel ganaría otra vez los campeonatos de cultivo de legumbres que organizaban las Juventudes Campesinas, irían a las fiestas de otoño y, cuando las hermanas tuviesen unos años más, se afiliarían a la Asociación de Mujeres Campesinas. Cuando su suegro estuviese de vuelta en casa, Hans empezaría a hacer planes para ampliar y expandir sus campos. Hans participaría entonces en la campaña de cultivo del tabaco y la remolacha de azúcar, y después habría suficiente sirope de remolacha, y la hermosa boca de Ingel no se contraería en un mohín de disgusto a causa de la sacarina. Y la de Aliide tampoco, añadía Hans. Ingel ronroneaba contenta como una gata. Entonces comenzó a elaborar una receta de las mejores galletas de Estonia, hechas a base de sirope de remolacha, y junto a Hans cayó en aquella misma nube en que se habían sumido durante los tiempos de los primeros arrumacos, antes de comenzar la pesadilla, mientras que Aliide recayó en la vieja tortura de amor. Todos los obstáculos se derrumbaron ante el brillante futuro de Ingel. Y ni siquiera la escasez de ropa hizo que su armario decreciese, aunque tuvo que sustituir la hebilla de las ligas por una moneda envuelta en papel, pero ¡no pasaba nada! Hans le trajo seda de los paracaídas para que se hiciese una blusa e Ingel la tiñó de azul lavanda y cosió una blusa bien alegre, la adornó con lentejuelas, le colocó en la pechera un broche de cristal alemán y estuvo más guapa que nunca. Hans le trajo un broche igual a Aliide, un poco más pequeño, pero aun así muy fino, y por un momento la mente torturada de su cuñada se apaciguó: a pesar de todo, Hans se había acordado de ella aunque sólo fuera por un momento. ¿Quién iba a fijarse en su broche si encima la nueva blusa de Ingel llevaba unas grandes hombreras? Hans la llamaba «soldadito», con dulzura, con toda la dulzura del mundo.

A Aliide le dolía muchísimo la cabeza. Sospechó que podía tener un tumor. El dolor a veces le nublaba la vista y sólo oía zumbidos. Mientras Hans e Ingel seguían con sus arrumacos, ella cuidaba de Linda, a quien pellizcaba en secreto, a veces incluso la pinchaba con una aguja, pues su llanto le provocaba un placer inconfesable.

La cosecha de remolacha trajo abundantes tubérculos blancos y maduros, y los alemanes se quedaron. La cocina se llenó de cestas de remolacha e Ingel hacía sus tareas de ama de casa con renovadas energías. Ocupó con naturalidad el espacio dejado por la vieja matrona e incluso la superó. Las cosas marchaban estupendamente, Ingel lo sabía todo sin siquiera preguntar y le daba consejos a Aliide, quien limpiaba obedientemente las remolachas mientras su hermana las rallaba. Aliide no llegaría a hacer ese trabajo hasta más adelante, porque primero Ingel tenía que descubrir cuál era el mejor método para desmenuzarlas. Probó una vez con un molinillo de carne, pero volvió al rallador y encargó a su hermana que, además de limpiar las remolachas, tuviese cuidado de que las cacerolas de sirope que estaban a fuego lento no empezaran a hervir. A veces, mientras Ingel realizaba otras tareas, alargaba el cuello para espiar la cocina de leña, ya que no se fiaba de la habilidad de Aliide para preparar el sirope. Seguro que dejaba que la temperatura subiese demasiado y el sirope cogiese un gusto amargo, y al ofrecérselo a las visitas, éstas pensarían que había sido ella la tonta que lo había dejado hervir demasiado, «¡nunca a más de ochenta grados!». La nariz de Ingel no paraba de olisquear por si de la cocina salía un olor demasiado intenso, y si ocurría le gritaba a su hermana que lo corrigiese. Aliide no notaba en el olor ninguna diferencia de intensidad, pero claro, ella no era Ingel. ¿Cómo podría haberlo distinguido? Además, la propia dulzura que destilaba Ingel hacía que las fosas nasales quedaran impregnadas de su fragancia. Ella sólo era capaz de oler la saliva de Hans en los labios de su hermana, lo que hacía que sus propios labios agrietados latiesen de dolor.

Aliide seguía lavando las remolachas un día tras otro, les arrancaba las pequeñas raíces y quitaba los puntos negros. Ingel le dijo que ella misma se encargaría de rallarlas y revoloteaba por la cocina dándole órdenes, bien para que vigilase la remolacha rallada que estaba a remojo, bien para que le cambiase el agua, bien para que fuese por más al pozo. «¡Media hora, ya ha pasado media hora! ¡Hay que verter el agua sobre las rodajas nuevas!» En algún momento, Ingel se aburrió de rallar remolachas y empezó a cortarlas en rodajas finas. «¡Ya ha pasado media hora! ¡Vierte ya el agua limpia!» Aliide limpiaba, Ingel picaba, y de vez en cuando la primera colaba el líquido bajo la estricta mirada de la segunda; al mismo tiempo, esperaban a que sus padres volviesen a casa. Escurrían las remolachas y dejaban que el agua del sirope se evaporase a fuego lento, sin dejar de esperar. «¡Quita esa espuma de la superficie! ¡Quítala, que si no va a estropearse!» La hilera de tarros de sirope se alargaba sin cesar y ellas seguían esperando. De vez en cuando, Ingel derramaba una lagrimita en el cuello de la camisa de su marido.

Toda la aldea esperaba noticias de Narva. ¿Cuándo volverían a casa los hombres? Ingel preparaba sopa de zanahoria y remolacha dulce, Hans se relamía de gusto comentando lo bien que sabía y su mujer seguía atareada con el guiso de macarrones y remolacha, con el jugo de remolacha, y seguían esperando. Hans se daba auténticos festines de torta de remolacha, asentía aprobadoramente ante los bollos de remolacha, mientras con las cortezas de las castañas hacía flores y pájaros para Linda. El ambiente tan azucarado de la cocina le provocaba náuseas a Aliide. Envidiaba a las mujeres de la aldea que tenían un hombre a quien esperar, alguien por quien aprender a preparar bollos de remolacha dulce, pero ella, una chica adulta, sólo podía esperar a sus padres. Habría querido esperar a que Hans se reuniese con ella desde algún lugar lejano, no desde el otro lado de la mesa, pero intentaba ahuyentar ese pensamiento porque era vergonzoso, ingrato. Las mujeres de la aldea suspiraban diciendo que ojalá ellas tuviesen tanta suerte; tenía un hombre en la casa e Ingel era la más feliz de las mujeres, ante lo que a Aliide no le quedaba más que asentir apretando sus resecos labios.

Ingel no paraba de inventar recetas, incluso una para hacer bombones de remolacha dulce, con leche, sirope de remolacha, mantequilla y nueces. Apartó a Aliide de los fogones, ya que darle el punto exacto de cocción a la leche con el sirope era un trabajo difícil, y después había que mezclar las nueces con la mantequilla y darle otra cocción. Le permitió sentarse a la mesa y cuidar de Linda y de la bandeja donde vertía la mezcla. Tenía que observar con atención, aseguraba Ingel, pues le preocupaba cómo se las arreglaría Aliide más adelante, cuando tuviese su propia familia y sus propias remolachas, si ahora no practicaba. También podía aprender mejor cómo cuidar de un niño. Aliide estuvo a punto de preguntarle a qué familia se refería, pero calló y le dio la impresión de que Ingel temía que su hermana menor se quedase toda la vida holgazaneando por la casa. Ingel había empezado a dejar el periódico a la vista de Aliide, siempre abierto como por casualidad por la página de contactos. Pero ella no quería a un señor que buscase una dama menor de veinte años y tampoco a uno a quien le gustasen las señoritas no muy delgadas. No quería a nadie más que a Hans.

Ante la puerta de Maria Kreeli ya hacía tiempo que se formaban colas, pues las mujeres iban a preguntarle por sus maridos desaparecidos al otro lado de la frontera. Al final, la vieja tuvo que echar el pestillo y ya no recibía ni siquiera a Aliide, aunque ésta había sido su proveedora de miel durante años. Un día apareció en la aldea un gitano que leía el futuro en las cartas y la gente que se amontonaba delante de la casa de la vieja Kreeli acudió a él. Ingel y Aliide lo visitaron una vez y les predijo que sus padres ya estaban camino de vuelta. Hans se burló de ellas cuando volvieron entusiasmadas por la buena nueva y dijo que se fiaba más de las promesas de los alemanes que de las cartas de los gitanos. Los alemanes habían jurado que conseguirían traer de vuelta a cuantos habían sido conducidos al otro lado de la frontera. Ingel se puso a examinar su libreta de recetas, avergonzada, y Aliide no quiso contrariarlo diciéndole que creía más en las predicciones de los gitanos.

–He invitado a algunos alemanes a jugar a las cartas esta noche. Ingel puede ofrecerles sus deliciosos bombones y a cambio podréis refrescar vuestros conocimientos de alemán. ¿Qué os parece?

Aliide se sorprendió. Hans jamás había invitado a casa a ningún alemán. ¿Tan desesperada estaba su hermana por encontrarle marido? Si ni siquiera le gustaban los alemanes.

–Echan mucho de menos sus hogares y necesitan compañía. Son hombres jóvenes –explicó Hans a Aliide.

Ésta miró a Ingel, que sonrió.

Jugaron a las cartas hasta muy tarde. Los alemanes habían colgado sus armas nada más llegar. Ingel sonrió en agradecimiento y les ofreció bollos de remolacha y compota de bayas de serbal con remolacha. Los alemanes cantaban canciones de su país y hacían reír a Aliide, aunque ella no conseguía entenderlas del todo. El lenguaje de gestos y la mímica ayudaban, y aquellos hombres se sintieron entusiasmados incluso por los escasos conocimientos de alemán de las hermanas. Ingel se había retirado en plenos cánticos para lavar el centeno; Aliide oía verter la leche sobre los granos. «¿Recuerdas que siempre tiene que ser leche desnatada?» Ingel le había enseñado los trucos para preparar sucedáneo de café. El recipiente entró con estrépito en el horno, donde aún flotaba el olor a pan recién cocido, y Aliide hubiese preferido estar ayudando a su hermana en la cocina que sentada a la mesa con aquellos soldados, aunque eran unos muchachos divertidos. Acudieron de nuevo la tarde siguiente. Y una tercera. Aliide se sentía molesta, Ingel entusiasmada. Aliide no quería a nadie más que a Hans, pero su hermana exigió que esta vez fuese ella quien preparase el café.

–Primero echas la remolacha dulce, muy, pero que muy picada, en el agua hirviendo. La cueces de veinte a treinta minutos, después la pasas por el colador y añades la achicoria y la leche. ¿Te acordarás? Así no tendré que aconsejarte en presencia de nuestros invitados. Demuéstrales que eres una buena ama de casa.

Durante su quinta visita, los soldados anunciaron que los trasladaban a Tallin. Aliide se sintió aliviada, pero Ingel frunció el ceño. Hans las consoló diciendo que seguramente vendrían más alemanes. Y sus padres también volverían. Todo iría bien. Antes de despedirse, uno de los soldados le dio su dirección a Aliide y pidió que le escribiese. Ella se lo prometió, aunque sabía que nunca lo haría. Notó el intercambio de miradas entre Ingel y Hans a su espalda.

Ni su padre ni su madre volvieron.

Hans le talló a Ingel unos bonitos zuecos, les puso unos lazos y anunció que iba a seguir a las tropas alemanas.

Las veladas de las hermanas se volvieron interminables. Una noche, desapareció de la aldea Joffe, el hijo de Armi, junto con sus hijos, su mujer y sus suegros. Corría el rumor de que se habían marchado a la Unión Soviética buscando refugio. Eran judíos.

1944, oeste de Estonia

Primero se hacen las cortinas

Los rusos ya se habían vuelto a desplegar por todo país cuando una noche Hans llamó a la ventana de la habitación de atrás. Aliide agarró un hacha, Ingel empezó a rezar en voz baja el padrenuestro y Linda se escondió bajo la cama. Pero pronto comprendieron. Dos toques largos, dos cortos. Hans había vuelto.

Mientras Ingel lloriqueaba de alegría, Aliide meditó sobre dónde podrían esconderlo. Les contó entre susurros que había escapado de las filas alemanas y cruzado el Báltico haciéndose pasar por finlandés. Sin dejar de llorar, Ingel le decía que al menos podía haber intentado mandar alguna carta, pero Aliide se alegraba de que no lo hubiese hecho. Cuanta menos información hubiese en papel sobre los movimientos de Hans, mejor. Debían olvidar la escapada de su cuñado al ejército, eso nunca había pasado, a ver si Ingel también lo entendía. ¿Volvería el trastero detrás de la cocina a utilizarse otra vez como escondite? Hans ya había estado allí antes, aquella vez que habían llegado los rusos. Era un buen sitio, sin ventanas, y allí lo escondieron. Pero ya después de la primera noche, su intranquilidad empezó a aumentar y se puso a preguntar sobre los movimientos de los partisanos, los Hermanos del Bosque. La inactividad hería su autoestima masculina y al menos quería participar en las tareas domésticas. Era tiempo de siega, por los campos había otros hombres disfrazados con faldas, pero Ingel no se atrevía a permitírselo. Nadie tenía que enterarse de su regreso, cosa que le dejaron bien clara también a Linda.

Un par de días después apareció Aino, la vecina, que había enviudado recientemente y estaba embarazada. Tras atravesar el campo a todo correr sujetándose el vientre, se detuvo exhausta delante de Ingel y contó que los chicos de Berg estaban camino de su casa, ya habían pasado por la suya desfilando con aire marcial, y el más joven enarbolaba la bandera azul, negra y blanca de la República estonia. Ingel y Aliide dejaron la siega de inmediato y se apresuraron hacia su hogar. Los chicos de Berg esperaban ante la puerta fumando pitillos de liar. Saludaron a las mujeres.

–¿Habéis visto a Hans?

–¿Y por qué lo preguntáis? No ha pasado por casa desde que se fue.

–Pero volverá, tarde o temprano.

–De eso no sabemos nada.

Los chicos de Berg dejaron un aviso de su parte. Dijeron que estaban reuniendo tropas y buscando a los mejores para que se uniesen a ellos. Ingel les dio pan y un cántaro de tres litros de leche y prometió transmitir el mensaje. Sin embargo, cuando desaparecieron tras los sauces blancos, Ingel murmuró que no se lo contaría a Hans. ¡Seguro que saldría corriendo tras ellos! Aliide pasó por alto los balbuceos de Ingel y aseguró que dentro de nada oirían por allí la ruidosa motocicleta de la Checa, la policía secreta, porque era difícil imaginarse un hecho más llamativo que una marcha de los chicos de Berg. ¿Lo comprendía Ingel?

Pusieron manos a la obra. Cuando el reloj anunció la siguiente hora, Hans ya había desaparecido en el lindero del bosque. *Lipsi* empezó a ladrar delante de la casa y la motocicleta se dejó oír. Las hermanas se miraron. Habían conseguido hacer desaparecer a Hans en el último momento, pero si se quedaban sentadas a la mesa de la cocina en horas de siega levantarían sospechas, pues parecería que había pasado algo y que simplemente estaban esperando a que las fusilasen. Así que vuelta a la faena.

Desde la despensa al establo de las vacas, y del establo de las vacas al de los caballos, y desde éste hasta el prado a través de un susurrante sembrado de tabaco, justo cuando la moto con sidecar derrapaba delante de la casa.

–Hemos dejado la olla al fuego. Se darán cuenta de que acabamos de estar allí –dijo Ingel sin aliento.

No habían cerrado la puerta con llave, pues habría sido sospechoso. Pronto los chequistas verían el agua de cocer los huevos para la merienda de Hans hirviendo en la cacerola y se percatarían de que la cocina había sido abandonada a toda prisa. Las mujeres se quedaron a espiar tras un montículo de piedras en medio del prado. Los hombres vestidos con cazadoras de piel entraron en la casa, pasaron un rato dentro, salieron, miraron alrededor y se fueron. A Ingel le extrañó que se marchasen tan rápido y empezó a arrepentirse por haber hecho que Hans fuese al bosque tan a la ligera. Quizá podrían habérselos quitado de encima hablando un rato con ellos. De haber estado allí, tal vez los hombres sólo se hubiesen quedado un momento. Hans podría haberse quedado en el trastero sin riesgo alguno. Ingel, la tonta. Aliide no lograba entender cómo Hans había podido escoger a una mujer así.

–Tenemos que hacer algo.

–¿Como por ejemplo?

–Déjame a mí.

Por las noches, Ingel lloriqueaba y Aliide sopesaba sus alternativas. De Ingel no podía esperar que pensara de forma racional, ni siquiera se fijaba en si el pan que le daba a Linda estaba mohoso y apenas reconocía a sus amigos. Mientras Ingel tendía la ropa a secar bajo la lluvia y farfullaba oraciones, Aliide seguía reflexionando. Para que Hans pudiese conservar la vida, tendría que limpiar su reputación por haber pertenecido a los voluntarios de la defensa, a la organización Omakaitse y a los guardias de Riigikogu, además de haber participado en la guerra de Finlandia. No saldría de aquello a base de palabras, y huir ya no era posible.

Un compañero de catecismo de Hans, Theodor Kruus, había salido adelante incluso después de haber repartido folletos contra la Unión Soviética, pero Aliide conocía el precio. Ingel no lo sabía, y así era mejor.

Al jefe de la milicia de la aldea le gustaba tener carne joven y mejillas sonrosadas bajo su enorme barriga. Cuanto más joven, mejor. Cuanto mayor era el delito de los padres, más joven tenía que ser la muchacha o más noches hacían falta para purgar el delito, no bastaba una noche y tampoco un himen. Soltaron a Theodor Kruus porque su atractiva hija pagó la libertad de su padre acudiendo de noche al jefe de la milicia, ante el que se quitaba el vestido y las medias y se arrodillaba. El expediente sobre el agitador Theodor Kruus desapareció, sus panfletos y su actividad contra la Unión Soviética le fueron cargados a otro, a quien condenaron a diez años en las minas y a cinco de destierro. Los actos de Hans se penaban con la muerte, o, en el mejor de los casos, varios años en Siberia.

¿Sabría Theodor lo que había hecho su hija? Quizás el jefe de la milicia se lo había contado. Aliide podía imaginárselo perfectamente, con sus botas bien lustradas y las piernas separadas, susurrándolo al oído de Theodor.

Ingel no sería capaz de algo así, lo único que sabía hacer era lloriquear con la nariz pegada al tapiz de la pared. Tampoco era lo suficientemente joven para el jefe de la milicia. Ni siquiera Aliide lo era. Aquel hombre sólo quería muchachas que todavía no eran mujeres. Por lo demás, Aliide no se consideraba capaz de algo así. ¿O sí? Continuaba insomne por las noches, con aquellas ojeras oscuras y sin nadie a quien preguntar qué hacer.

Después de infinidad de horas despierta, Aliide pensó en las cortinas. Pasaba el tiempo mirando y mirando, mirando fijamente la noche oscura, la luna llena, la luna nueva, la creciente y la menguante. Echaba de menos a su madre, a quien podría haber pedido consejo, y a su padre, que habría sabido cómo actuar. Echaba de menos a cualquiera que hubiese sido capaz de aconsejarla. Deseaba que le devolviesen sus sueños, que Hans estuviese en casa y que desapareciera aquella molesta luna al otro lado de la ventana. Y mientras cavilaba todo eso, de repente se le ocurrió que la solución era coser unas cortinas. Ingel, entusiasmada, puso manos a la obra inmediatamente. ¡Hans podría estar a veces en la cocina si tenían cortinas! Era un plan así de simple y alocado. Y las tomaron por locas cuando Aliide empezó a tejer ruidosamente con la rueca e Ingel a bordar la tela, aunque el hilo les habría hecho falta para otra cosa. La gente de la aldea no daba importancia a las extravagancias de las hermanas, convencida de que la guerra las había trastornado, lo que les vino bien. Aliide mandó a Ingel a explicar que los trabajos manuales les aliviaban las penas, que gracias a la aguja y el hilo olvidaban su dolor. Según instrucciones de Aliide, contaba también por la aldea una historia sobre su prima de Tallin, que les había dicho que las cortinas largas estaban de moda en París y Londres. La prima les había enseñado unas revistas de decoración extranjeras, y en éstas no aparecían las cortinas de media ventana propias del campo, rematadamente anticuadas. A veces, a Aliide le parecía que, cuando hablaban de sus cortinas, la gente las miraba como se mira a quien miente pero se lo deja estar, simulando creer lo que cuenta, y eso hacía que se esforzara en explicar que, aunque se tratase de un lujo innecesario en aquellos tiempos, a pesar de lo mal que iban las cosas y aunque pareciese una tontería, en el campo también podían tomar ejemplo de la moda de la ciudad. Aliide se proclamaba mujer de una nueva era, y por tanto quería cortinas de una nueva era, las primeras cortinas largas de la aldea.

Se habituaron a correrlas casi todas las noches. A veces no lo hacían, para que quienes pasaban por allí viesen que en la casa la vida seguía igual y no tenían nada que ocultar.

También otros empezaron a preservar sus ventanas de las miradas ajenas, aunque con medias cortinas, asimismo eficaces a la hora de proteger la intimidad. Sin duda, muchos entendían por qué las hermanas habían preferido poner cortinas largas, pero se lo callaban.

Después de abrir y cerrar las cortinas una y otra vez durante un par de meses, decidieron que la mejor opción sería tener a Hans en casa todo el tiempo. Podrían cavar un escondite en el suelo de la habitación, o construir un cuartucho entre el trastero de detrás de la cocina y la cocina misma. ¿Quedaría bien? Él tendría suficiente calor y estaría cerca de ellas, que a su vez podrían recibir visitas en las otras habitaciones. El trastero siempre se había usado como almacén o cuarto de invitados. Muy pocos habían entrado en él, incluso entre los vecinos, y siempre habían mantenido la puerta cerrada. Ni siquiera tenía picaporte o asa, solamente un pestillo. ¿Y quién se acordaría de su tamaño? El cuarto no tenía ventana, así que siempre estaba en penumbra. Era hora de ir a buscar a Hans al bosque, porque lo iban a necesitar para hacer la obra.

En el establo de los caballos había tablas, que llevaron con sigilo al interior a través del establo adyacente y la despensa. Fueron construyendo la pared sólo durante los días más tormentosos y lluviosos, cuando el ruido exterior amortiguaba los martillazos, y sólo cuando Linda estaba con su madre o su tía en el establo de las vacas o en otra parte, porque la lengua de un niño es siempre la lengua de un niño. A Linda no iban a contarle nada sobre los trabajos, tan sólo oiría historias sobre los fantasmas que habitaban aquel trastero. Cuando estuviera terminado y Hans se hubiera instalado en él, saldría a la cocina o el baño sólo cuando Linda estuviese en otra parte o durmiendo. Si Linda se despertaba por la noche, iba a la cocina y se encontraba con Hans, le explicarían que su padre había venido a visitarlas desde el bosque.

Tabla tras tabla, el escondite quedó como debía. Ingel reía, Aliide sonreía y tarareaba de buen humor. Las viejas molduras del suelo y el techo fueron arrancadas y clavadas en la nueva pared. Para la ventilación, instalaron un tubo en el techo que hacía circular el aire desde el altillo. Ingel encontró en el desván un rollo de papel de pared usado y empapeló el trastero pegándolo con engrudo. Nadie habría adivinado que detrás había otro cuarto. Hans movió el armario que había delante de la pared vieja para colocarlo contra la pared nueva, y el papel recién puesto quedó tan sutilmente tapado que no se notaba que era más liso y de tono más claro. La puerta del cuartucho quedó tras el armario. Al principio, pusieron un cubo en el rincón para sus necesidades, pero después decidieron cavar un agujero en el suelo, colocar allí el cubo y taparlo. También barajaron la posibilidad de practicar un agujero en el tabique que separaba el establo adyacente, donde quizá podrían instalar alguna clase de váter que, llegado el caso, se pudiese usar como salida de emergencia.

Aquella noche, Hans tomó un baño y comió copiosamente. Ingel le preparó la mochila y a Linda le dijeron que su padre tenía que irse otra vez, pero que volvería pronto. Muy pronto. La niña empezó a llorar y Hans la consoló. Ahora tenía que ser una chica muy valiente, para que él pudiese estar muy orgulloso de su hija estonia.

Las tres lo acompañaron hasta la puerta del establo de las vacas y se quedaron mirando cómo desaparecía en el lindero del bosque. A la noche siguiente, Hans volvió y tomó posesión del cuartucho.

En un par de días, se extendió por la aldea la noticia del horrible fin de Hans Pekk en un sendero del bosque.

1946, oeste de Estonia

¿Está usted segura, camarada Aliide?

Cuando se llevaron a Ingel y Aliide por primera vez al ayuntamiento para interrogarlas, el hombre que las recibió les pidió perdón por si sus subalternos se habían portado de una manera irrespetuosa al acompañarlas hasta allí.

–Mis camaradas no saben comportarse.

Condujeron a cada hermana a una habitación. El hombre le abrió la puerta a Aliide, le ofreció una silla y le pidió que se sentase.

–Primero debo verificar algunas cosas en mis documentos. Después empezaremos –dijo, y empezó a hojear los papeles.

Se oía el tictac de un reloj y por el pasillo caminaban unos hombres. Aliide percibía sus pasos decididos en la planta de los pies. El suelo vibraba. Se concentró en mirar fijamente los marcos de las puertas. Le parecía que se movían. Las grietas de las baldosas del suelo oscilaban como patas de araña. Las manecillas del reloj engulleron una nueva hora y el hombre seguía hojeando los papeles, sin inmutarse. Empezó la hora siguiente. El hombre echó un vistazo a Aliide sonriendo con amabilidad. Después se levantó, dijo que lo lamentaba pero que tenía que atender otro asunto, aunque volvería lo antes posible. Desapareció por el pasillo. Empezó la tercera hora. Y la cuarta. Aliide se levantó de la silla y fue hasta la puerta. La abrió. Al otro lado había un hombre de pie, así que cerró y volvió a la silla. Linda estaba jugando en casa de Aino cuando habían llegado aquellos hombres. ¿Se estaría preguntando la vecina dónde se habían metido?

El hombre volvió.

–Ya podemos empezar. En primer lugar, querría que me aclarase adónde pensaba ir, camarada Aliide.

–Estaba buscando el aseo.

–¿Y por qué no lo ha dicho? ¿Quiere ir ahora?

–No, no, gracias.

–¿Está segura?

Aliide asintió con la cabeza. El hombre encendió un cigarrillo de liar y preguntó por el paradero de Hans Pekk. Aliide le explicó que Hans había muerto hacía tiempo, víctima de un robo y asesinato. Su interrogador formuló algunas preguntas sobre la muerte de Hans y después dijo:

–Bien, dejémonos de juegos. ¿Está usted segura, camarada Aliide, de que Hans Pekk no nos revelaría su paradero, el de usted, si estuviese sentado aquí en su lugar?

–Hans Pekk está muerto.

–¿Está usted segura, camarada Aliide, de que su hermana no está en este momento confesando que ustedes han simulado la muerte de Hans Pekk y que cuanto usted está declarando aquí es una gran mentira?

–Hans Pekk está muerto.

–Su hermana, camarada Aliide, no quiere ser sentenciada y no quiere ir a la cárcel, espero que lo entienda.

–Mi hermana no contaría esa clase de mentiras.

–¿Está usted segura, camarada Aliide?

–Lo estoy, sí.

–¿Está usted segura de que Hans Pekk no nos va a revelar los nombres de quienes colaboraron en su engaño y sus delitos? ¿Está segura de que Hans Pekk no va a mencionar su nombre? Sólo deseo lo mejor para usted, camarada Aliide. No me gustaría que una señorita tan guapa se metiese en problemas sólo por haber sido engañada para ayudar a un criminal. Que ese criminal haya sido tan hábil con sus mentiras como para conseguir que su mente ignorante se sumiese en la confusión. Camarada Aliide, sea razonable. Sálvese a sí misma, por favor.

–Hans Pekk está muerto.

–¡Pues enséñenos el cadáver de Hans Pekk y todo se aclarará! Camarada Aliide, usted será la única culpable de los problemas que Hans Pekk pueda ocasionarle. O la mujer de Hans Pekk. Yo ya he hecho cuanto está en mi mano para que una belleza como usted pueda seguir su vida normal, no puedo hacer nada más. Ayúdeme para que pueda ayudarla. –El hombre le cogió la mano y se la apretó–. Sólo quiero lo mejor para usted. Tiene toda la vida por delante.

–¡Hans Pekk está muerto! –exclamó Allide, soltándose de un tirón.

–Creo que ya basta por hoy. Volveremos a vernos, camarada Aliide.

El hombre le abrió la puerta y le dio las buenas noches.

Ingel la esperaba fuera.

Echaron a andar sin mediar palabra.

Ingel ni siquiera carraspeó hasta que la casa de Aino empezó a perfilarse en la lejanía.

–¿Qué te han preguntado?

–Sobre Hans. No les he contado nada.

–Yo tampoco.

–¿Qué más te han dicho?

–Nada más.

–A mí tampoco.

–¿Qué le vamos a decir a Hans? ¿Y a Aino?

–Que preguntaban por algún otro, y que nosotras no hemos contado nada sobre nadie.

–¿Y qué ocurrirá si Hendrik Ristla habla?

–No hablará.

–¿Podemos estar seguras?

–Hans dijo que Hendrik Ristla era el único en quien confiaba lo suficiente para ayudarnos con esta farsa.

–¿Y qué pasa si Linda habla?

–Linda sabe que entonces su padre morirá de verdad, y no sólo de broma.

–Pero van a volver a interrogarnos.

–Esta vez lo hemos hecho bien, ¿verdad? Pues volveremos a hacerlo igual de bien.

1947, oeste de Estonia

Aliide pronto va a necesitar un cigarrillo

Las golondrinas ya se habían marchado, pero las grullas cruzaban el cielo en formación y con los cuellos estirados. Su graznar resonaba por los campos y hacía que a Aliide le doliese la cabeza. Al contrario que ella, las aves eran libres de marcharse, podían ir a donde quisieran. Ella sólo tenía libertad para adentrarse en el bosque a buscar setas. La cesta estaba llena de níscalos y cantarelas. Ingel, que se había quedado en casa, se alegraría al ver cuántas había recogido. Aliide las limpiaría e Ingel a lo mejor le dejaría darles un hervor, aunque estaría todo el tiempo vigilando a su lado, y después las pondría en tarros, exigiéndole que prestase mucha atención, porque nunca podría ser una buena ama de casa si no le salían bien las setas marinadas. A lo mejor era capaz de salarlas, pero un buen marinado requería cierta habilidad. Pronto ya habría varios tarros nuevos preparados por Ingel en la estantería de la despensa, un par más de ellos suponían menos hambre para el invierno.

Aliide se tapó un oído con la mano libre. ¡Cuántas grullas! ¡Y cómo gritaban! Sentía el otoño a través de sus zapatillas de cuero. La sed le rascaba la garganta. De repente, apareció una motocicleta conducida por un hombre con cazadora de piel, que se paró a su lado.

–¿Qué llevas en la cesta?

–Setas. Vengo de recogerlas.

El hombre le arrebató la cesta, miró en su interior y la tiró a un lado. Las setas cayeron al suelo con un tamborileo. Aliide clavó la vista en ellas, sin atreverse a mirar al hombre. Ya estaba, algo iba a pasar. Tenía que mantener la calma. No podía mostrarse nerviosa, presa del pánico. Un sudor frío se deslizaba por sus corvas hasta sus tobillos, mientras el agarrotamiento empezaba a adueñarse de todo su cuerpo y la sangre escapaba de sus extremidades. A lo mejor no iba a pasar nada, a lo mejor se había asustado sin motivo.

–Ya nos hemos visto antes, ¿verdad? Con tu hermana. Eres la hermana de la mujer de aquel bandido.

Aliide miraba fijamente las setas. De reojo veía la cazadora de piel, que crujía cuando el hombre se movía. Tenía orejas grandes. Sus botas de cuero curtido al cromo relucían, aunque la carretera estaba polvorienta y él no era alemán. ¿Tendría que haber echado a correr y rogar que no le disparase por la espalda, o que no acertase el tiro? Pero entonces seguro que iría directamente a la casa y cogería a Ingel y Linda y se quedaría a esperarla. ¿Acaso el que escapa no es siempre culpable?

En el ayuntamiento, el hombre de las orejas grandes declaró que Aliide llevaba comida a los bandidos. La luz hacía que las orejas le transparentasen. Empujó a Aliide hasta el centro de la habitación, la dejó allí de pie y se marchó.

–Camarada Aliide, me ha decepcionado usted.

La voz era la misma que la primera vez. El hombre era el mismo. «¿Está usted segura, camarada Aliide?» Se levantó de su mesa oculta en la penumbra, miró a Aliide, negó con la cabeza, suspiró hondo y fingió entristecerse.

–He hecho cuanto he podido por usted. Ya no puedo hacer más.

A una seña del hombre, los soldados que estaban tras él se acercaron a Aliide. El hombre salió de la habitación.

Le ataron las manos a la espalda y le pusieron una bolsa en la cabeza. Luego la dejaron sola. A través de la tela no veía nada. En algún sitio goteaba agua en el suelo. Percibía olor a sótano. La puerta se abrió. Botas. Le rasgaron la camisa y los botones salieron disparados hacia el suelo y las paredes, botones de cristal alemanes. Después, Aliide se convirtió en un ratón en el rincón de aquel cuarto, en una mosca en la lámpara, salió volando. En un clavo de la pared acartonada, en una chincheta oxidada. Aliide era una chincheta oxidada en la pared. Era una mosca y se movía por el pecho desnudo de una mujer que yacía en medio de aquella habitación con una bolsa en la cabeza, y la mosca atravesaba un moratón reciente, la sangre agolpada debajo de la piel del pecho, una huella larga y estrecha, del ancho justo para avanzar sobre ella. Iba atravesando los moratones, los derrames de los pezones hinchados como islas volcánicas. Cuando la mujer desnuda cayó sobre las losetas del suelo, ya no se movió. La mujer con la bolsa en la cabeza que yacía en medio de aquel cuarto era una extraña y Aliide ya no estaba allí; su corazón corría con sus patas de insecto hacia las rendijas, se fundía con las raíces que crecían en la tierra debajo de aquel cuarto. «¿La usamos para hacer jabón?» La mujer no se movía, no oía. Se había convertido en una mancha de saliva en la pata de la mesa, al lado de un agujero de polilla, dentro de un agujero redondo en la madera, en la madera de aliso, en un árbol crecido en la tierra de Estonia, en la madera donde aún se podía sentir el bosque, donde todavía se sentía el agua y las raíces y los topos. Buceó hasta muy lejos, era un topo que empujaba un montón de tierra y emergía en el jardín, podía notar la lluvia y el viento, la tierra mojada respiraba y latía. Metieron la cabeza de la mujer dentro de un cubo de excrementos. Aliide estaba fuera, en la tierra mojada, con la tierra metida en sus fosas nasales, con tierra en el pelo, dentro de los oídos, y los perros pasaban corriendo sobre ella, las patas hollaban la tierra, que respiraba y se lamentaba, y la lluvia se mezclaba con ella y las cunetas se llenaban y el agua caía a chorros y formaba sus propios surcos y en algún lugar estaban aquellas botas de cuero curtido al cromo, en algún lugar la cazadora de piel, en algún lugar el olor del alcohol frío, en algún lugar el ruso y el estonio se mezclaban y las lenguas muertas cobraban vida.

La mujer que había en el centro de la habitación no se movía.

Aunque el cuerpo de Aliide se esforzaba, aunque la tierra intentaba engullirla y acariciaba suavemente sus carnes oscurecidas, lamía la sangre de sus labios, limpiaba con besos su cabello arrancado, aunque la tierra hacía cuanto podía, no consiguió evitarlo y Aliide fue arrastrada de vuelta a la realidad. Se oyó la hebilla del cinturón y la mujer que yacía en el centro de la habitación se movió ligeramente. La puerta batía y el vaso de vodka tintineaba, la silla arañaba el suelo, la bombilla se balanceaba en el techo y ella intentaba encontrar la salida. Era la mosca en la bombilla atrapada por el hilo de volframio. Pero el cinturón la arrastraba de vuelta a la fuerza, un cinturón con los agujeros tan bien hechos que no lo oía cuando caía como un matamoscas. Ella seguía intentándolo, era una mosca, escapaba volando, voló al techo alejándose de la luz de aquella lámpara, alas transparentes, cien ojos, pero la mujer que yacía en el suelo de piedra resollaba y se retorcía. Tenía una bolsa en la cabeza que olía a vómito, y en la tela no había ni un solo agujero por donde la mosca pudiese pasar. La mosca no encontró el camino hasta la boca de la mujer. Podría haber intentado ahogarla, hacer que vomitase otra vez y se ahogase. La bolsa olía a orina, estaba empapada de orina y vómito. La puerta batía, las botas resonaban, por encima de las botas alguien mascullaba, chasqueaba la lengua, migajas de pan caían al suelo como rocas. El mascullar se acabó.

–Apesta. Sacadla de aquí.

Despertó en una zanja. Era de noche. ¿La noche de qué día? ¿Había pasado un día o dos o sólo una noche? Un búho ululaba. Unas nubes negras cruzaban el cielo iluminadas por la luna. Tenía el pelo mojado. Se incorporó y se sentó, se arrastró hasta la carretera, tenía que conseguir llegar a casa. La camiseta interior, la enagua, el vestido y las ligas que le sujetaban las medias estaban en su sitio. El pañuelo no. Y le faltaban las medias. No podía ir a casa sin ellas, de verdad que no, porque Ingel... ¿Estaría su hermana siquiera en casa? ¿Estaría bien? ¿Y Linda? Aliide quiso correr, pero las piernas no la sostenían, se arrastraba, gateaba, se incorporaba, se tambaleaba, cojeaba, zigzagueaba, avanzando poco a poco. Seguramente Ingel estaría en casa, esta vez sólo habían ido por ella, su hermana estaría en casa. Pero ¿cómo iba a explicarle la desaparición de las medias? Respecto al pañuelo, podía decirle que lo había olvidado en la aldea. Había charcos en la carretera, había llovido. Bien. Se había quitado el pañuelo mojado y lo había olvidado en algún sitio. Pero las medias... No, sin las medias no podía volver. Una mujer decente no andaría ni por su propio jardín con las piernas desnudas. El cobertizo. En el cobertizo había medias. Tendría que ir al cobertizo. Pero la puerta estaba cerrada y la llave la guardaba Ingel. No había forma de entrar, sólo si alguien hubiera dejado la puerta abierta.

Durante todo el camino a casa se concentró en pensar en las medias, no en Ingel, ni en Linda, ni en lo ocurrido. Fue nombrando en voz alta los distintos tipos de medias: de seda, de algodón, marrón oscuro, negras, marrón claro, grises, de lana, medio caídas... Ya se divisaba el cobertizo, amanecía, medias de niña, había rodeado la casa por el prado para entrar por detrás, medias bordadas, medias de fábrica, medias que se canjeaban por dos kilos de mantequilla, medias por dos tarros de miel, por el salario de dos jornadas. Ella e Ingel habían trabajado un par de días para otras casas y les habían pagado con sendos pares de medias, medias de seda negra con puntera de algodón. Los sauces blancos susurraban en el sendero de la casa, se veía ya una parte de ésta tras los abedules del jardín, las luces estaban encendidas. ¡Ingel estaba en casa! No se oía al perro, medias de lana sin tintar, medias de espuma, llegó al cobertizo, probó la puerta. Cerrada con llave. Tendría que entrar sin medias, mantenerse alejada de la luz, sentarse cuanto antes a la mesa y esconder las piernas debajo. A lo mejor no se daban cuenta. No habría estado mal tener un espejo. Se pellizcó las mejillas, se alisó el pelo, se tocó la cabeza, pero la sentía pegajosa, medias de seda, medias de algodón, medias de lana, medias de nailon... Sacó un cubo de agua del pozo, se lavó las manos y se las frotó enérgicamente con una piedra, puesto que no tenía cepillo, medias marrones, medias negras, medias grises, medias sin tintar, medias bordadas, ahora tendría que entrar. ¿Lo conseguiría? ¿Cruzarían sus pies el umbral, sería capaz de hablar con alguien? Con suerte, Ingel tendría tanto sueño que no podría ni hablar. A lo mejor Linda todavía dormía, era muy temprano.

Aliide llevó su cuerpo hasta el jardín; podía observarse andar desde atrás, ver cómo adelantaba una pierna y la otra, agarraba el picaporte, cómo le salía la voz: «Hola, soy yo». La puerta se abrió e Ingel se apartó para dejarla pasar. Menos mal que Hans estaba en el cuartucho. Aliide suspiró. Ingel la miraba fijamente. Aliide levantó la mano indicándole a su hermana que no dijese nada. Los ojos de Ingel bajaron hasta sus piernas desnudas, y ella volvió la cabeza y se agachó para acariciar a *Lipsi*. Linda entró en la cocina desde la habitación, pero se detuvo en seco al ver la mueca torcida de su madre. Ésta le ordenó que fuese a lavarse, mas la niña no se movió.

–¡Obedece!

Linda lo hizo. La jofaina esmaltada traqueteaba, el agua salpicaba, Aliide seguía de pie en el mismo sitio y apestaba. ¿Estaría Linda mirando a hurtadillas sus piernas desnudas? Tumbó su dolorido cuerpo en el colchón de paja y se tranquilizó. Ingel se asomó a la puerta para decirle que le iba a preparar un baño en cuanto Linda se marchase al colegio.

–Quema la ropa.

–¿Toda?

–Toda. No les he contado nada.

–Lo sé.

–Vendrán por nosotras otra vez.

–Tenemos que mandar fuera a Linda.

–Eso despertaría sospechas en Hans, y él nunca debe sospechar nada. No podemos contárselo.

–No podemos contárselo –repitió Ingel.

–Tendríamos que marcharnos.

–¿Adónde? ¿Y Hans?

1947, oeste de Estonia

Entraron como si fuesen los amos

Aquella noche de otoño estaban preparando jabón. Linda jugaba con sus pájaros hechos con corteza de castaña y con el broche alemán de Ingel, sacando brillo a sus piedras de cristal azules; hacía cualquier cosa menos deletrear el abecedario, como siempre. Los tarros de confitura de manzana preparada el día anterior estaban sobre la mesa a la espera de ser guardados en la despensa, y al lado había una jarra de zumo de manzana sobrante. El resto del zumo ya lo habían embotellado. Había sido una buena jornada, la primera después de la noche que Aliide pasó en el sótano del ayuntamiento, la primera en que se había despertado y no había pensado en ello, sino que, antes de recordarlo, le había dado tiempo a contemplar un momento el sol matinal, que entraba a raudales por la ventana. Aunque nadie había ido en busca de las hermanas después de que Aliide volviese a casa, aún se sobresaltaban cada vez que alguien llamaba a la puerta, pero eso le pasaba a cualquiera en aquellos tiempos difíciles. Sin embargo, la mañana de aquel día Aliide vio un rayo de esperanza. Quizá se olvidasen de ellas si al fin se habían convencido de que no sabían nada. Quizá por fin las dejasen trabajar en paz, preparar sus confituras y conservas, quizá las dejasen tranquilas.

Aino había ido de visita y estaba sentada a la mesa, charlando. Como le habían robado el barril de carne destinada para hacer jabón, ellas le habían prometido darle parte del que prepararan. Era agradable oír charlar a Aino, las palabras de una persona de fuera aliviaban el silencio lacerante que reinaba en la cocina. Las palabras cotidianas de Aino tenían un eco tierno e incluso la historia sobre el destino de su cerda, que pesaba cien kilos y había contraído la peste porcina, resultaba familiar, porque en aquel ambiente cada palabra sonaba agradable. La peste porcina había hecho presa en la cerda de Aino, que había tenido que hacer una matanza de urgencia, desangrarla y salar su carne. Pero el barril había desaparecido del sótano mientras estaba de visita en casa de su madre.

–¡Imagínate! ¡Ahora alguien va a comérsela! ¡Y era para hacer jabón! –Aino negó con la cabeza.

–Tiene que haber sido alguien de fuera, porque toda la gente de la aldea sabe de qué murió tu cerda.

–Menos mal que no había nada más en aquel viejo sótano.

Los ingredientes del jabón habían estado a remojo varios días y ahora ya los habían enjuagado, y esa tarde estaban por fin cociéndose en una olla grande a fuego lento, así que Ingel se dispuso a añadir la sosa. Era trabajo de Ingel, porque Aliide carecía de paciencia para ello, en cambio, su hermana era muy mañosa para cocer el jabón, como para todas las tareas domésticas. Las pastillas de jabón de Ingel siempre habían sido las más gruesas y las de mejor calidad, como para estar orgullosa de ellas, pero esa tarde ni siquiera eso irritaba a Aliide, porque aquél era el primer día en que todo parecía un poco normal. Por la mañana había pasado el tintorero Joosep para tratar de venderles sus tintes para tela. Alguien se los traía a escondidas de la fábrica de Orto, eran colores puros, sin añadidos. De paso, habían podido enterarse de los chismorreos de las aldeas colindantes, y ahora la olla de jabón echaba espuma e Ingel la removía con un cucharón de madera. Aino seguía charlando y negando con la cabeza expresando sus dudas sobre los koljós. ¿Cómo podría pagar aquellas cuotas cada vez más altas? Las hermanas compartían la misma preocupación, pero la noche anterior Aliide había decidido no preocuparse demasiado por ese asunto, ya tendría tiempo más adelante para afligirse. La charla de las mujeres fue interrumpida por un chillido proveniente del otro extremo de la mesa: Linda se había pinchado con la aguja del broche de Ingel. Ésta agarró el broche, lo prendió en la blusa de su hija y le prohibió jugar con él. Linda se fue lloriqueando al rincón de la cocina al que se había escapado con sus pájaros de castaña cuando Ingel la había asustado diciéndole que las salpicaduras de sosa podrían abrasarle las manos. Ese ajetreo familiar hizo sonreír a Aliide, que convenció a Linda para que se despidiese con la mano de Aino cuando más tarde ésta se marchó a ordeñar sus vacas. Volvería al día siguiente. Entonces, el jabón ya estaría listo para cortar y Aino se llevaría unos trozos a su casa para secar. Aliide se desperezó. Pronto iría al establo con Linda para dar de comer a los animales y Hans podría entrar en la cocina para bajar la pesada olla del jabón al suelo a fin de que se enfriase.

Eran cuatro hombres.

No llamaron a la puerta, entraron como si fuesen los amos.

Ingel estaba a punto de echar la sosa en la olla.

Aliide dijo que no sabía nada de Hans.

Ingel vertió todo el contenido de la botella de cristal en la olla. El jabón se desbordó.

No desveló el paradero de Hans.

Linda no pronunció ni una sola palabra.

De la cocina de leña se elevaba un humo maloliente que inundaba el aire, el fuego se apagó, la olla seguía echando espuma.

Al llegar al ayuntamiento, separaron a Linda de las dos mujeres y se la llevaron a otro lugar.

Del techo del sótano colgaban dos bombillas desnudas. Entre los hombres había dos jóvenes de su aldea, el hijo del viejo Leemetti y Armin Joffe, que se había pasado a la Unión Soviética antes de la llegada de los alemanes. Ninguno de ellos las miró.

En el ayuntamiento, los soldados estaban fumando *mahorka* y bebiendo vodka. Se limpiaban la boca con la manga, como solían hacer los rusos, aunque ésos hablaban estonio. Les ofrecieron a ellas también, pero las hermanas lo rechazaron.

–Sabemos que conocéis el paradero de Hans Pekk –dijo uno de los hombres.

Y añadió que alguien lo había visto en el bosque. Alguien a quien habían interrogado había dicho que Hans había estado en el mismo grupo y el mismo refugio subterráneo que él.

–Os dejaremos ir a casa en cuanto nos contéis dónde está Hans Pekk.

–Tiene una hija muy atractiva –terció otro.

Ingel manifestó que Hans había muerto. Atraco y asesinato en 1945.

–¿Cómo se llama su hija?

Aliide les contó que el amigo de Hans, Hendrik Ristla, había visto lo ocurrido. Hans y Hendrik Ristla iban por la carretera en un carro cuando los habían atacado de repente y matado a Hans sin más. Ingel empezó a ponerse nerviosa. Aliide lo notaba aunque aparentemente su hermana pareciera tranquila. Ingel seguía en pie, orgullosa y erguida. Uno de los hombres daba vueltas por la habitación a sus espaldas. No paraba de moverse, mientras que otro caminaba por el pasillo. El sonido de aquellas botas...

–Qué nombre tan bonito tiene su bonita hija.

Linda acababa de cumplir siete años.

–Dentro de un rato le preguntaremos lo mismo a ella.

Se callaron y después entró otro hombre.

–Ve a hablar con la niña –le dijo el que las había interrogado al recién llegado–. Es una niña estúpida, que de todas maneras no va a decir nada. No pierdas el tiempo. Desenrosca la bombilla del techo con cuidado, no te vayas a quemar. O mejor aún, tráela aquí. Después me bajas esa bombilla y aquel cable hasta que llegue hasta la mesa. Primero pondremos a la niña encima de la mesa y el resto ya lo haremos después.

El hombre acababa de comer algo y aún seguía masticando. Las manos y la boca le brillaban grasientas. Las puertas se abrían y cerraban, las botas desfilaban, las cazadoras de cuero crujían. Movieron la mesa. Trajeron a Linda. Su blusa ya no tenía botones, se la mantenía cerrada con una mano.

–La niña encima de la mesa.

Linda estaba tan callada, aquellos ojos...

–Separadle las piernas. Sujetadla bien.

Ingel sollozaba en un rincón.

–Que lo haga Aliide Tamm. Traedla aquí, a la mesa.

No dijeron nada, no dijeron nada.

–Que coja la bombilla.

No dijeron nada, no dijeron nada, nada, nada.

–¡Puta, coge esa bombilla!

1948, oeste de Estonia

La cama de Aliide empieza a oler a cebolla

Aliide eligió a Martin cuando éste aún no sabía nada sobre ella. Lo vio por casualidad delante de la lechería. Ella acababa de bajar los escalones a saltitos después de admirar las muestras de guata colocadas en la pared para demostrar lo pura que era la leche de sus vacas. La guata de otra gente siempre quedaba más amarillenta tras filtrar la leche, pero la de Aliide seguía igual de blanca. En realidad, era gracias a Ingel, pues ella cuidaba más de las vacas, pero qué importaba, al fin y al cabo, eran vacas de su casa. Aliide sacó pecho y, con gesto orgulloso, se disponía a marcharse de allí cuando oyó aquella voz, la voz desconocida de un hombre. Sonaba apasionada y decidida, totalmente distinta de las voces de los otros hombres de la aldea, que o estaban gastadas por la vejez o debilitadas a causa del alcohol, porque ¿qué otra cosa podía hacer un campesino en los tiempos que corrían más que beber?

Aliide se dirigió a la carretera y buscó con la mirada al hombre al que pertenecía la voz. Caminaba hacia la lechería con andares de líder, seguido de tres o cuatro hombres. La parte baja de su chaqueta ondeaba como si el viento naciese en su interior y sus compañeros volvían la cabeza hacia él al hablarle, aunque él no hacía lo mismo al responderles. Miraba al frente con la cabeza bien alta, miraba hacia el futuro. Y, en aquel preciso instante, Aliide supo que ése era el hombre adecuado para salvarla, el hombre que aseguraría su vida: Martin, Martin Truu. Paladeaba cuidadosamente el nombre, que corría por la aldea de boca en boca, y tenía buen sabor. Aliide Truu era aún mejor, se derretía sobre su lengua, fresco como la primera nieve. Aliide sí sabía dónde encontrar a Martin Truu, o más bien dónde Martin la encontraría a ella: en el rincón de los rojos, situado en el segundo piso de la mansión convertida en Casa de Cultura.

Empezó a espiarlo escondida entre el busto de Lenin y el tablón de anuncios. Examinaba los libros de tapas rojas a la sombra de una enorme bandera roja, y entre lectura y lectura contemplaba la chimenea, cuyos impropios relieves habían sido destruidos. Los fantasmas de las dueñas alemanas de las mansiones se lamentaban bajo sus pies, sus suspiros húmedos oscurecían el papel de la pared y, a veces, cuando Aliide se quedaba sola, la ventana chirriaba como si alguien intentara abrirla, el marco crujía y una corriente de aire soplaba aunque la ventana siguiese cerrada. No dejó que eso la molestase a pesar de que se sentía como en casa ajena, en un sitio equivocado, en la habitación de los señoritos. Era una sensación parecida a la que había experimentado en aquella iglesia ortodoxa reconvertida en almacén de grano. Esa vez había esperado que un relámpago divino cayese sobre ella, por no haberse alzado contra los hombres que habían convertido los iconos en cajas de madera. Aliide había intentado recordarse que aquélla no era su iglesia, que no se podía esperar nada de ella y, de todas formas, ¿qué hubiera podido hacer? Ahora sólo tenía que repetir para sus adentros que la mansión pertenecía al pueblo, la usaba el pueblo. Así que contemplaba ilusionada el busto sonriente de Lenin con la barbilla apoyada en la mano, y de vez en cuando se levantaba para examinar los gráficos sobre las normas de trabajo y volvía a hojear las publicaciones *Cinco puntas* y *El comunista estonio*. Una vez, un libro se le cayó al suelo y al agacharse para recuperarlo de debajo de la mesa vio los nombres grabados bajo el tablero: Agnes, un corazón y William. Un nudo de la madera, igual que una pupila, la miraba fijamente desde el centro del corazón grabado. El año, 1938. Allí nadie se llamaba ni Agnes ni William. Aquella elegante mesa de palo de rosa había sido robada de algún lugar y le habían arrancado los relieves a hachazos. ¿Se habrían salvado Agnes y William, vivirían felices y enamorados en Occidente? Aliide se incorporó y memorizó rápidamente la letra de la canción del tractorista:

> ¡Corre, mi tractor de hierro! ¡Corre, camarada!
> El campo ante nosotros es como el mar, sin límites.
> Ambos cruzamos terrenos espaciosos.
> Por los campos y los bosques resuena
> nuestro himno victorioso.

No bastaba con aprendérsela de memoria, tenía que notarse que creía en ella, lograr que sonase igual de sincera que el credo. ¿Sería capaz? Debía hacerlo. Estaba pensando en aprenderse las obras de Marx y Lenin, pero ¿no sería mejor dejar que Martin le enseñase? La canción del tractorista resultaba apropiadamente sencilla. Martin no debía pensar que era demasiado lista.

Alguien la vio en el rincón de los rojos y se lo contó a Ingel. Y ésta se lo contó a Hans, de modo que su cuñado no le dirigió la palabra durante una semana. Pero a Aliide no le importó. ¿Qué sabía Hans sobre su vida? ¿Qué sabía sobre su vida fuera de casa? ¿Qué sabía sobre lo que era estar tirada en el sótano del ayuntamiento mientras la orina de los chaquetas azules te corría por la espalda? En realidad, la opinión de Hans le importaba un poco, tal vez algo más que poco, pero necesitaba a alguien como Martin, y éste ya empezaba a fijarse en aquella espabilada muchacha asidua al rincón de los rojos. Un día, cuando Martin había terminado uno de sus discursos, Aliide se le acercó, esperó a que no hubiese nadie alrededor y le dijo:

–Enséñame.

La noche anterior, Aliide se había enjuagado el pelo con vinagre y ahora le brillaba incluso en la oscuridad. Intentó dirigirle una mirada de ternero recién nacido, de una criatura que no ve nada, que no se vale por sí misma y carece de objetivo; una mirada que hiciese que a Martin le entrasen ganas de enseñarle a ver, que se diese cuenta de que era un diamante en bruto que sólo necesitaba ser pulido por sus discursos.

Martin Truu quedó fácilmente atrapado en las húmedas pestañas de aquel ternero, le posó su gran mano de dirigente sobre el lomo y se le echó encima. Apestaba.

1948, oeste de Estonia

Cómo el paso de Aliide se volvió ligero

Cuando Aliide salió del registro civil, sus pasos eran más ligeros que cuando entró y su espalda estaba más recta, porque su mano descansaba sobre el brazo del Martin, que era su marido, su marido legal, y ella era Aliide Truu, la esposa legal de Martin. ¡Qué nombre tan bonito! Al casarse con él conseguía ciertas garantías de seguridad, y también lograba algo más: convertirse en una mujer normal y corriente como otra cualquiera. Las mujeres normales y corrientes se casaban y tenían hijos, y ahora Aliide era una de ellas.

Si se hubiese quedado soltera, todo el mundo habría pensado que tenía algún defecto. La gente pensaba así, aunque hubiera pocos hombres disponibles. Los rojos habrían sospechado que tenía un amante en el bosque. Otros habrían hecho conjeturas de por qué nadie la quería: tal vez había alguna razón que la hacía menos mujer, una mujer inútil para los hombres o incapaz de estar con ellos; algo que la había convertido en un estorbo. Y quizás alguien habría descubierto el porqué. Ahora nadie podría decir que había pasado algo en los interrogatorios, dado que se había casado con un hombre como Martin. Nadie podría creer que una mujer viviese semejante experiencia y luego se casara con un comunista. Nadie se atrevería a decir que con ella se podía llegar lejos, o que había que probarla. Nadie se atrevería porque era la esposa de Martin Truu y, por tanto, una mujer respetable.

Y eso era lo importante. Que nadie supiera nada jamás.

En la calle, reconocía el miedo de algunas mujeres a quienes les había ocurrido algo similar. Por cada mano temblorosa deducía que a aquélla también. Por cada sobresalto causado por el grito de un soldado ruso o por cada susto provocado por el resonar de las botas. ¿Ésa también? Todas las que no podían evitar cambiar de acera cuando venían de frente milicianos o soldados. Todas aquellas a quienes se les notaba que llevaban varias bragas debajo del vestido. Todas las que no eran capaces de mirar a los ojos. A ésas también se lo habían dicho: «Cada vez que te acuestes con tu marido, te acordarás de mí».

Si coincidía en algún lugar con una de ellas, intentaba mantener las distancias para que nadie notase la similitud de los comportamientos, para no repetir los gestos y la actitud nerviosa de la otra y se viese todo por duplicado. En las veladas sociales de la aldea intentaba evitarlas, porque en cualquier momento podía aparecer alguno de aquellos hombres de los que se acordarían eternamente, y tal vez alguno era el mismo al que alguna de aquellas mujeres temía. No podían evitar mirar con inquietud el lugar del que podría surgir ese hombre. Y tampoco sobresaltarse si a la vez oían una voz familiar. No serían capaces de levantar en ese momento un vaso sin derramarlo. Se delatarían. Alguien se daría cuenta. Entonces, alguno de aquellos hombres se acordaría de que Aliide era una de las que habían estado en el sótano del ayuntamiento. Que Aliide era una de ellas. Y en ese caso, cuanto Aliide había conseguido al casarse con Martin Truu de nada serviría. Quizá pensarían que Martin no lo sabía y se lo contarían. Naturalmente, éste lo consideraría una calumnia y se enfadaría. Y entonces, ¿qué pasaría? No, nada de eso podría ocurrir. Nadie se enteraría nunca.

Siempre que tenía ocasión, se inventaba alguna calumnia sobre esas mujeres, las difamaba y criticaba con dureza para diferenciarse de ellas aún más.

«¿Está usted segura, camarada Aliide?»

Se mudaron a una de las habitaciones del piso comunitario de los Roosipuu. Éstos no demostraban abiertamente su odio hacia Martin, pues le temían, pero Aliide tenía que andar con cuidado en todo momento a causa de las zancadillas y los objetos que le caían encima. Los niños metían sal en su azucarero, tiraban al suelo su ropa puesta a secar en el tendedero, metían gusanos a escondidas en su tarro de harina y le pegaban mocos en las asas. Luego, al lado de su madre, que estaba hilando en la rueca, espiaban cómo Aliide bebía su té salado y cogía las asas del tarro de harina sin que se le moviese un músculo de la cara, aunque sentía los mocos resecos bajo sus dedos y sabía el enjambre de gusanos que se encontraría. No pensaba darles el gusto de que notasen que sus maldades la afectaban lo más mínimo, su menosprecio, nada. Ella era la mujer de Martin, estaba orgullosa de serlo e intentaba recordarlo a cada paso que daba, trataba de conseguir el mismo porte altivo de su marido, entrar y salir por las puertas de modo que fuesen los demás y no ella quienes se apartasen. Pero, por alguna razón, siempre resultaba ser Aliide a la que los Roosipuu cerraban la puerta en las narices, para a continuación tener que volver a abrir ella. Los soldados del Ejército Rojo que habían pasado algunas noches en aquella casa les habían enseñado a los Roosipuu a dar los buenos días y las buenas tardes en ruso. A Aliide la saludaban con esas palabras recién aprendidas.

A Martin siempre le quedaban restos de cebolla entre los dientes. Era un hombre corpulento y de músculos pesados, con brazos de piel flácida y poros muy abiertos, desde las axilas hasta casi los hombros. El largo vello de sus axilas estaba amarillento de sudor y a pesar de su grosor parecía quebradizo, igual que alambres oxidados. Su ombligo era como una caverna y los testículos le colgaban casi hasta las rodillas. Era difícil imaginar que alguna vez los hubiese tenido bien puestos, como los de un hombre joven. Los poros de su piel estaban llenos de sebo, cuyo olor cambiaba según lo que hubiese comido. O quizá sólo eran imaginaciones de Aliide. No obstante, ella intentaba cocinar sin cebolla. Con el paso del tiempo, se esforzó por aprender a mirar a Martin como una mujer mira a un hombre, por aprender a ser una buena esposa, y poco a poco lo fue consiguiendo observando cómo lo escuchaban los otros cuando pronunciaba un discurso. En Martin había fuerza y ardor. La gente lo escuchaba y creía en él casi tanto como en Stalin. Las palabras de Martin cortaban como una hoz y golpeaban como un martillo. Su brazo se alzaba en el aire cuando hablaba, su puño se cerraba y auguraba condena a los fascistas, a los saboteadores, a los bandidos, y aquel puño era grande, el pulgar enorme, la palma como una cabeza de buey, y bajo su protección cualquiera se sentía seguro. Sus orejas eran grandes y los lóbulos le colgaban; sabía moverlas. Daban la impresión de poder oírlo todo. Y si lo oían todo también podrían detectar cualquier indicio de peligro. Martin sabría ponerse a salvo a tiempo.

Por las mañanas, el olor de las axilas de Martin se le quedaba impregnado a Aliide en el pelo y la piel, y seguía presente todo el día en su nariz. Él quería que durmiesen estrechamente abrazados, con su palomita bien acurrucada en su regazo. A Aliide le gustaba, la hacía sentirse segura. No había dormido tan bien en muchos años, conciliaba el sueño con facilidad y ansia, como queriendo compensar todas las noches de insomnio anteriores, porque ya no tenía nada que temer, ya no tenía miedo de que alguien llamase a la puerta en plena noche. Nadie la sacaría del regazo de su marido. No existía en todo el país un dirigente del Partido con un comportamiento más impecable que Martin.

Él se alegraba al comprobar que desde que dormía a su lado Aliide estaba más guapa cada día. Al principio le había extrañado su apariencia asustadiza. Pero su presencia logró que ella se sobresaltase menos durante el día, su mirada furtiva se fuera sosegando y sus ojos ya no estuvieran inyectados en sangre a causa del insomnio, y todo eso lo convertía en un hombre feliz. Ese hombre feliz también buscó un trabajo de inspectora para su mujer, que consistía en recaudar los pagos y entregar los recibos directamente en mano. La tarea era fácil, aunque algo molesta. Los Roosipuu no eran los únicos que cerraban de un portazo cuando veían acercarse a sus casas la bicicleta de Aliide. Martin le prometió que le encontraría una tarea más agradable en cuanto fuese avanzando en su carrera.

Pero aquel olor... Al principio, Aliide intentaba respirar todo el día por la boca. Al final se acostumbró. Ingel había comentado que su hermana empezaba a oler a ruso. Igual que las personas que iban apareciendo en la estación de ferrocarril, sentadas sobre sus petates, que eran tan grandes como ellos. Los trenes seguían trayendo más y más gente, que las nuevas fábricas engullían.

1949, oeste de Estonia

Las tribulaciones de Aliide Truu

Martin no le había dicho por qué quería que fuese al ayuntamiento aquella tarde, y por eso le resultaba difícil. «¿Está usted segura, camarada Aliide?» La voz de aquel hombre le rondaba la cabeza. Ella sólo estaba segura de que tenía que aferrarse a Martin. En el portal de la casa, al palparse la ropa en busca de cigarrillos, comprobó que su pitillera estaba casi vacía, así que volvió a entrar, aunque sabía que le traería mala suerte. Intentó liar los cigarrillos, pero no fue capaz, le temblaban las manos, tenía ganas de llorar y la blusa empapada en sudor, y sentía frío, mucho frío. Logró contener el hipo y liar unos cigarrillos, y después salió a la calle con paso inseguro. El niño de los Roosipuu le lanzó una piedra y corrió a esconderse detrás de un arbusto. Aliide oyó su risa nerviosa pero no se volvió. Afortunadamente, los demás Roosipuu estaban ocupados con sus tareas domésticas, nadie aparte del crío podía ver su torpeza y el sudor que perlaba su labio superior; incluso la cocina de los Roosipuu le resultaba más atractiva que el ayuntamiento. Ya en la calle principal, se arrepintió un par de veces y desanduvo el camino, para luego encaminarse de nuevo hacia el ayuntamiento. Cuando un gato negro cruzó la calle, escupió tres veces por encima del hombro. «¿Está usted segura, camarada Aliide?» A medio camino, encendió un cigarrillo y se detuvo para fumarlo. Unos pájaros la asustaron y reanudó su trayecto, mordisqueándose las palmas de las manos, que le picaban. Al rascárselas sólo consiguió enrojecerlas, así que intentó calmar la piel mordiéndose las zonas que le hormigueaban. «¿Está usted segura, camarada Aliide?» Antes de llegar se fumó otro cigarrillo; los dientes le castañeteaban, tiritaba de frío y la lengua se le agrietaba por la sequedad, pero debía seguir adelante, hasta el ayuntamiento. Por allí pululaba mucha gente. El tubo de escape de un coche emitió un leve estallido que la sobresaltó. Las rodillas no la sostenían, así que se agachó fingiendo limpiarse el bajo de la falda. Sus chanclos de goma de antes de la anexión estaban manchados de barro, pisó un charco y se metió las manos temblorosas en los bolsillos, pero allí tocó los papeles del canon que se cobraba por no tener hijos, así que volvió a sacarlas. Al mediodía había llamado a la puerta de dos familias que no tenían hijos y de tres que tenían pocos. Nadie la había dejado entrar. En el ayuntamiento había un trasiego de hombres que acarreaban sacos de arena al interior; el montón ya tapaba una de las ventanas hasta la mitad. Por los murmullos de los que salían y entraban podía deducirse que esperaban un ataque de los bandidos.

El edificio estaba lleno de gente, aunque ya eran más de las siete. Se oía el repicar de una máquina de escribir. La gente iba y venía con pasos apresurados y ansiosos. Furtivamente, miró pasar una cazadora negra. Las puertas se abrían y cerraban. Carcajadas de borracho. La risa tonta de una chiquilla. Una mujer mayor se quitaba los chanclos de goma para dejar a la vista unos delicados zapatos de tacón; sacudía la cabeza arreglándose los rizos y sus pendientes destellaban como una espada desenvainada en la penumbra del pasillo.

«¿Está usted segura, camarada Aliide?»

En el pasillo olía a armas.

–¡Lenin, Lenin y siempre Lenin! –gritó alguien.

Las grietas de las paredes claras se veían difuminadas, como si se movieran. En el umbral del despacho de Martin olfateó un frío tufo a alcohol. Dentro había tanto humo que estaba oscuro y no se veía bien.

–Siéntate.

Aliide localizó a Martin por la dirección de su voz; estaba de pie en una esquina secándose las manos con una toalla, como si acabara de lavárselas. Aliide se sentó en la silla que le ofreció su marido, el sudor le humedecía las axilas y se pasó la mano por el labio superior para enjugárselo. Martin se inclinó para besarla en la frente y apretarle un pecho con suavidad. La lana de la chaqueta de él le rozó la oreja. En su frente quedó una huella húmeda.

–Mi palomita tiene que ver una cosa.

Aliide volvió a enjugarse el labio superior y trabó los tobillos tras las patas de la silla.

Martin la soltó, apartó la boca de su oreja y fue a buscar unos papeles a la mesa. Le entregó uno; las manos de Aliide casi no aguantaron el peso. Miraba fijamente al frente. Martin estaba de pie a su lado. El papel se le cayó de las manos al regazo, sintió calor en los muslos, aunque el frío le había entumecido la piel y blanqueado los dedos. La respiración de su marido sonaba como una ventisca allí dentro. La boca se le llenó de saliva, pero no se atrevió a tragarla. Tragar era una señal de nerviosismo.

–Léelo.

Aliide fijó la mirada en el papel.

Era una lista. Una lista de nombres.

–Repásalos.

Aliide empezó a ordenar las letras para formar palabras y él la observó con suma atención.

En una línea vio los nombres de Ingel y Linda.

Los ojos de Aliide se detuvieron. Martin lo advirtió.

–Toda esa gente se va.

–¿Cuándo?

–La fecha está en la esquina superior del papel.

–¿Y por qué me lo enseñas?

–Porque no tengo secretos para mi palomita.

Martin esbozó una amplia sonrisa, sus ojos brillaban. Adelantó una mano y acarició el cuello de su esposa.

–Mi palomita tiene un cuello tan bonito, tan delicado y delgado...

A la salida del ayuntamiento, Aliide se paró a saludar a un hombre que estaba fumando ante la puerta. Éste comentó asombrado lo especial que era aquella primavera.

–Muy adelantada viene. ¿Será un presagio?

Ella asintió con la cabeza y se alejó para fumar un cigarrillo detrás de los árboles sin llamar la atención. Una primavera especial. Siempre habían temido a las primaveras y los inviernos especiales. El de 1941 había sido un invierno especial, muy frío. Y los años 1939 y 1940. Años especiales, estaciones especiales. La cabeza le daba vueltas. Y allí estaban otra vez. Una estación especial. Los años especiales se repetían. Su padre tenía razón, las estaciones especiales presagiaban circunstancias especiales. Debería haberlo sabido. Aliide sacudía la cabeza como si así pudiera aclararse las ideas. En aquellos momentos no tenía tiempo para predicciones de viejos, porque nunca te decían nada sobre cómo había que actuar cuando llegaba una estación especial, aparte de preparar las maletas y esperar lo peor.

Resultaba evidente que Martin quería ponerla a prueba, ver si era digna de confianza. Si Ingel y Linda se escapaban o no estaban en casa la noche fijada, él sabría quién era la responsable. Su dolor de muelas se recrudeció y se le extendió hasta el mentón.

Se llevarían a Ingel y a Linda, pero no a ella, y tampoco a Hans. Tenía que pensar en él. Tendría que insistir para que Martin arreglase el papeleo a fin de mudarse a casa de Ingel después de que la hubiesen deportado; ninguna otra casa sería lo suficientemente buena para Aliide, ni una más elegante, ni una más grande ni más pequeña, ninguna otra. Durante los días siguientes, tendría que ponerse guapísima y trabajarse a su marido en la cama por la noche para que arreglase el asunto. ¡Y los animales se quedarían, claro! Ella no iba a criar bichos de otra gente. ¡*Maasi* era su vaca! Si se encontraba con un establo vacío, Martin debería dar caza a los ladrones y mandarlos a Siberia. Se asustó de la cólera que la invadió al pensar que alguien pudiese tocar sus animales. Porque ahora eran suyos, Ingel sólo ordeñaría las vacas unos días más. Podrían llevar una vaca al establo del nuevo koljós que estaban fundando y, de ese modo, cumplir las normas. Pero, más tarde, Martin tendría que hacer un apaño para conseguir que se la devolviesen. En cualquier caso, nadie iba a ir a contar los animales del establo de un dirigente del Partido.

Estaba claro que Aliide no había querido pensar primero en lo esencial: ¿cómo conseguiría esconder a Hans cuando Martin durmiese bajo el mismo techo? Hans no roncaba, pero ¿y si empezaba a hacerlo? ¿Y si estornudaba de noche o le entraba tos? Cuando había visitas, era capaz de permanecer sin hacer ningún ruido, pero ¿qué ocurriría cuando Martin viviese en la misma casa? Con éste no funcionarían las historias sobre el fantasma de la bisabuela. Aliide se tocó la frente y las mejillas. ¿Cuánto tiempo había pasado allí de pie? Se encaminó hacia su casa. Tenía en la boca el sabor de la sangre. Se había mordido una mejilla. El altillo. Tenía que llevar a Hans al altillo, o al sótano. Habría que construir un sótano debajo de la despensa o el trastero. O acondicionar la parte del altillo que quedaba encima del establo. Estaba lleno de paja y las balas de heno impedían ver lo que había. Si se construyera un cuartucho allí, nadie lo notaría. Se podría hacer detrás de las balas. Y puesto que era ella quien daría de comer a las vacas, tendría que ir asiduamente a echarles heno por la trampilla. Era probable incluso que Martin nunca fuese al establo: no sabía ordeñar y los animales no le gustaban; de niño, una gallina casi le había sacado un ojo de un picotazo y una vaca le había dañado un pie de un pisotón. No era extraño que no se llevase bien con los animales. Además, éstos también hacían ruido: Hans podría toser y estornudar en paz. Y allí las vigas eran más gruesas, y entre los tablones había treinta centímetros de arena. No se oiría nada.

Aliide construiría el cuartucho sin ayuda de nadie en cuanto se hubiesen llevado a Ingel y a Linda. En la parte del altillo que utilizaban como trastero ya había unas tablas preparadas. Después, solamente tendría que colocar un tabique de paja delante. Lo mejor sería preparar balas que fueran fáciles de mover y no llamasen la atención de nadie que subiera allí.

Cuando Aliide iba a visitar a Ingel, a veces la miraba con fijeza, pero a veces no podía sostenerle la mirada. Después de aquella primera noche en el ayuntamiento, había intentado evitar su mirada, igual que su hermana había empezado a evitar la suya; pero tras haber visto las listas sentía una necesidad imperiosa de visitarla sólo para verla. Algunas veces acudió sin permiso en plena jornada laboral; tenía que mirar a su hermana de modo que su imagen se quedase grabada en su memoria, ya que quizá no volvería a verla. Aliide la espiaba a escondidas, mientras Ingel se ocupaba de los animales, les llevaba trébol a las vacas lecheras o estaba absorta en sus tareas.

Lo mismo pasaba con Linda. Después de aquella noche en el ayuntamiento, se había quedado casi muda. Tan sólo decía sí y no, y únicamente cuando le preguntaban algo, pero si la pregunta la formulaba un desconocido, ni siquiera eso. Ingel había tenido que explicar a la gente de la aldea que la niña había estado a punto de ser arrollada por un caballo desbocado y que a causa del terrible susto había dejado de hablar. Seguramente con el tiempo se le pasaría. En la cocina, Ingel charlaba y reía por las dos, para que a Hans no le extrañase el silencio de Linda.

Una vez, Aliide sorprendió a la niña pinchándose la mano con un tenedor. Parecía ausente y al mismo tiempo concentrada; las tirantes trenzas le apretaban las sienes y no había visto a su tía. Apuntaba al centro de la palma y, con la mirada fija, su expresión no cambiaba cuando el tenedor le pinchaba, sólo abría la boca.

En el interior de Aliide una voz alentaba a Linda a pincharse otra vez, cada vez más fuerte, con todas sus fuerzas, pero en cuanto fue consciente de ello, el remordimiento la acalló. Aquello no se podía pensar, eran malos pensamientos, y el que tenía malos pensamientos era alguien malo. Debería acercarse a Linda, estrecharla entre sus brazos y acariciarla, pero era incapaz. No quería tocar a aquella criatura, le daba asco, le daba asco su propio cuerpo y el de su sobrina y aquella fina película cerosa que le cubría la piel. La niña seguía pinchándose con el tenedor y Aliide miraba cómo la palma se le enrojecía. Apretó los puños. Lipsi ladró en el jardín. El ladrido sacó a Aliide de su estupor. Linda, con la mirada vidriosa, no se movió; aunque todavía aferraba el tenedor, ya no se laceraba. Su tía se lo quitó de la mano cuando Ingel entraba en la cocina. La niña salió corriendo.

–¿Qué ha pasado?

–Nada.

Ingel no siguió preguntando, sólo dijo que aquélla sí era una primavera excepcional.

–Dentro de nada podremos salir al campo en mangas de camisa.

Se acercaba el día. Dos semanas, trece días, doce, once, diez noches, nueve, ocho, siete tardes. Al cabo de una semana ya no estarían allí. La casa ya no sería de Ingel, que no volvería a fregar aquellos platos ni a dar de comer a aquellas gallinas. No prepararía la comida en aquella cocina ni tintaría hilos. No removería la salsa para Hans, no lavaría el pelo de Linda con agua y cenizas de abedul. No volvería a dormir en aquella cama. Sería Aliide quien dormiría allí.

Aliide resoplaba sin parar, respirando por la boca, porque sus fosas nasales no tenían bastante fuerza para aspirar. ¿Y si los que decidían esas cosas cambiaban de opinión? ¿Y por qué? ¿Y si alguien más se enteraba y alertaba a Ingel? ¿Quién? ¿Quién querría ayudarla? Nadie. ¿Por qué estaba tan intranquila? ¿Qué le estaba pasando? Todo estaba decidido. A ella la dejarían en paz. Sólo tendría que esperar una semana más y después se mudaría.

Martin le susurraba por las noches que pronto irían a la casa nueva, y su mano descansaba sobre el cuello de Aliide, sus labios sobre sus pechos, mientras yacían en su pequeña habitación y los niños de los Roosipuu armaban jaleo. El taconeo de gente desconocida, el tiempo que corría sin tregua, seis días, cinco noches, las agujas del reloj que giraban como las aspas del molino y convertían en polvo quince años de velas en el árbol de Navidad y adornos navideños hechos con cáscaras de huevo, tartas de cumpleaños, salmos que Ingel había cantado en el coro y canciones infantiles que había repetido desde niña y después le había enseñado a Linda: *Meie kiisul kriimud silmad...* («Nuestro gato de ojos astutos...») Aliide tenía polvo en los ojos y los globos oculares surcados por venillas de hielo. Ya nunca más se sentaría a la misma mesa con Ingel y Linda. Nunca más habría una mañana como aquélla en que juntas volvieron caminando del ayuntamiento. Había amanecido, el aire matinal estaba fresco y sereno. Un kilómetro antes de llegar a casa, Ingel había hecho parar a Linda para trenzarle de nuevo el pelo: tras peinárselo con los dedos, se lo había alisado y había empezado a hacerle unas apretadas trenzas. Estaban en pie en medio de la carretera que llevaba a la aldea. El sol ya había salido y en alguna parte habían cerrado una puerta de golpe. Mientras Ingel trenzaba el pelo de su hija, Aliide se agachó y apoyó las manos en la carretera, tocando las pequeñas piedras calizas, sin mirar a las otras dos. De repente, notó que la sed le cerraba la garganta y corrió hasta la acequia para beber a dos manos. Sintió el sabor de la tierra y el agua. Ingel y Linda ya se habían alejado cogidas de la mano, sin esperarla. Aliide las siguió hasta la puerta de la casa. En el umbral, su hermana se volvió hacia ella y le dijo:

–Lávate la cara.

Aliide se llevó las manos a las mejillas y se frotó, al principio sin sentir nada, pero después notó que tenía la parte baja de la cara cubierta de mocos y el cuello mojado. Se limpió la nariz, la barbilla y el cuello con la manga. Cuando Ingel por fin abrió la puerta y entraron en su familiar cocina, se sintieron unas extrañas.

Su hermana empezó a preparar unas tortitas.

Linda dejó un bote de confitura de frambuesa en la mesa.

Las oscuras frambuesas parecían sangre coagulada.

Aliide echó a *Lipsi*. Se sentaron a la mesa con sus platos de tortitas. Le dieron miel a Linda para que las untase y el bote de confitura fue pasando de mano en mano, los platos brillaban como claras de huevo, los cuchillos cortaban, los tenedores repiqueteaban. Tomaron las tortitas con labios gomosos, los ojos brillantes y secos, la piel cerosa, tirante y seca.

Faltaban cinco días. Aliide se despertó por la mañana. En su cabeza aún resonaba la canción «Nuestro gato de ojos astutos, sentado en un tocón en el bosque...», en la voz de Ingel. Se incorporó y se sentó en el borde de la cama: aquella canción no desaparecía, la voz no cesaba. Estaba segura de que su hermana y su sobrina volverían.

Se quitó el camisón de franela, *piip oli suus ja kepp oli käes* («con la pipa en la boca y el bastón en la mano»), haciéndose un lío con la enagua y las gomas del liguero. Una vez puestos el vestido y la chaqueta, atravesó la cocina con el pañuelo en la mano, salió y cogió su bicicleta, pero la dejó: cruzaría los campos por el camino más corto hasta el ayuntamiento, hacia donde Martin ya se había ido antes. Echó a andar mientras se arreglaba el pelo de cualquier manera; sin detenerse, se ató el pañuelo en la cabeza y apretó el paso; los chanclos chacoloteaban porque le iban grandes, su chaqueta ondeaba al viento. Cruzó los campos de primavera y las carreteras, salvó las zanjas donde el agua corría rumorosa, por el camino más corto, mientras Ingel cantaba en sus oídos *kes ei möistnud lugeda, see sai tukast sugeda* («el que no sabía leer recibía un tirón de pelo»). Cantaba sobre la tierra escarchada y las primeras aves migratorias volaban en formación de uve al son de su hermana, impulsando a Aliide, que corría sin parar. No se detuvo hasta que encontró a Martin, que estaba hablando con un hombre de cazadora de piel oscura. Los ojos de su marido acallaron la voz de Ingel. Le dijo al hombre que seguirían más tarde y cogió a Aliide por el hombro pidiéndole que se tranquilizase.

–¿Qué ha pasado?

–Volverán.

Martin sacó del bolsillo su petaca, desenroscó el tapón y se la ofreció. Ella bebió un sorbo y tosió. Martin se la llevó a un lado y la hizo beber otro sorbo.

–¿Has hablado con alguien?

–No.

–Sí has hablado.

–¡No!

–Y entonces ¿qué ocurre?

–¡Que volverán!

–Stalin no permite que esas cosas ocurran. –Martin la arropó con su chaqueta y las piernas de Aliide dejaron de temblar tras el largo recorrido–. Y yo no las dejaré volver para que asusten a mi dulce palomita.

Aliide fue andando hasta casa de Ingel. En el sendero que llevaba al jardín, debajo de los sauces blancos, se detuvo. Oyó a los perros y los gorriones, el murmullo de una primavera excepcionalmente temprana, y aspiró el olor de la tierra húmeda. ¿Cómo se podía abandonar un sitio como aquél? Imposible. Aquella tierra era su tierra, había salido de ella y allí se quedaría, no se iría de allí, no la abandonaría, eso no, ni a Hans ni a su tierra. ¿Había querido escapar realmente cuando había tenido la oportunidad? ¿O sólo se había quedado porque Hans le había pedido que cuidase de Ingel?

Le dio una patada a un montículo de tierra al lado del sembrado. El montículo cedió. Su montículo.

Pasó junto a la cerca del jardín, las ramas desnudas de los abedules colgaban hacia el suelo. En el jardín, Linda jugaba y cantaba:

> Viejecito, viejecito de sesenta y seis,
> un diente y medio tiene en la boca.
> Tiene miedo de un ratón, tiene miedo de una rata,
> tiene miedo de un saco de harina en el rincón.

Vio a su tía, que se detuvo. La canción se interrumpió. Los ojos de la niña la miraron con rechazo, unos ojos grandes y fríos, como pozos oscuros. Aliide volvió a la carretera.

«Tiene miedo de un ratón, tiene miedo de una rata...»

Por la noche, Martin no quiso desvelarle sus planes, se limitó a decir que al día siguiente arreglarían el asunto. Faltaban tres días. Martin le ordenó que se calmase. Ella no era capaz de dormir.

Antes del alba, el urogallo ya daba sus gritos de reclamo.

El trayecto hasta el ayuntamiento fue como andar sobre el filo de un hacha. Cuando Aliide agarró el picaporte, recordó de repente cómo una vez la lengua se le había quedado pegada al metal helado. No se acordaba de la situación en sí, únicamente de la sensación de la lengua contra el acero congelado; a lo mejor había sido con un hacha, no recordaba cómo se había soltado, qué le había pasado, simplemente volvió a experimentar la misma sensación al entrar. Fue directa a los brazos de Martin, que la estaba esperando. Le dieron lápiz y papel. Enseguida comprendió. Tendría que firmar con su nombre testimonios tan contundentes que el retorno sería imposible.

Olía a alcohol frío, el dibujo de espiguilla de la chaqueta de Martin se difuminó ante sus ojos. Un perro ladraba en algún lugar, una corneja graznaba detrás de la ventana, una araña rondaba la pata de una mesa. Martin la aplastó y la frotó contra las losetas.

Aliide Truu firmó.

Martin le dio unas palmaditas en la espalda.

Él tenía que quedarse a arreglar algunos asuntos después de la firma de los testimonios. Aliide se marchó sola a casa, aunque su marido le había dicho que podía quedarse hasta que él terminara. Ella no quería, aunque tampoco quería ir a casa, cruzar el jardín de los Roosipuu, entrar en su cocina, donde la conversación se interrumpiría en seco en cuanto ella abriese la puerta. Le dirigirían alguna palabra en ruso, y aunque fuese amable sonaría a insulto. El hijo de los Roosipuu le sacaría la lengua desde el umbral y al sacudir su bote de té oiría la sal que los Roosipuu le echaban.

Se paró a un lado de la carretera y contempló el paisaje sereno. Ingel iría a ordeñar las vacas antes del anochecer. Tal vez Hans estuviese leyendo los periódicos en el cuartucho. No le temblaban las manos. Una alegría repentina y cargada de vergüenza le subió hasta el pecho. Estaba viva. Había sobrevivido. Su nombre no estaba en las listas. No podrían prestar testimonio falso contra ella, no contra la mujer de Martin, pero ella sí podía enviar a los Roosipuu a un lugar donde Estonia sólo fuese un recuerdo lejano. Reanudó su camino con paso más firme, hollando la tierra con seguridad, apresurándose hacia casa de los Roosipuu. Al llegar, estuvo a punto de derribar a la abuela, que se hallaba en los escalones, y le cerró la puerta en las narices. Se preparó un té con el té de los Roosipuu y cogió azúcar del azucarero de los Roosipuu, así como la mitad de su pan para llevárselo a su habitación. Ante la puerta de su cuarto, se volvió y les dijo que iba a darles un consejo de amiga, porque era una persona amable y sólo deseaba lo mejor para sus camaradas: les convenía quitar la imagen de Jesucristo de la pared de su dormitorio. Al camarada Stalin no le gustaría que los miembros del nuevo mundo de trabajadores le agradeciesen su buena obra con semejante cosa en la pared.

Al día siguiente, la imagen del Hijo de Dios había desaparecido.

Cuatro días. Después sólo tres. Cada mañana, Aliide se prometía ir a visitar a Ingel, pero no fue.

> Nuestro gato de ojos astutos
> sentado en un tocón en el bosque,
> con la pipa en la boca y el bastón en la mano...

Dos días. Tres noches.

> ... llamó a los niños para leer.
> El que no sabía leer
> recibía un tirón de pelo.
> El que leía, entendía,
> y a ése el gato lo mimaba.

Ni un día. Ni una noche.

1949, oeste de Estonia

Hans no le pega a Aliide aunque puede

El viento soplaba entre los abedules, en los que no había ningún pajarillo. La cabeza de Aliide zumbaba como tras diez noches sin dormir. Cerró la puerta a sus espaldas y se precipitó hacia el trastero. A ciegas, tanteó el picaporte, derribó sin querer la sierra colgada en la pared, y entró. Abrió los ojos en la penumbra.

El armario delante del cuartucho de Hans seguía en su sitio.

El pecho no le empezó a palpitar hasta ese momento, su seco labio inferior se le agrietó, notó la sangre en la boca, sus dedos sudorosos resbalaron por los lados del armario y le pareció percibir vagos ruidos que habían pertenecido a aquella cocina: los pasos de Ingel, la tos de Linda, el golpecito de un tazón, las patas de *Lipsi*. El armario se resistía a moverse, así que tuvo que empujarlo con los hombros y la cadera; chirrió, un lamento que resonó en la casa vacía. Se paró a escuchar: el silencio crepitaba. Las voces imaginarias de la cocina enmudecían en cuanto paraba de moverse. El continuo desplazamiento del armario había dejado marcas en el parquet. Tendría que taparlas. Había algo debajo de las patas. Se agachó a examinarlo. Una cuña. Dos. Hacían que el armario se balancease un poco. ¿Cuándo las habría metido allí Ingel? Las sacó. El armario se deslizó con facilidad.

–Hans, soy yo. –Intentó abrir la puerta del cuartucho, pero su mano sudada resbalaba en las ranuras del zócalo que servían para que fuese más fácil tirar de ella–. Hans, ¿me oyes? –Silencio–. Hans, ayúdame. Empuja, no soy capaz de abrir esto. –Aliide golpeó la puerta y después le dio un puñetazo–. ¡Hans, dime algo!

En algún lugar cantó un gallo. Aliide se sobresaltó, pero siguió golpeando la puerta. El dolor de los nudillos le bajó hasta los pies. La pared fue cediendo, pero en aquel zulo seguía reinando el silencio. Finalmente, se dirigió a la cocina a coger un cuchillo, lo metió por la rendija de la puerta y al fin consiguió aferrarla por las ranuras del zócalo. Tiró de ella con fuerza y la abrió. Hans estaba inmóvil, agachado en un rincón, con la cabeza metida entre las rodillas. No la levantó hasta que Aliide lo tocó. No entró en la cocina tambaleándose con pasos inseguros hasta que Aliide le rogó por tercera vez que saliese. Y sólo contestó cuando ella le preguntó qué había pasado.

–Se las llevaron –murmuró.

Aquel silencio resultaba impropio de una casa de campo al mediodía. Solamente se oía el leve rascar de un ratón en alguna parte. Estaban de pie en medio de la cocina y notaban una especie de zumbido interior, en aquel silencio podían oír su propia respiración. Aliide se vio obligada a sentarse e inclinar la cabeza hacia el suelo, porque no soportaba ver la cara de Hans, marcada por el llanto de una noche entera.

El silencio y el zumbido fueron en aumento y después, de repente, Hans agarró su mochila, que colgaba de la pared.

–Tengo que ir tras ellas.

–No digas tonterías.

–¡Claro que tengo que ir!

Abrió la puerta de abajo de la alacena a fin de coger algo de comida para el viaje, pero estaba casi vacía. Se precipitó a la despensa.

–Se llevaron la comida.

–Hans, tal vez fueron los soldados quienes la robaron. A lo mejor sólo las han llevado al ayuntamiento para interrogarlas.

Hans, ¿te acuerdas? Ya lo han hecho antes con otros. A lo mejor vuelven pronto a casa.

Él corrió a la habitación de la entrada y abrió la puerta del armario.

–También cogieron ropa de abrigo. Al menos Ingel logró llevarse el oro.

–¿El oro?

–Estaba cosido dentro del abrigo de piel.

–Volverán dentro de poco.

Pero Hans ya se iba. Ella corrió y lo agarró por el brazo. Él trató de zafarse sacudiéndose. La manga de su camisa se rajó, una silla cayó, la mesa se volcó. No podía dejar que Hans se fuese, no podía, no podía. Se aferró con todas sus fuerzas a la pierna de su cuñado y no cejó aunque éste, para librarse, le tiraba del pelo. No lo soltó, e incluso consiguió cansarlo. Y al fin, cuando ambos yacieron sudorosos, jadeantes y exhaustos sobre el frío suelo, a ella le entraron ganas de reír. Hans no le había pegado ni siquiera en una situación tan extrema. Podía haberlo hecho, era lo que Aliide esperaba, que cogiese una botella y le diese en la cabeza, o que la golpeara con la pala, pero Hans no lo había hecho. Así de bueno era, cuánto la quería a pesar de todo. Nunca habría obtenido prueba más contundente.

Nadie era tan bueno como Hans, el guapo Hans de Aliide, el más guapo de todos.

–¿Por qué, Liide?

–Ellos no necesitan una razón.

–Pues ¡yo sí! –Y la miró como esperando una respuesta.

Ojalá su cuñado se resignara. Todo el mundo sabía que no necesitaban ninguna razón específica.

Cuantas menos pruebas para acreditar las denuncias más despóticas e imaginarias, mejor.

–¿No oíste nada? Algo dirían ellos cuando vinieron, digo yo.

ELLOS. La palabra se le había hinchado en la boca. De niña, la reñían si decía en voz alta palabras como Dios, Satán, tormenta, muerte. Una vez había probado a pronunciarlas a escondidas y repetirlas una vez tras otra. Un par de días después, una gallina había muerto.

–No lo oí todo. Hubo muchos gritos y ruidos. Intenté abrir la puerta del cuartucho, los habría sorprendido con mi Walther, pero no se abría, y después desaparecieron. Pasó demasiado rápido y yo estaba encerrado en el cuarto. *Lipsi* ladraba tan... –Se le quebró la voz.

–Quizás ha sido porque... –Las palabras se ahogaron en su garganta. Volvió la cabeza y pensó en la gallina muerta–. Porque Ingel era tu viuda. Y Linda tu hija. Enemigas del pueblo, pues.

En la cocina hacía frío. Aliide sentía punzadas en los dientes. Se pasó la mano por la barbilla, y se manchó de rojo, pues su labio inferior sangraba.

–Entonces, es por mí. Por mi culpa.

–Hans, Ingel puso unas cuñas en las patas del armario. Quería que siguieras escondido.

–Dame vodka.

–Te prepararé un escondite mejor.

–¿Por qué mejor?

–No es bueno estar mucho tiempo seguido en el mismo sitio.

–¿Insinúas que Ingel podría hablar? ¿Mi Ingel?

–No, ¡claro que no!

Aliide sacó del bolsillo una botella de vodka medio llena.

Hans ni siquiera preguntó por *Lipsi*.

–Ve a ordeñar las vacas –dijo con voz cansada.

Aliide se puso alerta. La petición de Hans podía ser sincera y era cierto que tenía que ir a ordeñar las vacas, pero en aquella situación no podía dejarlo solo en la cocina. Podría salir disparado hacia el ayuntamiento.

1949, oeste de Estonia

Aliide se guarda un trozo de la colcha nupcial de Ingel

Un par de semanas después de la deportación de Ingel y Linda, Martin, Aliide y el perro se mudaron a la casa. Lucía un sol radiante y el carro de la mudanza se balanceaba traqueteando. A lo largo de aquella mañana, Aliide lo había preparado todo para que nada pudiese salir mal. Había previsto cada movimiento para no confundirse en lo más mínimo: se había levantado de la cama poniendo el pie derecho en el suelo, había cruzado el umbral de la habitación con el mismo pie y también la puerta de entrada; había abierto las puertas con la mano derecha, apresurándose para que no se le adelantara Martin, que era zurdo, y malograse su suerte. Y en cuanto habían llegado a la casa, había corrido para ser la primera en abrir la verja con la mano derecha, lo mismo que la puerta, y entrar con el pie derecho. Todo había salido bien. La primera persona que se había cruzado con el carro de mudanzas había sido un hombre. Buena señal. Si se hubiese tratado de una mujer y la hubiese divisado desde lejos, le habría exigido a Martin que parase y se habría metido entre los arbustos, pretextando un dolor de barriga, hasta que la mujer pasase. No obstante, aunque así hubiera impedido que la mala suerte recayese sobre ella, el carro de la mudanza se habría encontrado primero con una mujer, y Martin también. ¿Y si se hubieran cruzado con otra mujer? Tendría que haberle pedido otra vez a Martin que parase y de nuevo haber corrido tras los arbustos, y entonces él habría empezado a preocuparse. Claro que no podía comentarle lo que traía buena suerte ni sobre el mal de ojo, pues él se habría burlado de que diese crédito a las tonterías de los viejos. Ellos se tenían el uno al otro, a Lenin y a Stalin. Pero, afortunadamente, durante el viaje todo había ido bien. Los dedos de los pies se le encogían de impaciencia y en su pelo brillaba la alegría. ¡Hans! ¡Aliide se había salvado a sí misma y a Hans! ¡Estaban juntos y a salvo!

De vez en cuando, se echaba un vistazo en el espejo de la habitación mientras Martin sacaba cosas del carro, coqueteando con su pletórico reflejo. ¡Lo que hubiese dado porque Martin se ausentase esa misma noche por cuestiones de trabajo o de otra índole! Habría dejado salir a Hans del altillo y pasado toda la velada sentada con él. Pero Martin no iba a ir a ninguna parte, quería inaugurar su nueva casa junto con su esposa, camarada y amante. Aliide dejó caer que tal vez lo necesitarían en el ayuntamiento y le dio a entender que no se enfadaría si tenía otras obligaciones, pero Martin se limitó a reírse de semejante tontería. ¡El Partido podía arreglárselas sin él por las noches, pero su esposa no!

La casa aún olía a Ingel y en la ventana se veían sus huellas, o probablemente las de Linda, porque estaban muy abajo. En el suelo bajo la ventana estaba el pájaro de castaña de la niña, con sus ojos de madera vacíos y las plumas de la cola bien ordenadas. No había nada que indicase una marcha repentina o que hubiesen hecho las maletas a toda prisa: los cajones no se habían quedado abiertos, los armarios no estaban revueltos. Sólo se hallaba de par en par la puerta del armario que Hans había abierto. Aliide la cerró.

Ingel había dejado todo en perfecto orden, limitándose a coger sus vestidos y los de Linda del armario blanco y después a cerrar bien la puerta, aunque siempre había que empujarla despacio y con fuerza a un tiempo, para que no volviese a abrirse. Ingel había empujado la puerta como si no hubiese tenido ninguna prisa. Había vaciado la cómoda de ropa interior y calcetines, pero el mantel en lo alto estaba bien colocado, igual que las alfombras, excepto la que se había arrugado cuando Aliide había intentado impedir que Hans se marchase. Ella no se había fijado antes porque mientras construía el nuevo habitáculo de Hans no había entrado en las habitaciones, había subido directamente al altillo; tampoco se había quedado a merodear por la cocina ni le había preparado comida caliente. Él había insistido en ayudarla con la construcción, pero ella se había negado con rotundidad. Hans estaba emocionalmente inestable, de modo que era mejor que se quedase en el cuartucho lloriqueando y bebiendo el aguardiente que Aliide le llevaba.

Ahora se dio cuenta de que las únicas trazas de desorden se debían al forcejeo que Hans y ella habían mantenido en la cocina. No había señales de que los hombres de la Checa hubiesen buscado armas, pues incluso la despensa se hallaba en orden. A lo mejor, Martin les había advertido que en aquella casa tenían que comportarse, ya que él y su esposa planeaban mudarse allí. ¿Acaso los hombres le habían obedecido? Probablemente no, los chequistas no tenían por qué hacerle caso a nadie. Sólo en el suelo se adivinaba el rastro de su visita: trazas del barro de sus botas. Aliide limpió aquel barro ya reseco antes de empezar a colocar sus cosas en su sitio. Más tarde, tendría que examinar el jardín, seguramente le habrían pegado un tiro a *Lipsi* allí mismo.

Guardó los vestidos en el armario con la mano derecha y recuperó el buen humor, aunque no hubiera logrado que Martin pasase la noche fuera de casa. Puso su cepillo encima de la mesita bajo el espejo, junto al de Ingel. Colocar sus propias cosas hacía que la casa pareciese suya y de Hans. Nuestra casa. Ella se sentaría allí, a la mesa de la cocina, Hans enfrente, y casi serían como marido y mujer. Liide le prepararía comida, le calentaría agua para el baño y le daría la toalla cuando se afeitase. Haría todas aquellas cosas que Ingel había hecho antes, todas las tareas de una esposa. Sería casi como su mujer. Hans acabaría por descubrir que ella preparaba mejores bizcochos, tricotaba calcetines que se ajustaban mejor y cocinaba platos más deliciosos.

Por fin tendría la posibilidad de reparar en lo esbelta y lo dulce que era, ahora que las trenzas de Ingel no estaban para atraer su atención constante. Ahora se vería obligado a hablar con Aliide y no con Ingel. Ahora se vería obligado a verla. Y, sobre todo, ahora Hans tendría que reparar en la especialidad de Liide, lo bien que entendía los secretos y las propiedades curativas de las plantas. En eso siempre había tenido más talento que Ingel, pero nadie se había dado cuenta, porque en una buena ama de casa estonia se apreciaban otras habilidades, como saber amasar el pan o darse maña en el ordeño. ¿Quién se habría percatado de que, mientras Ingel usaba el rábano picante sólo para condimentar los pepinos, ella lo utilizaba también para curar el dolor de estómago? ¡Ahora Hans al fin se percataría! Aliide se mordió el labio. No debía alardear demasiado de sus dotes, el orgullo era el fin de todos los remedios y la humildad el comienzo de cada uno; el silencio, su fuerza.

Martin interrumpió sus pensamientos al agarrarla por las caderas desde atrás, susurrándole «palomita» al oído. Le dijo que estaba orgulloso de su esposa, más orgulloso que nunca, y, rodeándole la cintura, le dio vueltas por la habitación y después la echó sobre la cama y le preguntó si ése era el lecho del amo y qué se hacía allí.

Por la noche, la despertó lo que parecía la llamada de una garza. Martin roncaba a su lado. Apestaba a sudor. El chillido de la garza era el lamento de Hans. Martin siguió durmiendo. Aliide miró fijamente en la penumbra los adornos en forma de tijera del tapiz a rayas que colgaba de la pared; lo había hecho su madre, bordado con sus propias manos. ¿Cuánto oro se habría llevado Ingel? ¿Lo suficiente para comprar su libertad? No podía ser; como primogénita, había recibido de sus padres una cantidad de oro quizá por valor de diez rublos, a lo mejor ni eso. Quizá le llegase para comprar pan el resto de su vida.

Por la mañana, Aliide abrió el cajón inferior de la cómoda, el que tenía el tirador roto y únicamente se abría utilizando un cuchillo, para guardar el cepillo de Ingel, que sólo tocó con la mano izquierda.

En el cajón apareció la colcha nupcial de Ingel. Sobre el fondo rojo tenía bordada una iglesia y una casa de paredes redondeadas; también había un hombre y una mujer. Aliide recortó las estrellas de ocho puntas con la tijera, el zigzag que rodeaba el dibujo de la feliz composición se desprendió arrancándolo con los dedos, el hombre y la mujer desaparecieron. Y de ese modo la vaca se convirtió en tiras de hilo, la cruz de la iglesia en un montón de pelusa. En la colcha también había algo de Aliide bordado: su oveja favorita; su hermana le había enseñado el fruto de su destreza esperando despertar su admiración, pero Aliide no se había entusiasmado en absoluto al ver aquel motivo bordado. Ingel se dio cuenta y se fue a llorar detrás del establo. Aliide tuvo que ir a consolarla, diciéndole que sí, que era una oveja maravillosa, que estaba muy bien bordada, y que aunque ya casi nadie hacía colchas nupciales, que Ingel la hubiera hecho era digno de admiración. Otros podrían pensar que estaba anticuado, pero Aliide no lo creía. Arrulló a su hermana, que por fin se tranquilizó y continuó con el bordado de su colcha nupcial, trabajando en él tardes enteras. Su madre también había tenido una y nunca se había visto esposa más feliz que ella. ¿Acaso podía Aliide argumentar en contra de eso? No podía, pero ahora sí podía arrancar las pezuñas de hilo de su oveja favorita, después el abeto, y al cabo de un rato ya no había ninguna estampa feliz, sólo un fondo rojo y un montón de buena lana, de su propia oveja. Martin echó un vistazo desde el umbral y vio a su esposa de rodillas en medio de un revoltijo de hilos, tijera en mano y con un cuchillo al lado, la nariz enrojecida, el rostro iluminado. No le dijo nada y se alejó de la puerta. La respiración humeante de Aliide se elevó por la habitación como una neblina y pasó por el ojo de la cerradura para extenderse por toda la casa.

Martin fue a trabajar; se oyó la puerta cerrarse tras él. Desde la ventana, Aliide vigiló que llegase a la carretera principal y después bebió un vaso de agua, y también se mojó la cara para calmar el ardor de su respiración. Ahora aquélla era su casa, su cocina. La golondrina que había anidado en el establo de las vacas le traería suerte, suerte de verdad, suerte por todos aquellos hechizos y copas alzadas bajo el escudo de los tres leones de Estonia y por todos aquellos remedios de viejas que nunca le habían funcionado. Podría traerle suerte, y seguramente lo haría, porque los pájaros que traen suerte son justos. Había sido ella quien había salvado la casa de las botas de los rusos y también a su amo. No Ingel, sino ella. Sus tierras ya no le pertenecían, pero la casa sí. Gente desconocida cultivaría sus campos, pero quedaría su dueño, y Aliide, la nueva dueña. No todo estaba perdido.

Limpió los restos de la colcha nupcial y los metió en el armario, tiró los hilos recortados a la cocina de leña, pero se guardó un montoncito para ahumar. Tal vez hubiese bastado con quemarlos, sin embargo había que asegurarse, y siempre le habían dicho que era mejor ahumar. La ropa de los pretendientes rechazados había que ahumarla, y así se había hecho durante siglos en la aldea, para alejar a más de uno. Incluso habían visto a la condesa alemana de la mansión echando la camisa de un hombre al humo, pero Aliide no recordaba cómo había sido, a qué clase de humo la había echado, si al del horno de la casa o a los restos humeantes de la hoguera de San Juan. Cuando era joven tenía que haber prestado mayor atención a lo que contaban los viejos, para no tener que adivinar ahora a qué humo echar los restos de la colcha. Claro que se lo podría preguntar a Maria Kreeli, o incluso llevarle el montoncito, pues ella sabría qué hacer, pero entonces la anciana se enteraría de lo que se estaba ahumando, y lo esencial en esos casos era no hablar con nadie del asunto. Pero aún había algo más que podía lograrse con ese hechizo, aunque no se acordaba bien. Quizá funcionase igual un hechizo hecho a medias. Se metió el montoncito en el bolsillo del delantal y se quedó sentada en silencio, escuchando la casa, su propia casa, percibiendo su propio suelo bajo los pies. Pronto vería a Hans y por fin se sentaría a la mesa a solas con él.

Aliide se arregló el pelo, se pellizcó las mejillas, se limpió los dientes con el polvo del carbón y se enjuagó la boca a conciencia. Ése era un truco de Ingel, por eso los dientes de su hermana siempre estaban tan blancos. En el pasado, Aliide no había querido imitarla demasiado, así que no había usado el carbón, pero ahora era diferente. Corrió las cortinas de la cocina y cerró la puerta de la habitación para que desde sus ventanas no se pudiese atisbar la cocina. *Pelmi* corría por el jardín y ladraría si se acercaba alguna visita. Entonces a Hans le daría tiempo de volver al altillo. Habían adiestrado a *Pelmi* como perro guardián y eso era bueno.

Aliide quería crear un ambiente acogedor en la cocina, así que preparó el desayuno de Hans y lo puso en la mesa, que decoró con flores secas traídas de la habitación. Esa clase de detalles te ponen de buen humor, demuestran amor. Por último, se quitó los pendientes y los escondió en un cajón de la habitación. Eran un regalo de Martin y harían que Hans insinuase cosas fastidiosas. Cuando tuvo todo listo, fue por la despensa hasta el establo de las vacas, abrió la trampilla del altillo, subió y quitó las balas de heno que disimulaban el cuartucho secreto. El nuevo tabique era perfecto. Llamó a la puerta y abrió. Hans salió a gatas, sin mirarla, y se limitó a estirarse durante largo rato.

–Ven a desayunar. Martin se ha ido a trabajar.

–¿Y si vuelve a casa sin avisar?

–No lo hará. Nunca lo ha hecho.

Él la siguió hasta la cocina. Aliide le ofreció una silla y le sirvió café caliente en el tazón, pero Hans no se sentó.

–Aquí huele a ruso –sentenció.

Antes de que Aliide tuviese tiempo de impedirlo, ya había escupido tres veces sobre el chaquetón de Martin, que colgaba del respaldo de una silla. Acto seguido, empezó a olisquear otras huellas de Martin: el plato, el cuchillo, el tenedor, y se paró delante de la jofaina que servía de lavamanos sobre una mesilla. Le dio un golpe a la pastilla de jabón, aún mojada por el aseo matutino de Martin; sopesó en la mano el trozo de alumbre que coagulaba los pequeños cortes del afeitado. Luego vació un cubo de agua jabonosa todavía caliente en el cubo del agua sucia, el alumbre voló detrás y la brocha y la navaja estuvieron a punto de volar también. Aliide lo agarró del brazo.

–No lo hagas.

La mano de Hans seguía levantada.

–Por favor. –Aliide le cogió la brocha de la mano y la colocó en su sitio; también la navaja–. Las cosas de afeitar de Martin están aún dentro del baúl. Lo voy a deshacer hoy y las pondré aquí, su espejo también. Por favor, siéntate a comer.

–¿Hay alguna noticia de Ingel?

–He abierto una botella de zumo de mora.

–¿Ha dormido sobre la almohada de Ingel?

Hans abrió la puerta de la habitación de golpe y, antes de que a ella pudiera reaccionar, entró y cogió la almohada de Ingel.

–Sal de ahí, Hans. Podría verte alguien por la ventana.

Pero él se sentó en el suelo abrazado a la almohada, se acurrucó alrededor de ella y la apretó contra su cara. Desde la cocina se oía cómo pretendía inhalar cada resto del olor de su esposa.

–Quiero llevarme a mi escondite la taza de Ingel –dijo, con la voz amortiguada por la almohada.

–¡No podemos amontonar todas las cosas de Ingel en ese cuartucho!

–¿Por qué no?

–No se puede. Sé razonable. ¿No te basta con la almohada? Esconderé la taza en la alacena detrás de otras cosas. Martin no la encontrará. ¿De acuerdo?

Hans volvió a la cocina, se sentó a la mesa, puso la almohada sobre una silla y se sirvió licor de rábano picante, en bastante más cantidad que una simple medicina. Tenía briznas de paja en el pelo. Aliide sintió el impulso de coger un cepillo y peinarlo. Después, de repente, Hans declaró que quería irse al bosque, donde estaban los demás patriotas.

–Pero ¿qué dices? –preguntó una Aliide atónita.

Aseguró que el juramento aún lo obligaba. ¡El juramento! ¡El juramento del ejército de Estonia! ¡Hablar del juramento de un país que ya no existía! Allí estaba sentado, a la mesa de Aliide, removiendo con una cuchara el tarro de miel, cosa que aún podía permitirse gracias únicamente a ella. Otros que decían las mismas locuras corrían por los bosques, perseguidos, hambrientos, vestidos con ropas tiesas por la suciedad, temerosos de recibir un balazo. Sin embargo, ¡aquel señorito podía remover con su cuchara el tarro de miel!

Dijo que no podría soportar el hedor de Martin en su propia casa.

–¿Es que te has vuelto loco ahí en el escondrijo? ¿Te has parado a pensar qué pasaría si aquí hubiese venido a vivir otra persona? ¿Has visto cómo estropean las casas? ¿Habrías querido rusos aquí? ¿Habrías querido que el suelo de tu casa se llenase de cáscaras de pipa y que al andar por él te pareciese pisar escarabajos? ¿Y cómo piensas que llegarás a tu bonito bosque? Esta casa también está bajo vigilancia. Estamos tan cerca del bosque que los agentes de la NKVD están seguros de que algunos partisanos vienen aquí a buscar comida.

Hans paró de remover la miel, se metió la almohada y la botella del licor medicinal bajo el brazo y se levantó para volver al altillo.

–No hace falta que te vayas ya, Martin aún tardará.

Hans no hizo caso, sólo dio un puntapié al barril de cerveza que estaba junto a la puerta de la habitación pequeña; el barril se volcó y golpeó contra el suelo. Pasó de la despensa al establo de las vacas y de allí al altillo. Aliide recogió el barril de roble y fue tras Hans. Se apoyó al otro lado de la pared nueva. Tuvo ganas de contarle que casi ninguno de sus amigos seguía vivo, pero se limitó a decir en voz baja:

–Hans, no lo estropees todo con tu estupidez.

Aliide estornudó. Tenía algo dentro de la nariz. Al sonarse, vio una pelusilla roja en el pañuelo: la colcha nupcial de Ingel.

En ese instante se dio cuenta de que Hans no la había mirado a los ojos ni una sola vez, aunque era lo que ella había soñado durante años y pese a que había contemplado hasta la saciedad cómo las miradas de Hans e Ingel se cruzaban en medio de las tareas, cómo las pestañas de él se humedecían por la añoranza y cómo el deseo hacía que le latiese una vena en los párpados. Aliide había soñado con experimentar algo similar algún día, poder mirar a Hans sin riesgo de que Ingel advirtiese que su hermana menor miraba a su marido de ese modo, y lo que significaría que él respondiese a su mirada. Y ahora que era posible, no lo había hecho. Ahora que necesitaba la mirada de Hans para ser fuerte, para ser pura, para no desmoronarse, él ni siquiera lo había intentado. Ahora, la pelusilla de la colcha nupcial de Ingel le picaba en la nariz, el pájaro de castaña de Linda la miraba mudo desde la esquina del armario y Hans seguía pensando en su esposa y no reconocía a Aliide como su salvadora. Tan sólo repetía que si los ingleses acudían a salvarlos las cosas se arreglarían; irían los americanos, Truman, Inglaterra, la salvación llegaría en oleadas tan blancas que sólo existiría un blanco más blanco: el de la bandera de Estonia.

–¡Vendrá Roosevelt!

–Roosevelt está muerto.

–¡Occidente no nos olvida!

–Ya nos olvidó. Ganó y se olvidó.

–Eres una persona de poca fe.

Aliide no replicó. Algún día entendería que su salvador no llegaría del otro lado del océano, sino de allí, que estaba ante él, dispuesta a lo que fuese, a aguantar hasta el final sólo con la fuerza de una mirada. Aunque ahora Aliide era la única persona en la vida de Hans, aun así no la miraba. Pero eso cambiaría algún día. Sin duda. Porque sólo con Hans las cosas tenían sentido. Sólo a través de él ella existía.

Las paredes crujían, el fuego crepitaba en la cocina de leña, las cortinas corridas ante los ojos de cristal de la casa respiraban con pesadez, y Aliide aplastó sus esperanzas. Les ordenó quedarse quietas a la espera de un momento más propicio. Había estado demasiado ansiosa, demasiado impaciente. No debía apresurarse, porque una casa construida con prisas no se aguanta en pie. Paciencia, Liide, paciencia, trágate tu decepción, aparta esa vanidad que te hacía pensar que el amor llegaría en cuanto la gata estuviese fuera de casa. No seas estúpida. Ahora coge la bicicleta, ve a dar tu paseo diario y vuelve a ordeñar las vacas, todo va bien. Aliide se consolaba y comprendía lo infantiles que habían sido aquellas fantasías tejidas en tan pocos días. Claro que Hans necesitaba tiempo. Habían pasado demasiadas cosas en muy pocos días, tenía la cabeza en otra parte, pero Hans no era una persona desagradecida. Aliide disponía de todo el tiempo para esperar buenas palabras. Aun así, los ojos se le llenaron de lágrimas, igual que a un niño enrabietado, y el enojo le quemaba la boca. Los desayunos que preparaba Ingel siempre habían sido premiados con besos tiernos y arrumacos. ¿Cuánto tendría que esperar ella para que simplemente le diese las gracias?

El cadáver de *Lipsi* apareció cerca de la casa. En sus ojos ya revoloteaban insectos parecidos a moscas.

Aliide se había imaginado que después de haber reemplazado a Ingel ya no la torturaría el pensamiento de lo que estarían haciendo su hermana y Hans en casa en el mismo momento en que ella cenaba con Martin en cualquier lugar. Creía que ya no se torturaría imaginando a Ingel hilando con su rueca por la noche y Hans a su lado tallando madera, mientras ella intentaba entretener a Martin en casa de los Roosipuu.

Sin embargo, la angustia se presentó en la nueva casa con ropa nueva e hizo que Aliide no pudiera dejar de pensar en Hans. Si estaría despierto o quizá dormía. Tal vez estuviera leyendo un periódico, ese nuevo que ella le había llevado, o a lo mejor aquellos viejos que había trasladado al escondrijo. A decir verdad, no había otro lugar donde esconder la prensa de la época anterior a los rusos. O un libro, ¿estaría quizá leyendo un libro? Resultaba muy difícil conseguir libros que pudiesen interesarle a Hans. También se había querido llevar la Biblia, la de familia. Mejor, porque de lo contrario tendrían que haberla utilizado para prender la leña.

Las noches de Aliide y Martin en la casa nueva seguían el mismo patrón de siempre. Martin hojeaba el periódico, se limpiaba las uñas con un cuchillo y de vez en cuando leía en voz alta fragmentos de noticias, a los que añadía sus opiniones. ¡Los sueldos en el campo tendrían que subir! Sí, claro, asentía Aliide con la cabeza, claro que sí. ¡Aldeas con gestión colectiva! ¡Trabajar los domingos de verano! Aliide asentía sin el menor asomo de duda, pero en realidad estaba pensando en Hans, que se hallaba a apenas unos metros de distancia, y masticaba carbón para tener los dientes igual de blancos que Ingel. ¡Gente joven para implantar el comunismo en el campo! Sí, Aliide estaba totalmente de acuerdo, todos los que tenían piernas fuertes se habían largado a las ciudades.

–Aliide, estoy tan orgulloso de que no quieras abandonar del campo...

Ella asintió con la cabeza.

–¿O habría deseado ir a Tallin mi palomita? Todos mis antiguos camaradas se encuentran allí, donde un hombre como yo sería útil.

Aliide negó con la cabeza. Pero ¿de qué estaba hablando? Ella no podía irse de allí.

–Sólo quiero estar seguro de que mi palomita está contenta.

–¡Aquí se está bien!

Martin la abrazó bruscamente y la llevó en volandas por la cocina.

–No podría tener mejor testimonio de que mi querida palomita desea participar en la construcción de este país. El trabajo de base hay que hacerlo en el campo, ¿verdad? He pensado en proponer que el koljós compre un nuevo camión. Podríamos llevar gente a la Casa de Cultura para que vean películas sobre los logros de nuestra gran patria, y por supuesto para que también asistan a las clases nocturnas. Eso levanta la moral. ¿Qué te parece?

Martin volvió a sentarla en su silla y siguió haciendo planes con entusiasmo. Aliide asentía cuando convenía. Retiró de la mesa las briznas de paja caídas de la manga de Hans al mediodía y se las guardó en el bolsillo. ¿Tal vez a Martin le habían ofrecido algún puesto en Tallin? En caso de ser así, ¿no se lo diría directamente? Volvió a cardar el lino mientras el fuego crepitaba en la cocina y ella observaba a su marido de reojo, pero su comportamiento era el de siempre. Se había asustado sin motivo. Sólo había creído que su mujer deseaba vivir en Tallin. Y claro que lo haría si Hans no existiese. Hasta le costaba salir en bicicleta para recaudar los impuestos, aunque no era necesario que lo hiciese a diario. Aun así, pedaleaba de regreso a casa siempre con el miedo silbando en las ruedas: ¿habría estado alguien inspeccionando la casa en su ausencia? Sin embargo, nadie se atrevería a entrar a la fuerza en el hogar de un dirigente del Partido, ¿verdad que no? Martin podría arreglar las cosas para que ella pudiese repartir su turno con otra persona. Él entendería que su esposa quisiera cuidar mejor de su casa y su jardín.

Mientras tanto, el oro robado a los deportados a Siberia se convertía en dientes nuevos en nuevas bocas, las sonrisas doradas competían en brillo con el sol, y a su alrededor, en el país, crecían las miradas esquivas y las expresiones furtivas. En los mercados, en las carreteras y en los campos, era fácil toparse con una corriente interminable de ojos de iris negros ya grisáceos y el blanco enrojecido. Cuando las últimas fincas desaparecieron engullidas por los koljós, las palabras directas se volatilizaron y se quedaron flotando entre líneas. A veces, Aliide pensaba que aquel ambiente se había filtrado en Hans a través de las paredes. Que él seguía el mismo código de conducta indefinido por el cual la gente evitaba mirarse, y que también Aliide observaba. Quizás Hans se lo había contagiado. O quizás ella se había contagiado fuera y se lo había pasado a él.

La única diferencia entre Hans y el resto de la gente de mirada esquiva era que él seguía hablando sin titubear. Su mente seguía creyendo en lo mismo, pero su cuerpo cambiaba a medida que lo hacía el mundo exterior, aunque no tuviese un contacto real con él.

1950, oeste de Estonia

Hasta la joven del chico de las películas tiene un futuro

–¿Por qué tu madre nunca va al cine? Mamá dice que jamás lo hace.

Era la voz de un niño en el patio de delante de la oficina del koljós. El hijo de la primera tractorista, Jaan, miraba fijamente al hijo del encargado del gallinero, que empezó a patear la arena. Aliide estuvo a punto de intervenir y decirles que no a todo el mundo tenía que gustarle necesariamente el cine, pero se dio cuenta de que era mejor callar. La esposa de Martin simplemente no podía decir esas cosas, no sobre aquellas películas, ahora que había conseguido un buen trabajo de media jornada, un trabajo fácil de contabilidad en la oficina.

El hijo del encargado del gallinero observaba los granos de arena en la punta de sus zapatos.

–¿O tu madre es una fascista?

Jaan tomó impulso y le echó arena al otro niño.

Aliide volvió la cabeza y se apartó. Había llevado a los muchachos que traían las películas hasta allí, más tarde Martin llegaría con gente en el nuevo camión. Por la mañana le había contado muy orgulloso que había puesto unas ramas de abedul en las esquinas de la plataforma del vehículo. Así parecía más lujoso y al mismo tiempo protegía a la gente del viento. El espectáculo tendría lugar de noche. Primero el Noticiario General de la Estonia Soviética presentaría *Los días felices de la época de Stalin* y después proyectarían *La batalla de Stalingrado*, enésima parte, ¿o era Luces del koljós?

El proyeccionista enseñaba el proyector a los niños, que daban vueltas alrededor del coche del hombre igual que peonzas, con los ojos llenos de entusiasmo y sin apartar la vista del aparato ni por un momento. Alguno ya había dicho que de mayor quería ser proyeccionista, así viajaría en coche de un lado al otro y vería todas las películas. El contable estaba ordenando las sillas; las ventanas de la sala se habían tapado con mantas del ejército. Al día siguiente había una representación gratuita en colegio: *Un hombre de verdad: historia de un héroe.* La madre de Jaan se presentó con botas y mono de trabajo, se enjugó la frente y explicó algo sobre la brigada de mujeres tractoristas. Era una familia de estonios venidos de Rusia, que habían conservado el idioma, aunque por lo demás eran iguales que los rusos. Al llegar al koljós no traían ni un petate consigo, pero ahora en la sonrisa de la madre de Jaan brillaba el oro y su hijo cazaba fascistas. Habían convertido una habitación de la casa que les asignaron en una cuadra de ovejas. Cuando Aliide fue a visitarlos, vio a las bestias atadas a las patas de un viejo piano. Un bonito piano alemán.

Las muchachas habían acudido a la oficina con anticipación para esperar la llegada de los proyeccionistas. Entre ellas había una ordeñadora que el ayudante del proyeccionista ya conocía y con quien fue a hablar, intentando hacerla reír e insistiéndole para que se quedase al baile que se celebraría después de la función. El muchacho pondría el gramófono y las muchachas guapas bailarían tanto que al día siguiente no podrían moverse. «Ji, ji», reía la ordeñadora, tratando de imitar a una chica ingenua, pero ese sonido no le iba a sus mejillas de aldeana, rojas como la bandera. A Aliide la irritaba la mirada ansiosa y excitada de aquella muchacha de dieciséis años que tenía como objetivo a aquel chico que fumaba cigarrillos con la gorra ladeada. De vez en cuando, se remetía el pantalón de perneras estrechas en las botas, silbaba canciones de las películas y se pavoneaba delante de la muchacha como si fuese una estrella. Aquel día caluroso se podía oler a distancia el sudor de los pechos de la ordeñadora. Aliide tenía ganas de darle una zurra por estúpida y decirle que aquel chico hacía reír a las ordeñadoras de todas las aldeas del mismo modo, y también a todas las muchachas de dieciséis años, a todas las que tenían una mirada ansiosa por el futuro, la misma manera de sacar pecho y un canalillo igual de tentador, igual de tentador cada vez, en cada sitio, toma una palmadita, chiquilla, toma, a ver si me entiendes. Aliide se apoyó contra el coche y de reojo vio cómo el muchacho acariciaba furtivamente el rollizo brazo de la ordeñadora, y aunque estaba convencida de que ésta no sospechaba que el chico utilizaba los mismos trucos con todas las jóvenes pechugonas, aun así le pareció injusto que ésta se permitiese, siquiera por un momento, creer en un futuro en que ella y él bailarían y verían películas, en el que a lo mejor algún día ella le prepararía la cena en la casita que compartirían. No obstante, por muy mínima que fuese la probabilidad de un futuro común entre aquellos dos, siempre sería mayor que la de Aliide y Hans. Dios santo, incluso la pareja más improbable tenía mayores posibilidades.

El hijo del encargado del gallinero pasó corriendo junto a ella, seguido por Jaan, dejando tras de sí una nube de arena que hizo estornudar a Aliide. Oyó pasos familiares, una cadencia que conocía. El saludo resonó como un trombón y no le hizo falta levantar la cabeza para reconocer la voz: era la de aquel hombre que había llevado a Linda desde la habitación contigua en el sótano del ayuntamiento.

–¡Bienvenido al trabajo! –gritaron desde la oficina–. Aquí está nuestro contable jefe.

Aliide tuvo que sentarse. Le fallaron las piernas y la fuerza se le escapaba. El proyeccionista se dio cuenta de que estaba mareada y, mientras su ayudante seguía haciendo reír a la ordeñadora, acompañó a Aliide hasta un banco y le preguntó qué le ocurría. El desgarrón de su pantalón militar colgaba justo delante de la nariz de Aliide, y una mirada curiosa la escrutaba desde lo alto. Contestó que había sido el calor, que le pasaba a veces. El proyeccionista fue por agua. Aliide apoyó la cabeza sobre las rodillas; las manos le temblaban y las rodillas se contagiaban. Las botas de cuero curtido al cromo de aquel hombre pasaron a un metro de distancia y levantaron una polvareda de arena que le penetró en los pulmones. Aliide se abrazó las piernas y apretó los muslos contra el banco para controlar el temblor. La arena le secó los pulmones, el sudor le corría desde las axilas hasta el banco, resolló al respirar hondo, su garganta sólo soltaba arena, aquellos granos secos se arremolinaban en su cavidad torácica. El proyeccionista le trajo un vaso de agua. La mano temblorosa de Aliide derramó la mitad, de modo que él tuvo que aguantárselo para que bebiera. El hombre comentó con alguien que no pasaba nada, que era sólo un mareo debido al calor. Aliide intentaba asentir con la cabeza, aunque su piel ardía tanto que parecía contraerse, y ella misma también se contraía en su interior. Entretanto, los pajarillos piaban en los árboles y desgarraban con sus picos ansiosos el cielo azul y las nubes blancas, desgarro, pío, desgarro, pío, desgarro, trago, escupitajo, sus ojillos negros se movían inquietos y la respiración arenosa de Aliide los hacía brincar.

Los chicos del cine la llevaron a casa en su coche. La ordeñadora los acompañó, asegurando que necesitarían a alguien que los guiase de vuelta a la oficina. Dentro de aquel coche sofocante el olor a sudor de la ordeñadora se volvió más penetrante. A Aliide se le quedó pegada la parte baja de la chaqueta. Con tanta excitación, la muchacha era incapaz de contener sus risitas y a veces aquel «ji ji» se convertía en un gruñido y su cabeza oscilaba hacia Aliide, y entonces sus orejas casi se rozaban. De las orejas de la ordeñadora salían pelos con bolitas de cera pegadas. Se movían al viento mientras la muchacha se preguntaba entre risitas tontas qué podría haberle ocurrido a la hija de Theodor Kruus para haberse ahorcado tan joven. Quizás echase de menos a sus padres; éstos habían tenido mala suerte al final, eran gente problemática, pese a que la muchacha era muy agradable y no la habían deportado como a ellos. Resultaba difícil creer que una chica tan agradable tuviese unos padres como aquéllos. Ji ji.

Cuando el coche se perdió de vista en la carretera general, Aliide, apoyada contra el establo de las vacas, sintió que se iba aligerando la opresión que sentía en el pecho. Primero tenía que ordeñar, si era capaz, y después pensaría qué hacer. El zarapito clamaba al cielo su soledad en el lindero del bosque, los árboles parecían observarla con curiosidad. Fue por su chaqueta de ordeñar, se la echó encima, se lavó las manos y entró en el establo con paso inseguro. Tenía que concentrarse en las cosas cotidianas, en el crujido de la paja, en las miradas compasivas de los animales, en lo agradable que resultaba sostener el cubo, ¡oh, qué madera más lisa! Hundió los pies en la paja. *Maasi* movió el rabo y ella la acarició entre los cuernos. Quizás aquel hombre no la había visto. A fin de cuentas, había agachado la cabeza y, por otra parte, los interrogatorios habían sido tantos que sería imposible que aquellos hombres se acordasen de todos los nombres y todas las caras. Se estaba bien en el establo, no tenía que esquivar las miradas de los animales y allí nunca le temblaban las manos. A *Maasi* no la inquietaban sus sobresaltos, y además le podía susurrar lo que fuese al oído, la vaca nunca podría revelar nada. Sentía la firmeza de la banqueta de enebro, *Maasi* resoplaba dentro de su cubo de pienso, la leche chorreaba en el cubo, la vida seguía, los animales la necesitaban. No se podía dar por vencida. Necesitaba buscar una salida.

Fuera del establo, los pulmones de Aliide volvían a aflojarse y le costaba dormir por las noches. ¿Y si, pese a todo, aquel hombre la había reconocido? Su respiración silbaba, como un ratón atrapado. Martin velaba a su lado. Aliide insistió en que se acostase, pero no, Martin seguía allí, vigilando la respiración dificultosa de su esposa. La noche no acababa nunca, el aire no entraba, sobre el pecho de Aliide descansaba una bota de cuero curtido al cromo que ella era incapaz de levantar.

No se atrevía a dormir porque temía hablar en sueños, gritar, delirar, descubrirse de algún modo, ahogarse como había estado a punto de hacerlo en el sótano del ayuntamiento, cuando le habían metido la cabeza en el cubo de excrementos. ¿Y si aquel hombre había oído su nombre en la oficina y la recordaba por eso? No, no podía ser, porque ahora se llamaba Aliide Truu, no Tamm.

Por la mañana, Martin miró a su mujer con preocupación y la llamó «palomita» varias veces desde el umbral. No quería dejarla sola. Aliide tuvo que echarlo, aduciendo que su proyecto para montar una centralita de emisiones radiofónicas para el koljós lo necesitaba más que ella. ¿Cómo iban a avisar a la gente sobre la bomba atómica si no eran capaces de organizar una radio de cable? Ella no tendría ningún problema en casa. Cuando hubo conseguido que Martin se fuese, se desprendió de aquella sonrisa falsa, se lavó las manos, se mojó la cara en una jofaina y se encaminó tambaleándose al establo de las vacas. Habría querido quedarse a ordeñar todo el día, pero sólo logró verter la leche dentro del recipiente de enfriado, salpicando por todos lados, e incluso se le olvidó colarla. No tenía fuerzas para llevarla a la lechería; tampoco para ir a trabajar a la oficina del koljós. Fue a la habitación, bebió media botella de vodka y se quedó allí toda la mañana, sintiéndose desgraciada. Después se preparó un baño y se lavó la cabeza con agua que calentó, aunque hacía calor y no era bueno encender la cocina de leña. Los poros de su piel supuraban, su respiración resollaba. Ya no podría ir a trabajar. Se haría pasar por loca o cualquier otra cosa si era necesario; Martin la ayudaría. ¿No conocería a su marido aquel hombre? Las moscas zumbaban e iba matándolas con el matamoscas, el sudor le corría como riachuelos por la piel. Aplastó con golpes certeros las moscas de la lámpara, de la silla, del barril de cerveza, de las tijeras de esquilar, de la tina de lavar y de la sierra colgada de la pared.

Jamás podría volver a la oficina.

Aquel día Hans no tuvo comida caliente.

Aparecieron huevos de mosca bajo el recipiente de carne de la despensa.

El certificado del consejo de sanidad libró a Aliide incluso de trabajos menores durante un año. Al finalizar ese plazo, podría prolongar la baja si las circunstancias lo requerían. Cuando consiguió la certificación de asmática, el aire entró con fuerza en sus pulmones, el oxígeno la mareaba, la fragancia embriagadora de las peonías, la hierba fresca e incluso de aquellas margaritas pequeñas que apenas huelen bullía en su pecho. El penetrante gorjeo de los pajarillos ya no la molestaba, y tampoco el graznar de las cornejas al lado del montón del estiércol. Daba vueltas y más vueltas en el jardín hasta que veía las estrellas y se acordaba de cómo era la vida antaño, hacía mucho tiempo, cómo era sentirse ligera; ojalá pudiera sentirse así siempre. *Pelmi* estaba sentado con las orejas enhiestas junto a su cuenco de comida a la puerta del establo, esperando a que después del ordeño le diesen los restos de leche que quedaban en el fondo del cubo y la espuma. El tiempo mejoraba. Con el mal tiempo, la leche de *Pelmi* siempre se cortaba.

Años ochenta, oeste de Estonia

La diagnosis

Cuando se aproximaba el desfile del Primero de Mayo de 1986, Aliide estaba segura de que la salud de Martin no iba a aguantar aquella marcha, pero él no estaba de acuerdo y participó eufóricamente en los festejos con su esposa agarrada del brazo. La apuesta imagen de Lenin flameaba sobre una tela de fondo rojo, con la mirada fija en el futuro, y Martin tenía la misma expresión firme, mirando siempre al porvenir. El optimismo ondeaba en las banderas y entre la gente, el aire estaba lleno de flores y tamborileos.

Al día siguiente, Talvi llamó desde Finlandia.

–Mamá, no salgas a la calle.

–¿Qué? ¿Por qué? ¿Qué ha pasado?

–¿Tienes yodo?

–No.

–En Ucrania ha explotado un generador nuclear.

–¿Qué dices? ¡No puede ser!

–Es verdad. En Finlandia y Suecia ya se han registrado altos índices de radiación. El lugar se llama Chernóbil. Pero por supuesto no os habrán informado.

–Pues no.

–No dejes salir a papá y consigue yodo. No le cuentes nada, total, no se lo va a creer. Y no comáis frutos del bosque ni setas. Ni las recojáis, ¿vale?

–Aún no hay.

–En serio, mamá. Me refiero a que no lo hagas ni siquiera

más tarde, en otoño. Ahora quedaos dentro de casa durante un par de días. Entonces ya habrá pasado lo peor de la lluvia radiactiva. En Finlandia no se pueden sacar las vacas a pastar para que no coman hierba contaminada. Quizá no puedan sacarse en todo el verano. Nosotros no usamos ni el extractor.

La llamada se cortó.

Aliide colgó. Talvi sonaba asustada, lo que no era habitual. Normalmente, su tono era neutro, como siempre desde que se había mudado a Finlandia con su marido. Tampoco llamaba mucho, cosa que era comprensible, porque la llamada había que solicitarla y no siempre se conseguía la conexión y, si se conseguía, había que esperar horas para que la línea quedase abierta y luego apenas se oía nada. Además, resultaba desagradable, porque se sabía que las llamadas estaban intervenidas.

–¿Quién era? –gritó Martin desde la habitación.

–Talvi.

–¿Y qué quería?

–Nada. Se ha cortado.

Aliide fue a ver las noticias. No dijeron nada sobre Chernóbil, aunque la explosión había sucedido hacía varios días. Martin perdió interés en la llamada de su hija o, si lo tenía, no lo traslucía. La relación entre Martin y Talvi se había deteriorado especialmente después de que ésta abandonara Estonia. Él había planeado una carrera espectacular dentro del Partido para su hija, sería una auténtica pionera. Nunca aceptó que hubiese huido a Occidente.

Al día siguiente, la tienda de la aldea recibió mercancía. Aliide fue a hacer cola con la bicicleta, pero también se acercó a la farmacia por yodo. Había otras muchas personas comprando lo mismo. Entonces era cierto. Cuando volvió a casa, Martin ya había oído mencionar el asunto en boca de sus amigos.

–Mentiras cochinas otra vez. Propaganda occidental.

Aliide cogió la botella de yodo y estaba a punto de añadirlo a la comida de Martin cuando de repente cambió de opinión.

El 9 de mayo, el Comisariado de Guerra empezó a llamar a filas a los hombres del koljós. Para hacer instrucción y maniobras, adujeron. Del koljós Primavera del Triunfo salieron cuatro chóferes, después un médico y los bomberos. Aún no hablaban oficialmente sobre Chernóbil. Corrían rumores de toda clase y alguna gente comentaba que mandaban allí a quienes estaban en prisión a causa de sus opiniones. Aliide tenía miedo.

–Han llamado a mucha gente –dijo Martin secamente; ya había dejado de mascullar sobre la propaganda de los fascistas.

Los ancianos estaban seguros de que las llamadas a filas eran una señal de guerra. El hijo de los Priks se rompió la pierna a propósito saltando desde el tejado para librarse de acudir. Y no fue el único. Pero siempre mandaban a algún otro en lugar del que se libraba.

Aliide no podía saber si todo aquello significaba realmente que había estallado la guerra. ¿La primavera había sido excepcional en algún sentido? ¿Y el invierno? Era cierto que la primavera se había adelantado un poco; ¿debía interpretarlo de alguna manera? Cuando estaba escogiendo patatas de siembra en el campo, ¿debería haber advertido que la tierra estaba más seca de lo normal en esa época? ¿Que la nieve se había derretido algo antes? Cuando la lluvia primaveral había caído insistentemente mientras ella se encontraba fuera vestida sólo con una camiseta de manga corta, ¿debería haber intuido que algo iba mal? ¿Por qué no había notado nada? ¿O acaso estaba ya tan vieja que le fallaban los sentidos?

Una vez, Aliide vio a Martin recoger la hoja de un árbol, estudiarla detenidamente, olisquearse las manos, oler la hoja, luego ir a examinar la caja de compostaje, recoger polen de la tina de agua de lluvia y observarlo.

–Martin, no se ve a simple vista.

Él se sobresaltó, como si lo hubiesen pillado en falta.

–¿Qué tonterías dices?
–En Finlandia no dejan salir a las vacas.
–Están locos.

El cemento se agotó en Estonia, porque Ucrania lo necesitaba, y desde Ucrania y Bielorrusia empezó a llegar más comida que antes. Talvi le dijo a su madre que no la comprase. Aliide se mostró de acuerdo. Pero ¿qué otra cosa podía comprar? La comida más limpia de Estonia se enviaba a Moscú y a los estonios les daban la mercancía que venía de lugares que por alguna razón no gustaban a los moscovitas.

Más tarde, Aliide oyó hablar de campos cubiertos de dolomita y trenes llenos de evacuados, de niños que lloraban y soldados que echaban a gente de sus casas, y también acerca de unas extrañas partículas brillantes que llenaban los jardines y que los niños intentaban cazar y las niñas pequeñas querían usar como adornos para el pelo. Pero las partículas desaparecieron, como más tarde también el pelo de aquellas niñas. Un día, en el mercado, la señora Priks agarró a Aliide por el brazo y le susurró al oído que gracias a Dios su hijo se había roto la pierna, gracias a Dios se había dado cuenta y lo había hecho. También le dijo que los amigos de su hijo que habían ido le habían contado lo que pasaba allí. Y que ni siquiera se sentían felices por el sobresueldo de los días de Chernóbil, porque su piel irradiaba miedo. Habían visto cómo algunos se hinchaban hasta quedar irreconocibles. Cómo la gente lloraba por sus casas y cómo los agricultores volvían a escondidas para trabajar en los campos de la zona prohibida. Cómo las casas, ya vacías, fueron saqueadas y cómo los enseres se vendían en los mercadillos; los televisores, magnetófonos y radios inundaron el país, así como las motocicletas y los abrigos de astracán. Habían matado a perros y gatos para echarlos en infinidad de fosas. Hedor de carne putrefacta, casas y árboles enterrados, tierra levantada. Repollos, cebollas y arbustos metidos en agujeros. Habían preguntado si aquello era el fin del mundo o la guerra o ambas cosas juntas. Y contra quién se estaba luchando, a quién había que derrotar. Infinidad de ancianas se persignaban. El vodka y el aguardiente corrían como ríos.

La señora Priks hacía hincapié en cómo un chaval les había dado un consejo importante a los que salieron vivos: «No le contéis nunca a nadie que habéis estado en Chernóbil, o todas las chicas os rechazarán. Jamás se lo contéis a nadie porque nadie querrá tener hijos con un contaminado». También le contó a Aliide que la mujer de un amigo de su hijo lo había dejado llevándose a sus hijos consigo porque no quería que un hombre contaminado los tocase. Asimismo, sabía que otra mujer había abandonado a su marido, que había estado en Chernóbil, porque ella tenía pesadillas: a veces daba a luz a terneros con tres cabezas, a gatos con escamas en vez de pelo y a cerdos sin patas. Al final se le hicieron insoportables aquellos sueños y la presencia misma de su marido, así que se marchó en busca de un hombre sano.

Cuando oía hablar sobre mujeres cuyos hombres se habían convertido en desechos, Aliide se sobresaltaba, el sobresalto se convertía en un leve temblor y empezaba a mirar con nuevos ojos a los jóvenes con que se cruzaba por la calle, buscando entre ellos a los que habían vuelto de allí, reconociendo algo que ya le era familiar: su mirada, que era como esquiva. Y entonces sentía ganas de acariciarles la mejilla.

Al final, Martin Truu se desplomó en su propio jardín mientras observaba con una lupa la hoja de un abedul plateado. Cuando Aliide lo encontró y lo puso boca arriba, reparó en la expresión postrera de su marido. Nunca antes lo había visto sorprendido.

TERCERA PARTE

¿Seguro que eres feliz?, preguntan las madres
cuando vamos a visitarlas.

PAUL-EERIK RUMMO

30 de mayo de 1950

¡Por una Estonia libre!

Liide ha dejado aquel trabajo en el que molestaba a la gente exigiéndole pagos y cumplir las normas. No ha querido contarme por qué. Quizás haya sido porque le dije que con ese trabajo estaba haciéndole un favor al Demonio, al enemigo del alma y a nadie más. O a lo mejor alguien le dio una paliza. Una vez le pincharon las ruedas de la bicicleta. Liide la trajo al establo de las vacas y me pidió que les pusiese parches, pero me negué. Le dije que los utensilios de un trabajo como el suyo los debía reparar alguien que ya sirviese a ese reino de Satán. Martin se la arregló por la noche.

Cuando me contó con los ojos brillantes que había dejado ese trabajo fue como si esperase alguna clase de agradecimiento por mi parte. Tenía ganas de escupirle, pero sólo seguí acariciando a *Pelmi*. Conozco muy bien los trucos de Liide.

Después, de repente, quiso saber si había visto a alguien conocido en el bosque.

No le contesté.

También quiso saber qué había en el bosque. Y cómo era Finlandia, y por qué yo quería ir allí.

No le contesté.

Estuvo un largo rato intentando enterarse de por qué no me había quedado con los alemanes, ya que en un principio fui tras ellos.

No le contesté.

Ésas no son historias adecuadas para oídos femeninos.

Volví al cuartucho.

Liide no quiere dejarme ir al bosque. No lo quiere admitir, pero soy el único con quien puede hablar sin tener que entonar loas a los comunistas. Todo el mundo necesita a alguien con quien hablar sin tapujos. Por eso no quiere dejarme salir.

El grano está creciendo en mis campos, pero yo no lo veo.

¿Dónde están mis chicas, Linda e Ingel? Voy a enloquecer de preocupación.

HANS PEKK,
hijo de EERIK,
campesino de Estonia

1992, oeste de Estonia

La soledad de Aliide Truu

Aliide no comprendía cómo aquella fotografía de Ingel y ella había llegado a manos de Zara. La muchacha hablaba del empapelado y de la alacena, pero no recordaba haber escondido nada allí. Había destruido todas las fotos. ¿Quizás Ingel había ocultado algunas antes de irse? No tenía ningún sentido. ¿Por qué habría guardado la imagen de ambas? Era verdad que en el pecho de Ingel lucía la insignia de las Juventudes Campesinas, pero se veía tan pequeña que nadie salvo su hermana se habría dado cuenta.

Después de mandar a Zara a dormir, se lavó las manos y se puso a revisar la pared y la alacena, pinchó el papel, metió un cuchillo en las ranuras del armario, bajo el zócalo, pero no apareció nada. Sólo la vajilla y las botellas de vodka compradas con los cupones de racionamiento tintinearon dentro de la alacena.

La muchacha respiraba acompasadamente mientras dormía, en la radio crepitaba la información sobre las elecciones y en la fotografía Ingel estaba eternamente guapa. Aliide recordaba el día que habían ido a hacerse esa foto al estudio Modern B. Veidenbaum. Ingel acababa de cumplir los dieciocho. Habían ido al café de Dietrich y había tomado un café de Varsovia, y Aliide chocolate caliente. El pastel de nata y chocolate se derretía en la boca y en el aire flotaba la fragancia del jazmín. Ingel había comprado pasteles de hojaldre para llevar, Helene Dietrich los había envuelto en papel blanco y confeccionado un asa para transportar mejor el paquete; ésa era su especialidad, paquetes bonitos y fáciles de llevar. El humo del tabaco, el crujido de los periódicos... En esos tiempos aún lo hacían todo juntas.

Aliide se arregló una horquilla del pelo. Tenía la mano húmeda; la frente y el cabello empapados de sudor.

El rescoldo de la cocina de leña hizo que la fotografía se retorciese. Metió unos leños más.

Le picaba la oreja. Se rascó. La mosca salió volando.

El sol que se filtraba por las aberturas de la cortina y caía sobre los ojos de Zara la despertó. La puerta de la cocina estaba abierta, Aliide se hallaba sentada a la mesa, mirando hacia ella. Algo iba mal. ¿Paša? ¿Habían dicho en la radio que la buscaban? ¿Qué ocurría? Se incorporó y le dio los buenos días.

–Al final Talvi no vendrá.

–¿Qué?

–Ha llamado para decir que ha cambiado de idea.

Aliide se tapó los ojos con las manos y repitió que Talvi no vendría.

Zara no supo qué decir. De repente, sus maravillosos planes se habían ido al traste. La esperanza rota le escoció los ojos como hirientes legañas. Talvi no iba a traer su coche. Las manecillas del reloj se movían frenéticas, Paša se acercaba, las llamas ya le quemaban los talones, en la nuca sentía el escozor de la mirada de Paša, su coche zumbaba por la autopista haciendo volar la grava. Zara no se movía, fuera la luz sí oscilaba, pero ella permanecía inmóvil. No había descubierto nada más de Aliide y de todo lo ocurrido en el pasado, sus conocimientos seguían como antes, escasos y carentes de respuestas. En radio Kuku dieron la hora, empezaron las noticias, pronto se acabarían, el día pasaba y no vendrían ni Talvi ni su coche, pero Paša sí.

Fue a la cocina y se percató de que Aliide temblaba espasmódicamente. Parecía sollozar, pero permanecía en silencio. Cuando la anciana volvió a poner las manos en el regazo, Zara advirtió que sus ojos estaban secos.

–Oh, cuánto lo lamento. Qué decepción para ti –se apresuró a decir la joven.

Aliide suspiró, Zara también, y adoptó una expresión compasiva, pero decidió dar rienda suelta a sus preocupaciones. Ya no había tiempo para quedarse pasmada. ¿Podría Aliide ayudarla todavía? ¿Guardaría un as en la manga? Si era así, Zara debería adularla y olvidarse de la foto y de su abuela, dada la hostilidad que había mostrado la anciana al respecto. La foto no se veía por ninguna parte y prefirió no preguntar. ¿Acaso tendría que renunciar a sus planes de huida y resignarse a esperar lo inevitable?

Su abuela ya habría recibido las fotos que Paša le habría mandado. Seguro que no había tardado nada en enviarlas. Tal vez también Saša las hubiera recibido. O su madre, y sabía Dios quién más. Tal vez a Paša incluso se le hubiese ocurrido otra jugada... ¿Estarían al menos bien en casa? No, no era momento de pensar en eso. Tenía que trazar un nuevo plan.

–Talvi ha insistido en que tiene muchas cosas que hacer, pero ¿qué iba a tener que hacer ahora? –dijo Aliide, sentada y apoyada en su bastón–. Es un ama de casa, pasa días enteros sin hacer nada, eso es lo que siempre quiso. ¿Tú qué querías ser?

–Médica.

Aliide pareció sorprenderse. Zara le explicó que había querido ganar dinero para estudiar y por eso había ido a Occidente. Tenía pensado volver en cuanto tuviese suficientes ahorros, pero después había aparecido Paša y muchas cosas habían salido mal. Aliide frunció el cejo y le pidió que le hablase de Vladivostok. Zara se sobresaltó. ¿Era el momento adecuado para contar historias? Aliide parecía haberse olvidado de los perseguidores de Zara. Quizá no quisiera dejar traslucir sus emociones, quizá fuera más lista que Zara. Quizá lo único que se podía hacer allí fuera sentarse y charlar. Quizás era lo más sensato, disfrutar de aquel instante rememorando su pasado en Vladivostok. Se obligó a sentarse a la mesa con aire sereno, tendió su taza a la anciana cuando ésta le ofreció achicoria y cogió un trozo de tarta de requesón, la favorita de Talvi, según Aliide. La había preparado por la noche por si su hija llegaba hoy.

–Pero ¿has dormido algo?

–Qué mas da, una persona mayor no lo necesita.

Tal vez su expresión ausente se debiera a eso. Estaba de pie al lado de la mesa, con la cafetera en la mano, y parecía no saber dónde ponerla. Aliide Truu se comportaba como si estuviera sola. Zara carraspeó.

–Así que sobre Vladivostok.

La anciana se sobresaltó, colocó la cafetera en el suelo y se sentó en una silla.

–Vale, entonces cuéntame.

Zara empezó a hablarle de la estatua que conmemoraba las batallas gloriosas de la Unión Soviética en Extremo Oriente, y de los puertos, de cómo el olor del mar de Japón se filtraba en las tablas de las paredes, de los adornos de madera de las casas, de la nieve en la calle Fokin y la calle Svetlanskaia, de la comida armenia, de una amiga de su madre que preparaba los mejores manjares armenios del mundo, *dolma*, pepinillos en vinagre con salsa de eneldo, unas berenjenas que estaban para chuparse los dedos, y unas galletas tan sabrosas que cuando las degustabas incluso la ventisca que rugía en el exterior te parecía azúcar hasta el día siguiente. ¡Mucho mejores que la leche condensada! En casa ponían discos de Zara Dolukhanova, cantos populares en armenio y a Puccini en italiano, toda clase de idiomas, a ella le habían puesto ese nombre por la Dolukhanova. A su madre le encantaba la voz angelical de aquella mezzosoprano, siempre buscaba noticias sobre sus giras por Occidente, ¡todos aquellos sitios y ciudades y países! ¡Con una voz tan maravillosa podía ir a cualquier lado! Por alguna razón, la voz de Zara Dolukhanova era lo único que entusiasmaba a su madre. Zara ya estaba aburrida de aquella cantante y también de que no la dejasen hablar cuando sonaba la música, y prefería ir a la casa de su amiga a escuchar la casete *Novaja luna aprelja* de Mumi Troll. El cantante Ilja Lagutenko le chiflaba y había ido al mismo colegio que ella. A veces, su abuela la llevaba a ver los barcos que zarpaban hacia Japón; aparte de ir al huerto, únicamente aceptaba ir a ver los barcos. El viento marino les azotaba la frente, empujándolas tierra adentro. En ferrocarril había más de nueve mil kilómetros hasta Moscú, pero ella nunca había hecho el viaje, aunque le hubiese gustado. ¡Y el verano, el verano en Vladivostok, todos aquellos veranos en Vladivostok! Un verano, alguien había descubierto que se podía conseguir laca de uñas brillante si se añadía un poco de polvo de aluminio en el bote, y en poco tiempo las uñas de todas las chicas de la ciudad destellaban al sol estival.

Zara había empezado a animarse. Su relato no le desagradaba. Hasta echaba de menos a Zara Dolukhanova y a Mumi Troll.

También Katia había querido saber cosas de Vladivostok, pero a pesar de intentarlo, Zara no había sido capaz de contarle nada de la ciudad. Por la cabeza de Zara sólo habían cruzado imágenes aisladas de Vladivostok y otras que le habían venido cuando hablaba con Katia, pero que no había querido mencionar, como cuando, en el año de Chernóbil, su abuela había empezado a preparar pan seco por si estallaba la guerra, o como cuando, tras el accidente, sin saber aún nada de lo ocurrido, habían visto en la televisión a la gente bailando por las calles de Kiev. Chernóbil era un asunto embarazoso porque Katia era de por allí y por eso quería un marido de fuera y le interesaba Vladivostok. Katia quería tener hijos. Cuando se presentara el pretendiente adecuado le contaría que era de otro sitio, no de Chernóbil. A Zara le había parecido una buena idea. Le habría gustado preguntarle más cosas. Katia no brillaba en la oscuridad y tampoco parecía distinta del resto de las chicas en nada. Además, había dicho que cuanto menos se hablase sobre el asunto, cuanto menos se escribiese sobre Chernóbil y cuanto menos se supiese de todo aquello, mucho mejor. Katia tenía razón. A Zara no le gustaba abrazarla, ni siquiera cuando Katia lloraba porque echaba menos de su familia o después haber estado con un cliente desagradable. Siempre había preferido consolarla charlando sobre alguna cosa, de cualquier cosa menos de Vladivostok. Pensar en su ciudad natal la incomodaba en aquel momento, como si Zara no fuese digna de rememorar su ciudad. Como si todos los recuerdos hermosos fuesen a contaminarse si los evocaba en su actual situación, y más aún si hablaba de ellos. Sólo de vez en cuando toqueteaba a través de la tela la fotografía que llevaba escondida entre la ropa, para asegurarse de que existía. Claro que Paša sabía que Katia era una chica de Chernóbil, él mismo la había recogido cerca de Kiev, pero le había ordenado que dijese que era de Rusia si algún cliente le preguntaba, porque ninguno querría meter la polla dentro de la muerte.

Zara intentaba no pensar en Katia, no quería contarle a Aliide nada sobre ella, tenía que centrarse en su ciudad natal. Su charla casi había hecho sonreír a la anciana, que la animaba a que comiera otro trozo de tarta. Zara lo hizo y se sintió una sinvergüenza. No se le olvidaba que estaba acostumbrada a pedir permiso para todo. Era una sinvergüenza porque había cogido tarta sin permiso de Paša. Era una sinvergüenza porque estaba contándole cosas de su ciudad natal a una persona con quien Paša no la había autorizado a hablar. Era una sinvergüenza porque ella no podía estar allí, en un lugar donde no le hacía falta pedir permiso para ir al baño. Si ahora le empezaba a doler la cabeza, seguro que Aliide le ofrecería un remedio incluso sin que se lo pidiera. Si, por ejemplo, empezaban sus problemas de mujer,

Aliide le daría inmediatamente algo, le prepararía un baño, le llevaría a la cama una botella de agua caliente y no le cobraría. En cualquier momento, aquella irrealidad podía estallar en pedazos y entonces volvería a la realidad que conocía bien, a los clientes, a las deudas... De un momento a otro, Paša y Lavrenti podían entrar derrapando en el jardín, de un momento a otro, y entonces ya no podría pensar en Vladivostok, pues los recuerdos de su ciudad se mancharían en contacto con aquel mundo. Sin embargo, por ahora aún podía hacerlo.

–Tú eras feliz allí –dijo Aliide con cierta sorpresa.

–Claro que sí.

–¿Claro que sí?

De repente, el rostro de la anciana se iluminó, como si hubiese descubierto algo totalmente nuevo:

–¡Es fantástico!

Zara asintió.

–Sí. Y era divertido ser pionera.

Nunca había sido la mejor a la hora de desfilar y esas cosas, pero la divertía sentarse alrededor de una hoguera y cantar. Y estaba orgullosa de su insignia. Había admirado su fondo rojo y acariciado la frente despejada y dorada de Lenin, y sus orejas doradas.

Mientras charlaba sobre Vladivostok, no podía evitar que Katia se colase de vez en cuando en su mente. Ya nunca podría contarle nada sobre su ciudad. No había llegado a tiempo, pero Katia tampoco había sido muy insistente. Zara había pensado que un día podría convertir a Katia en una chica vladivostokiana, pero ese día no había llegado. ¿Debía arriesgarse y contarle a Aliide sus secretos, aunque eso supusiera que la anciana no la ayudase a escapar de Paša?

1991, Berlín

Una chica como un día de primavera

Paša puso el vídeo. Al principio, apareció una polla erecta y rojiza, después la barriga flácida y peluda de un hombre de mediana edad, y luego los pechos de una joven. El hombre le ordenó a la chica que se apretase los pechos y ella se los amasó y masajeó, mientras él empezaba a hacerse una paja. Apareció otro hombre en escena que forzaba a la chica a separar los muslos, sacaba una maquinilla de afeitar desechable y se ponía a afeitarla.

Paša se sentó en el sofá, se puso cómodo y se bajó la cremallera del pantalón.

–Ven a mirar esto.

Zara no obedeció lo bastante rápido, así que él la arrastró hasta delante de la pantalla, soltó unos cuantos improperios, volvió al sofá y se sacó la polla. El vídeo seguía avanzando. Paša empezó a masturbarse y su cazadora de piel chirriaba. Fuera era de día. La gente acudía a la tienda, compraba salchichas y chucrut y hablaba en alemán. Una mosca zumbaba en la lámpara de la tienda.

–¡Mira! –Paša le dio una colleja y se sentó a su lado para asegurarse de que ella miraba el vídeo. Le arrancó la bata y la mandó ponerse de rodillas, con el trasero hacia él, de cara a la pantalla–. Abre más las piernas.

Las abrió.

–Más.

Obedeció. Paša se masturbaba detrás de ella.

En la pantalla, el hombre barrigudo empujó la polla contra la cara de la chica y eyaculó.

La chica tenía la cara de Zara.

La cara de la chica quedó cubierta de esperma. Otro hombre la penetró y empezó a jadear. Paša se corrió y aquel moco caliente se deslizó por los muslos de Zara. Luego él se subió la cremallera y fue por una cerveza. Se oyó el ruido de la lata al abrirse. Los tragos largos de Paša resonaron en la habitación casi vacía. Zara seguía arrodillada delante del vídeo. Le dolían las rodillas.

–Vuélvete hacia aquí.

Ella obedeció.

–Frótatelo en el coño. Extiéndelo bien.

Zara se tumbó y se frotó el esperma de Paša.

Él sacó la cámara y le hizo una foto.

–Ya sabes lo que pasará con estas fotos y esos vídeos si piensas hacer alguna tontería.

Zara dejó de frotarse.

–Se los mandaremos a tu *babushka*. Y después a Saša y también a sus padres. Tenemos sus nombres y direcciones.

¿Oksanka les había hablado de Saša? Zara no quería volver a pensar en él. Aun así, en su mente resonaba una voz que pronunciaba su nombre y a veces la despertaba. En ocasiones, sólo gracias a eso se acordaba de que era Zara, y no Natasha. Sobre todo entre el sueño y la vigilia, aturdida por el alcohol y otros estupefacientes, notaba de repente cómo Saša se acurrucaba a su lado, pero enseguida se sacudía la sensación. Nunca compartiría su primera casa con Saša y jamás beberían champán en sus fiestas de graduación, así que era mejor no pensar en ello, era preferible tomar un vaso de vodka, la pastilla, implorarle a Lavrenti una raya y esnifarla. Tampoco valía la pena pensar en lo demás, era preferible y más fácil. Solamente había que acordarse de una cosa: de eso, de que aunque la cara de Zara estaba en la cinta de Paša, el vídeo no narraba su historia, sino la de Natasha; nunca dejaría que se convirtiese en la historia de Zara. La historia de ésta se hallaba en otra parte, la de Natasha en la cinta.

1992, oeste de Estonia

La cadena de la herencia no la rompe ni el mordisco de un perro

Cuando la muchacha empezó a hablar sobre su Vladivostok, el tic en la sien desapareció, se olvidó de frotarse el lóbulo de la oreja y aparecieron unos hoyuelos en sus mejillas, que luego desaparecieron para finalmente aflorar de nuevo. El sol inundó la cocina.

Tenía una nariz bonita. Una nariz que la gente habría admirado desde el día de su nacimiento. Aliide intentaba imaginarse a Talvi en el lugar de Zara, charlando sentada a la mesa de la cocina, con los ojos brillantes y contándole su vida, pero no era capaz. Cuando Talvi iba a visitarlos después de haber emigrado, siempre tenía prisa por marcharse. ¿Su hija habría sido distinta si ella hubiese sido una madre diferente? A lo mejor no le espetaría por teléfono que en Finlandia podía comprar en las tiendas todo lo que hacía falta, cuando Aliide le preguntaba si había plantado algo en el huerto. Si Aliide hubiese sido distinta, Talvi vendría a ayudarla a recoger las manzanas y no se limitaría a mandarle fotos de su nueva cocina, de su nuevo salón y de sus nuevos electrodomésticos, nunca fotos de sí misma. A lo mejor, Talvi no habría empezado a admirar ya de joven a la tía de su amiga, que tenía un coche en Suecia y les mandaba ejemplares de la revista *Burda*. A lo mejor, Talvi no habría empezado a jugar a cambiar moneda y practicar bailes de discoteca. A lo mejor, entonces, Talvi no habría querido vivir en otro lugar. Aunque, bien pensado, los otros también querían, así que quizá lo de marcharse no era culpa suya. Pero ¿por qué aquella muchacha sorprendentemente locuaz había querido ir a Occidente? Sólo para ganar algo de dinero. Tal vez Estonia era el único país donde abundaba esa clase de gente que repetía una y otra vez que durante la guerra deberían haberse marchado a Finlandia o a Suecia, y aquellas letanías disparatadas habían pasado de generación en generación como una canción de cuna. O quizás a Talvi le había dado por pretender un marido extranjero porque un matrimonio como el de sus padres era lo que menos deseaba para sí misma. Zara quería ser médica y volver a su casa; sin embargo, desde la adolescencia, Talvi sólo había querido ir a Occidente con un hombre occidental. Todo había empezado por unas muñecas de papel, a las que les dibujaba ropa según los patrones de *Burda*, y continuado con los pantalones vaqueros Sangar, que se había pasado restregando el verano entero. Talvi y su amiga los frotaban con ladrillos hasta la saciedad, para que pareciesen gastados, a la moda occidental. Aquel mismo verano, los chicos del vecino practicaban un juego llamado «Vamos a Finlandia», habían construido una balsa y cruzado la acequia con ella, aunque después habían vuelto, porque no sabían qué hacer en Finlandia. La decepción de Martin aumentaba día tras día. Por aquel entonces, Aliide no había compartido esa frustración, pero ahora, con el tema de la restitución de los terrenos a la orden del día, tuvo que reconocer que sentía lo mismo que Martin hacia Talvi, porque su hija no se había interesado lo más mínimo por cómo avanzaba la cuestión ni por la compilación de los documentos. Si Aliide hubiese sido una madre distinta, ¿estaría Talvi allí ayudándola a solucionar ese asunto?

El día anterior a la llegada de Zara, Aino había estado charlando de nuevo sobre el asunto de las tierras y Aliide le había vuelto a aconsejar por enésima vez que entregase una solicitud de recuperación conjunta con sus hermanos, por muy borrachos que fuesen. Si le pasaba algo a alguno de ellos, al menos quedaría alguien para ocuparse del asunto. Pero Aino quería esperar por lo menos hasta que el Ejército Rojo abandonase el país, pues sospechaba que los rusos volverían y entonces, ¿qué?, ¿de nuevo reunirían los vagones de ganado en la estación de tren? También Aliide tuvo que admitir que aquellos soldados no tenían pinta de marcharse; sólo aparecían en la aldea de vez en cuando para robar, se llevaban terneros y vaciaban las tiendas de tabaco. El único beneficio de tenerlos allí era que podías comprarles gasolina del ejército.

A Aliide le escocían los ojos y tenía la garganta seca. Incluso a aquella muchacha rusa sentada en aquella silla de patas flojas le interesaba más lo que ocurría en su cocina que a su propia hija. Talvi nunca hablaría sobre su niñez de un modo tan hermoso como aquella chica. Y Talvi nunca le había preguntado cómo se hacía la crema de caléndula, pero Zara quería conocer los ingredientes. A ella podrían interesarle todos los trucos aprendidos de Kreeli, qué plantas había que recoger por la mañana y cuáles en luna nueva. Y, si le era posible, seguro que la acompañaría a coger hierba de San Juan y milenrama cuando fuese la época, cosa que Talvi jamás haría.

1953-1956, oeste de Estonia

Aliide quiere dormir tranquila por las noches

Cuando Aliide llegó al hospital de maternidad, las rusas gritaban: «Padre Lenin, ayúdame». Y seguían clamando por el Padre Lenin cuando salió de allí con Talvi, y también fue a Lenin a quien Martin dio las gracias cuando la recién nacida llegó a casa lloriqueando. Su marido había esperado mucho tiempo el nacimiento de un bebé y la espera le había resultado muy dura, convencido de que nunca sería padre. Aliide no se había preocupado por el asunto, ya que no le gustaban los niños y no deseaba criar uno de su propia estirpe en aquel nuevo mundo. No quería que su hijo perteneciese a él, pero el mismo año en que murió Stalin, en medio de la confusión causada por la muerte del Padrecito, en sus entrañas ya había empezado a gestarse el bebé. Martin le había hablado al bebé durante el embarazo, pero Aliide no era capaz de hablarle ni siquiera después de su llegada al mundo. Le dejó las palabras a Martin, mientras ella esterilizaba botellas de vodka para usarlas como biberones, se pasaba una eternidad contemplando cómo las tetinas se oscurecían en la cacerola o calentaba agujas de remendar calcetines para hacer los agujeros de las tetinas. Martin daba de comer a la niña, acudía a casa incluso durante su hora del almuerzo para llevar a cabo aquella importante tarea. Aliide lo intentó alguna vez, pero no fue capaz, de modo que la pequeña Talvi no dejaba de llorar hasta que llegaba su padre.

Aliide veló de otra manera por la tranquilidad de la infancia de su hija.

Una tarde, Martin llegó a casa apestando a vodka y empezó a limpiar setas, interrumpiéndose de vez en cuando para fumar un cigarrillo Priima. En la radio estaban perorando sobre la marcha del trabajo socialista, sobre quién y en qué había superado las expectativas. Aliide estaba preparando un postre con confitura Kosmos; apretó el tubo para echarla toda en un cuenco, le añadió agua hervida y ácido cítrico y el agua adquirió un color rojizo. Después, le dio el tubo medio vacío a la niña para que chupase directamente la confitura de grosella.

–Van a volver.

Aliide supo inmediatamente a quién se refería Martin.

–No hablarás en serio.

–Han empezado a amnistiarlos.

–¿Y eso qué significa?

–Que Moscú permite que regresen. Es lo que dicen en Tallin.

Aliide estuvo a punto de comentar que Nikita estaba loco de remate, pero se calló, porque aún no sabía qué pensaba su marido sobre el dirigente, aparte de que parecía un hombre trabajador. A Aliide le parecía un cerdo y su mujer una cuidadora de cerdos. Muchos coincidían con su opinión, aunque ella nunca manifestaba la suya en voz alta. Pero ¿cómo que de vuelta? Justo cuando la vida empezaba a estabilizarse, a Nikita se le ocurría aquella idea disparatada. ¿En qué estaba pensando? ¿Dónde se imaginaba que iban a meter a toda aquella gente?

–Aquí no pueden venir. Haz algo.

–¿Qué puedo hacer yo?

–¡Y yo qué sé! ¡Cualquier cosa, pero que no vengan aquí! A ninguna parte de Estonia. ¡No pueden dejarlas regresar!

–¡Cálmate! Todos han firmado un juramento de silencio según el artículo doscientos seis.

–¿Y eso qué quiere decir?

–Que no pueden decir nada referente a la investigación de su caso. Y me imagino que aún tendrán que firmar otro antes de que los dejen salir. Otro respecto al tiempo que pasaron en el campamento.

–Entonces ¿no pueden hablar de esos asuntos?

–Lo único que quieren es volver al lugar de donde proceden.

Ese diálogo agitado provocó el llanto de Talvi. Martin la cogió en brazos y empezó a hacerle arrumacos. Aliide sacó la botella de valeriana del armario con manos temblorosas. Le parecía que el suelo desaparecía bajo sus pies.

–Ya me ocuparé yo del asunto –dijo Martin.

Aliide confiaba en su marido, pues siempre cumplía sus promesas, y esa vez tampoco le falló.

No volvieron.

Se quedaron allí.

No es que hubiesen podido volver a aquella casa, ni siquiera a las proximidades, pero, aunque hubiesen estado en cualquier otra parte de Estonia, Aliide no lo habría soportado.

Quería dormir tranquila por las noches. Quería caminar tranquila en la oscuridad y pedalear en su bicicleta a la luz de la luna, cruzar el campo andando tras la puesta de sol y despertar por la mañana en una casa donde ella y Talvi no hubiesen ardido mientras dormían. Quería sacar agua del pozo y ver cómo el autobús del koljós traía a su hija del colegio, y también quería que estuviese a salvo cuando ella no vigilaba. Quería vivir sin encontrárselas nunca más. No era demasiado pedir. Era lo menos que podría hacer por el bien de su hija.

Cuando los retornados de los campos de internamiento llegaron y se adaptaron a su nueva vida, ella los reconocía entre el resto de la gente. Por su mirada apagada, que era igual en todos, fuesen jóvenes o viejos. Los esquivaba por la calle, los esquivaba ya desde lejos y se asustaba al hacerlo. Se asustaba antes de volver la cabeza, antes incluso de entender que había reconocido el olor a campo y la conciencia de haber estado allí que traslucían sus ojos. Eso era lo que no desaparecía de aquellas miradas, la conciencia de haber estado en un campo de internamiento.

Cualquiera de ellos podría ser Ingel o Linda. La sola idea le oprimía el pecho. Linda habría crecido tanto que Aliide no la reconocería. O cualquiera de los transeúntes podría ser alguien que hubiese estado en el mismo campo que su hermana, alguien del mismo barracón, alguien con quien Ingel tal vez hubiese hablado, alguien a quien pudo haberle mencionado a su hermana. Tal vez Ingel se hubiese llevado algunas fotografías de ella, ¿cómo iba a saberlo? Tal vez hubiera mostrado esas fotos de Aliide a alguien con quien ésta se cruzaba por la calle, y que tal vez la hubiera reconocido. Quizás ese alguien supiera de las injusticias cometidas por Aliide Truu, porque en los campos de internamiento las historias se propagaban como la pólvora. Tal vez ese alguien empezara a seguirla y les quemara la casa la noche siguiente. O la golpease en la nuca con una piedra, de regreso a casa. Tal vez alguien la dejara inconsciente en el camino que cruzaba el campo. Esas cosas pasaban. Accidentes extraños, atropellos desconcertantes. Martin le había asegurado que quienes habían estado en los campos de internamiento no podían ver sus expedientes, no sabrían nada de nada, pero todos los barracones tenían paredes, y donde hay paredes, hay también oídos.

Los que habían regresado de aquellos campos nunca se quejaban de nada, ni discutían ni protestaban. Era insoportable. Aliide sentía un deseo imperioso de arrancarles las arrugas que les circundaban los ojos y la boca, hacer con ellas un ovillo y tirarlas al tren que llevaba de vuelta a Narva.

1960, oeste de Estonia

Martin está orgulloso de su hija

Martin se enfadó con Talvi solamente una vez, cuando su hija era pequeña. Dos semanas antes de Año Nuevo, la niña había llegado a casa corriendo. Aliide estaba sola, así que tendría que contestar una pregunta que la niña no era capaz de aguantarse hasta la llegada de su padre.

–¡Mamá! ¡Mamá!, ¿qué es la Navidad?

–Cariño, eso tendrás que preguntárselo a tu padre –respondió ella mientras removía la salsa tranquilamente.

Talvi fue al recibidor a esperar que llegara su padre, se sentó contra la pared de madera y empezó a darle pataditas al tablón que había bajo el umbral de la puerta.

Cuando Martin llegó a casa se enfureció. No por la Navidad, porque para eso seguramente habría tenido una explicación válida.

Se enfadó incluso antes de hablar de ello, porque primero Talvi quiso saber qué había sido aquella guerra de liberación que se mencionaba en un libro.

–¿En qué libro?

–En éste –dijo, y se lo entregó a su padre.

–¿De dónde lo has sacado?

–Me lo dio la tía.

–¿Qué tía? ¡Aliide!

–¡Yo no sé nada! –gritó ésta desde la cocina.

–¿Y bien, Talvi?

–La madre de Milvi. Estuvimos jugando allí.

Sin siquiera coger su chaqueta, Martin salió de inmediato, seguido de la niña, para que le indicase dónde vivía Milvi.

Talvi fue la primera en volver a casa, corriendo y llorando; más tarde, antes de la cena, se sentó arrepentida al lado de su padre para hacer las paces. El humo del tabaco entraba lentamente en la cocina y pronto se oyeron las risas de la niña. Aliide acabó de cocinar el pollo a la cazuela y se sentó al lado de las patatas ya casi frías. La salsa que había preparado se enfriaba sobre la mesa, formándosele una película que atenuaba su brillo. Los calcetines sin remendar de Martin esperaban en la silla, debajo de la cual había una cesta llena de lana para cardar. Era evidente que al día siguiente Talvi se burlaría en el colegio de aquellos niños en cuyas casas se celebrase la Navidad. Y, por la noche, Talvi le contaría a su padre cómo le había tirado una bola de nieve al hijo de los Priks, y cómo le había preguntado a otro lo que su padre seguramente le estaría ordenando preguntar a los hijos de familias como ésa: «¿Habéis visto a Jesús por ahí? ¿Tu madre ya está impaciente?». Y su padre la cubriría de elogios, Talvi se pavonearía orgullosa y se enfadaría con Aliide, porque sabría instintivamente que, como de costumbre, su madre le escatimaría elogios. A éstos siempre les faltaría la sinceridad. Su hija crecería con los de Martin, con las historias que él le contaba, que nada tenían que ver con Estonia. Su hija iba a crecer con unas historias que no tendrían nada de auténtico. Aliide nunca podría contarle a Talvi las historias de su propia familia, las que oyó de su madre, aquellas con que se quedaba dormida en sus Nochebuenas infantiles. No podría contarle nada de aquello con lo que ella misma había crecido, así como antes su madre, su abuela y su bisabuela. No le importaba no poder hablarle de su propia historia, pero sí de las otras, de todas aquellas con las que se había criado. ¿Qué clase de persona sería una niña que no compartía ni historias ni anécdotas ni bromas con su madre? ¿Cómo podía ser madre si no tenía a nadie a quien pedir consejo en tal situación?

Talvi no volvió a jugar con Milvi nunca más.

Martin estaba orgulloso de su hija. Declaraba que era una niña maravillosa. Tan maravillosa que había anunciado que de mayor querría un hijo de Lenin. Y a Martin no le importaba nada que Talvi no distinguiese una alquimila de un plantago, una *Amanita muscaria* de un níscalo, aunque a Aliide le pareciera imposible, con todo lo que había heredado de ella y de Ingel.

Años sesenta, oeste de Estonia

Los sufrimientos habitan en la memoria

En la familia, Martin se encargaba de todo lo relacionado con la educación de la niña, y Aliide de cuanto tenía que ver con las colas. Dado que con el paso de los años no habían llamado a su marido a Tallin, las insinuaciones sobre las posibilidades de su carrera se habían acallado, y Aliide ya no esperaba que él se encargara del aprovisionamiento por mediación del Partido, así que ella hacía cola cada vez, con Talvi de la mano, enseñándole a su hija cómo era la vida de una verdadera soviética. La fila de la carne conseguía evitarla porque en la carnicería tenía a una conocida, Siiri. Cuando ésta la avisaba de que había entrado mercancía, Aliide zigzagueaba entre los contenedores de basura hasta la puerta trasera de la tienda, arrastrando a Talvi detrás. Nunca se adaptaba al lento ritmo de la niña, con lo que, a pesar de sus buenas intenciones, siempre apuraba el paso y la pequeña tenía que correr. Aliide sabía que lo hacía porque quería escapar de su hija, pero no era capaz de sentirse culpable por ello, y cuando intentaba aparentar ser una buena madre se sentía más ridícula que nunca. En presencia de otras mujeres, prefería alabar las habilidades paternas de Martin, y así su imagen de madre se diluía. Como Martin era un padre maravilloso, las otras mujeres consideraban a Aliide la más afortunada de todas ellas.

Por suerte, la niña creció y empezó a correr ágilmente tras su madre y también a través del enjambre de moscas que rondaba la parte trasera de la carnicería de Siiri. A veces, las moscas se les colaban en la nariz y los oídos, a veces aparecían más tarde en el pelo, o al menos a Aliide le picaba tanto la cabeza que estaba convencida de que alguna le había puesto sus huevos en el cuero cabelludo. A Talvi las moscas no parecían molestarla, ni siquiera las espantaba, sino que dejaba que se paseasen por sus brazos y piernas, para gran repugnancia de su madre. Cuando salían de la carnicería, Aliide deshacía las coletas de su hija y le sacudía el cabello. Sabía que era una estupidez, pero no podía remediarlo.

El día en que Talvi contó que en el colegio les habían revisado los dientes, Aliide había estado con Siiri en la trastienda de su establecimiento. La mujer acababa de limpiar las salchichas de Semipalatinsk con agua salada y un cepillo. A su espalda esperaban pilas de salchichas de Tallin y Moscú, todas agusanadas.

–No te preocupes. Éstas van al mostrador, pero pronto llegará un cargamento de mercancía limpia.

Aliide consiguió meter en su bolso un buen botín compuesto por un par de longanizas de Polonia, un trozo de salchichón de Cracovia e incluso unas salchichas pequeñas. Justo estaba enseñándoselas a Martin cuando la sorprendente noticia de Talvi interrumpió el inventario de la compra.

–Dos caries grandes.

–¿Y eso qué quiere decir? –le preguntó Aliide, asustándose de su propia voz, que sonó como el gimoteo de un perro apaleado.

Talvi frunció el cejo. El paquete de salchichas pequeñas cayó encima de la mesa y Aliide apretó las manos contra el mantel de plástico, pues habían empezado a temblarle. Notaba los cortes del cuchillo en el hule, las migas de pan y la suciedad que se metía en los resquicios. Era como si estuviese lloviendo algo desde la pantalla naranja de la lámpara, la bombilla dejaba caer porquería de las moscas sobre su cabeza. La valeriana estaba en la alacena. ¿Conseguiría sacarla y echar unas gotas en el vaso sin que Martin se diera cuenta?

–Quiere decir... ¡quiere decir que vamos a visitar al camarada

Borís! Talvi, ¿te acuerdas del tío Borís? –Martin soltó una risita.

La niña asintió con la cabeza. Martin tenía grasa en las comisuras de la boca. Dio otro mordisco. Los trozos de tocino brillaban en la salchicha de Cracovia. ¿Martin siempre había tenido los ojos tan hinchados?

–¿Estaba seguro el que te ha revisado los dientes de que tienes dos caries? A lo mejor no hace falta hacer nada –sugirió Aliide.

–Pero yo quiero ir a la ciudad.

–Ahí la tienes –sonrió Martin.

–Papá te comprará un helado después.

–¿Qué? –se sorprendió Martin–. Pero si Talvi ya es una chica grande y puede ir sola en autobús.

–Papá también te comprará juguetes nuevos –añadió Aliide.

Talvi empezó a dar saltitos delante de Martin y a tirarle del brazo.

–¡Sí! ¡Sí! ¡Sí!

En aquel momento era incapaz de pensar en nada. Nada de nada, sólo quería conseguir que Martin acompañase a Talvi al dentista. Con él estaría a salvo. Le zumbaban los oídos. Metió las salchichas y el salchichón en la nevera, empezó a guardar la vajilla ruidosamente en la alacena, y, con disimulo, consiguió echar un poco de valeriana a escondidas en un vaso. Y agua. Y pan, para que el olor de la medicina no se le notase en el aliento.

–De paso puedes aprovechar y saludar a Borís. ¿No estaría bien?

–Sí, claro, pero los trabajos...

–¡Sí! ¡Sí! ¡Sí! –Los gritos de Talvi interrumpieron a Martin.

–Vale, vale, algo inventaremos. Haremos una bonita excursión al dentista.

Talvi tenía los ojos igual a los de Linda. La cara de Martin y los ojos de Linda.

1952, oeste de Estonia

Olor a hígado de bacalao, luz amarillenta de una lámpara

El cloroformo se olía nada más llegar a la puerta. En la sala de espera, Aliide hojeó un ejemplar de la revista *Nöukogude Naine* («Mujer Soviética»), con las esquinas dobladas por el uso, en la que Lenin opinaba que, dentro del capitalismo, la mujer estaba doblemente sometida, como esclava del capital, de su propio trabajo, y como ama de casa con sus obligaciones. La mejilla de Aliide se había hinchado tremendamente, la caries que tenía en la muela era tan profunda que se le veía el nervio. Tenía que haber arreglado el asunto ya antes, pero a ver quién era el guapo que se sentaba voluntariamente en el sillón de cualquiera de aquellos matasanos. Los médicos auténticos habían escapado a Occidente, los judíos a la Unión Soviética. Algunos de estos últimos habían vuelto, pero eran pocos.

Aliide deletreaba las palabras e intentaba olvidarse del agudo dolor de su maxilar: «Sólo en la Unión Soviética y en las repúblicas democráticas la mujer trabaja codo con codo como compañera del hombre en todas las ramas, tanto en la agricultura y el transporte como en los sectores de la enseñanza y la cultura, y participa activamente en la vida política y el liderazgo de la sociedad». Cuando le tocó el turno, desvió la vista del periódico al suelo marrón de sintasol, que siguió mirando fijamente hasta que se sentó en el sillón de amplios reposabrazos. La enfermera interrumpió la cocción de las agujas y las barrenas, le puso una inyección y después empezó a preparar el relleno del empaste. La cacerola borboteaba en la cocina eléctrica. Aliide cerró los ojos y notó cómo la barbilla y las mejillas se le iban insensibilizando.

Las manos del hombre olían a cebolla, a pepinos y sudor. Aliide había oído que las manos del nuevo dentista eran muy peludas, y que era bueno no sentir nada, porque entonces tampoco notabas los pelos. Y que lo mejor era mantener los ojos cerrados, pues así no podías ver el bosque poblado y negro de su vello. Ni siquiera era un médico auténtico, sino que un dentista alemán prisionero de guerra le había enseñado lo que buenamente había podido.

El hombre empezó a bombear con el pie para cargar la barrena, la bomba soltaba crujidos estridentes, chirriaba, el sonido discordante le atravesó los tímpanos, el hueso crujía, mientras Aliide intentaba no pensar en aquellas manos peludas. Un caza pasó tan rasante durante un vuelo de instrucción que la ventana tembló. Aliide abrió los ojos.

Era el mismo hombre.

En aquella habitación.

Las mismas manos peludas.

En aquel sótano del ayuntamiento donde Aliide había desaparecido y de donde quería salir con vida, aunque lo único que había sobrevivido era su vergüenza.

Al marcharse, no levantó la vista del suelo ni de la escalera ni de la calle. Un camión del ejército pasó traqueteando a gran velocidad y la cubrió de polvo, que se pegaba a sus encías y sus ojos y se convertía en cenizas al contacto con su piel ardiente.

Desde las ventanas de la Casa de Cultura se oían los ensayos del coro: *Mi canto y mi trabajo.*

Pasó otro camión, esta vez un tráiler. El remolque iba dando tumbos. La grava le salpicó las piernas.

Tú estás conmigo, gran Stalin.

Martin estaba esperándola en la puerta de casa e hizo un gesto señalando la mesa, donde había una lata de hígado de bacalao, un manjar para su dulce palomita, cuando fuese capaz de comer. Había quedado media cebolla reseca sobre la tabla de cortar, la cebolla picada que había sobrado de los bocadillos apestaba, igual que el hígado de bacalao. Había otra lata vacía al lado de la tabla y su borde recortado parecía una dentadura. Aliide tenía ganas de vomitar.

–Ya he comido, pero le he preparado unos bocadillos a mi palomita para que coma en cuanto pueda. ¿Te ha dolido?

–No.

–¿Te duele ahora?

–Nada. No siento absolutamente nada. Tengo la boca dormida.

Un trozo de diente encajado entre los otros dientes crujía cuando movía la boca. Aliide miraba fijamente el medio bocadillo de hígado de bacalao que Martin había dejado sobre la mesa, incapaz de decir nada, aunque consciente de que su marido esperaba que le diese las gracias por conseguir hígado de bacalao. Habría sido mejor que no le hubiese echado cebolla.

–Un hombre agradable ese Borís –comentó Martin.

–¿Te refieres al dentista?

–¿A quién si no? Ya te había hablado antes de él.

–De algún Borís, quizá. Pero no me habías dicho que fuera dentista.

–Lo mandaron hace poco.

–¿Qué hacía antes?

–Ese mismo trabajo, claro.

–¿Y tú lo conoces?

–Hemos trabajado juntos para el Partido. ¿Y dices que no me ha mandado saludos?

–¿Por qué iba a mandarte saludos a través de mí?

–Sabe que estamos casados.

–Ya.

–Pero ¿qué te pasa?

–Nada.

–Bueno, hay que ordeñar las vacas.

Aliide fue a la habitación, se quitó su nuevo vestido de rayón que por la mañana le había parecido muy bonito, con sus lunares rojos, pero que ahora se le antojaba repugnante, porque probablemente era incluso demasiado bonito y se le ceñía demasiado bien al pecho. Los trozos de franela que llevaba en las axilas para absorber el sudor estaban empapados. Seguía teniendo la parte inferior de la cara dormida, al punto de no sentir cómo los ganchos de los pendientes le rasguñaban la carne. Se puso la chaqueta de ordeñar, se ató el pañuelo a la cabeza y se lavó las manos.

El olor a cebolla se disipó en el establo. Aliide se apoyó contra la pared de piedra. Tenía las manos enrojecidas de frotarlas con un cepillo basto y agua fría, estaba cansada, y la tierra bajo sus pies estaba exhausta, cedía a su paso y jadeaba como el pecho de un moribundo. Oía los mugidos de los animales a sus espaldas, estaban esperándola y tenía que acudir a su llamada. Se dio cuenta de que ella también había estado esperando. Había estado esperando a alguien, como también lo había hecho aquella vez en aquel sótano donde se había encogido convirtiéndose en un ratón en un rincón, en una mosca en la lámpara. Y tras haber conseguido salir de allí, había seguido esperando a alguien. Alguien que la ayudase o que al menos le quitase de encima parte de lo sucedido en aquel sótano. Alguien que le acariciase el pelo y le dijese que no había sido culpa suya. Que también le dijese que nunca más. Que le prometiese que nunca más, pasara lo que pasase.

Y cuando comprendió qué era lo que había estado esperando, comprendió también que ese alguien nunca llegaría. Que nadie pronunciaría jamás aquellas palabras, que no las pronunciaría cargadas de su significado, y que nunca se ocuparía de que no volviese a ocurrir. Ella, Aliide, era la única responsable.

Nadie lo haría jamás por ella, ni siquiera Martin, por mucho que deseara el bien de su esposa.

En la cocina, el hígado de bacalao se secaba, el relleno del pan se oscurecía por los bordes. Martin se sirvió vodka esperando a que su mujer volviese del establo, se sirvió otro vaso y después un tercero, se limpió con la manga como hacen los rusos y se sirvió un cuarto vaso, no tocó los bocadillos, sino que esperó a que llegase Aliide. La estrella roja de un futuro maravilloso resplandecía sobre su cabeza, un haz de luz amarillenta de la lámpara, una familia feliz.

Aliide lo contemplaba desde fuera, por la ventana, incapaz de entrar.

1992, oeste de Estonia

Zara descubre la rueca y la levadura

Zara tomó aliento. Al hablar de Vladivostok, se había olvidado por un momento del instante y el lugar donde estaba, entusiasmándose como no lo había hecho en mucho tiempo. El trajín de Aliide en la cocina de leña la devolvió a la realidad, y reparó en que la anciana le había puesto un vaso en la mano. El fermento del kéfir ya estaba lavado y la leche había sido cambiada por leche fresca. La que se había retirado estaba en el vaso de Zara, que probó la bebida dócilmente, pero era tan ácida que sus labios se contrajeron, así que camufló el vaso entre la vajilla que había en la mesa, mientras Aliide salía un momento fuera para lavar el rábano picante. La cocina de leña rezumaba el familiar olor de los tomates a punto de hervir, que Zara aspiraba profundamente mientras troceaba otros para ayudar a la anciana. El ambiente familiar de la cocina, el vapor que ascendía de las cacerolas, las filas de tarros de conserva que se enfriaban, todo aquello la hacía sentirse bien. También su abuela estaba siempre de buen humor cuando preparaba conservas para asegurarse el invierno. Era la única labor doméstica en que participaba, en realidad, era ella quien mandaba y sólo de vez en cuando le pedía a su madre que picase repollo. Y ahora Zara estaba sentada a la mesa con Aliide Truu, con aquella Aliide Truu que odiaba a su abuela. Era mejor retomar la cuestión esencial, y no esperar a un momento adecuado que quizá nunca llegaría. Aliide estaba concentrada en rallar el rábano picante.

–Para la ensalada de invierno: trescientos gramos, la misma

cantidad de ajo, manzana y pimiento. Un kilo de tomates, sal. Azúcar y vinagre. Todo dentro de un tarro, nada más, y ni siquiera hace falta calentarlo. Así se conservan las vitaminas.

Zara movía los dedos con habilidad al trocear los tomates, pero tenía otra vez la lengua como entumecida. Quizás Aliide se enfadaría con ella si sabía quién era, y si entonces se negaba a ayudarla, ¿adónde iría? ¿Cómo arriesgarse a estropear aquel ambiente distendido que habían creado los recuerdos de Vladivostok? La abuela y Aliide no podrían haberse enfadado por unas cuantas espigas, seguro que no, por mucho que Aliide insistiese. ¿Qué había ocurrido en realidad?

Había estado observando a la mujer todo el tiempo, mientras ésta, de espaldas, se concentraba en las tareas del hogar. Había visto su fragilidad y sus uñas ennegrecidas, la piel bronceada y arrugada como la corteza de un árbol, bajo la cual se distinguían claramente las venas azuladas. Había buscado algo familiar en ella, pero la anciana que se afanaba en aquella cocina no se parecía en nada a la chica de la fotografía, menos aún a la abuela, así que Zara se había concentrado en observar la casa. Cuando Aliide no la veía, aprovechó para tocar la tijera de esquilar que colgaba de la pared y una llave grande y oxidada. ¿Sería la del establo? Colgaba de la pared de la habitación, justo al lado de la estufa, cuando la abuela vivía allí. Encima del marco de la puerta había un diente de madera de un rastrillo fabricado por el padre de su abuela. Había un mueble que se utilizaba para el aseo, y un perchero negro del que ahora colgaba la chaqueta de Aliide. ¿Sería en ese armario donde la abuela había guardado su ajuar bien doblado? Allí estaba la estufa a la que la abuela se arrimaba cuando tenía frío, y por detrás del armario habían metido una rueca. ¿Sería con la que hilaba? Allí estaba la lanzadera de su abuela, aquí el pedal y el huso.

Cuando Zara fue a buscar unos tarros de cristal vacíos a la despensa, se topó con un cuenco de madera tras el recipiente de enfriar la leche. Lo había tocado y olisqueado. En los bordes del cuenco había algo áspero al tacto. Era levadura de centeno. ¿Sería parte de la que su abuela había usado para hacer pan? Dos días y medio, le había explicado ésta. La masa tenía que reposar y fermentar dos días y medio en la habitación de atrás, bajo un paño, a fin de que estuviese lista para amasar. Entonces, el olor del pan se extendía por toda la habitación trasera y al tercer día empezaban a amasar. Amasaban con la frente perlada de sudor, dándole vueltas y vueltas. Aquella misma masa reseca y cubierta de polvo que probablemente no se había usado en décadas, esa misma levadura, la habían amasado las manos jóvenes de la abuela cuando el abuelo y ella aún vivían allí felices. A la que amasaba había que acercarle de vez en cuando agua para que se mojase las manos. Calentaban el horno con leña de abedul, y más tarde metían dentro un cuenco con carne salada, la grasa se derretía chisporroteando y mojaban en ella el pan recién hecho. ¡Ese sabor! ¡Ese olor! ¡El centeno de su propio campo! Todo aquello le parecía extraño y triste, y el cuenco de madera se le antojó de repente algo muy cercano, como si hubiese tocado la mano de su abuela joven. ¿Cómo había sido aquella mano juvenil? ¿Se acordaría de ponerse cada noche grasa de ganso? Zara había querido curiosear también en el jardín, se había ofrecido a sacar agua del pozo, pero la anciana le había dicho que mejor que se quedase dentro. Tenía razón pero, aun así, Zara tenía ganas de salir. Quería dar una vuelta alrededor de la casa, ver todos aquellos sitios, oler la tierra y la hierba, llegarse hasta el cobertizo y mirar por debajo. De pequeña, la abuela había imaginado que los espíritus de los muertos vivían allí, que la arrastrarían hasta allí abajo y que nunca sería capaz de salir. Contemplaría con impotencia cómo la buscaban, cómo su madre era presa del pánico, cómo su padre corría de un lado a otro, cómo la llamaban y ella era incapaz de decir nada, porque los espíritus se le habían pegado a la boca, unos espíritus que sabían a grano enmohecido. Zara quería ver si el árbol de manzanas de la abuela aún estaba en pie, si era el más cercano al cobertizo. Al lado de aquel manzano blanco tendría que haber otro de manzanas ácidas que a lo mejor reconocía, aunque nunca las hubiera probado. Y quería ver la pavía y el ciruelo y las piedras que se erguían en medio del terreno detrás del cobertizo, allí donde había serpientes, que a la abuela le daban miedo, pero donde también había moras y por eso siempre iba. Y las alcaraveas, ¿las tendría Aliide aún en el mismo lugar?

1991, Berlín

El amargo precio de los sueños

Ya desde el principio, Paša le dejó claro que estaba en deuda con él. En cuanto la saldase, podría marcharse, pero primero debía pagar. Y sólo podía pagarle trabajando para él con eficacia, haciendo trabajillos bien retribuidos.

Zara no comprendía el motivo de dicha deuda. A pesar de todo, empezó a calcular cuánto capital había amortizado, cuánto le quedaba aún, cuántos meses, cuántas semanas, días, horas, cuántas mañanas, cuántas noches, cuántas duchas, mamadas, clientes. A cuántas chicas le daría tiempo de conocer. De cuántos países. Cuántas veces se pintaría aún los labios de rojo y cuántas veces Nina volvería a coserle puntos. Cuántas enfermedades cogería, cuántos moratones le saldrían. Cuántas veces le meterían la cabeza dentro de la taza del váter o cuántas volvería a estar segura de que se ahogaría en el lavabo con las garras de hierro de Paša en la nuca. El tiempo, aparte de las manecillas de un reloj, corría también de otra manera, y su calendario se renovaba a todas horas, porque le ponían nuevas multas diariamente. Bailaba mal incluso después de haberlo ensayado durante una semana.

–Así que son cien dólares –dijo Paša–. Y cien dólares más por los vídeos.

–¿Qué vídeos?

–Y cien dólares más por ser estúpida. ¿O acaso la niña piensa que está viendo esos vídeos gratis? Te los han traído para que aprendieses a bailar. Si no, estarían en venta. ¿Entiendes?

Lo entendía, porque no quería más multas, que le ponían de todas maneras por aprender mal las cosas, por clientes que se quejaban, por no tener la expresión adecuada... Y otra vez había que empezar a contar el tiempo desde el principio. ¿Cuántos días, cuántas mañanas, cuántos ojos morados?

Y, por supuesto, comías según trabajabas.

–Mi padre estuvo en el Perm en el treinta y seis. Allí tampoco comías si no trabajabas –le había dicho Paša.

Paša la alababa y aseguraba que la deuda iba reduciéndose a muy buen ritmo. Zara quería creer en aquella libreta de tapas malolientes azul marino y un sello de calidad de la Unión Soviética. Los números escritos con letra perfecta y en columnas bien rectas hacían que las promesas de Paša pareciesen por lo menos verosímiles, por lo que era bastante fácil confiar en ellas, al menos si una se esforzaba. Y la única manera de salir adelante era creérselas. Una persona tiene que creer en algo para sobrevivir, y Zara decidió confiar en que la libreta de Paša era su visado de salida. En cuanto fuera libre, conseguiría un pasaporte nuevo, una identidad nueva, una historia nueva. Eso pasaría algún día. Algún día se reconstruiría a sí misma.

Paša tomaba apuntes en su libreta con una estilográfica que tenía dentro la figura de una mujer. La mujer se quedaba desnuda cuando le dabas la vuelta a la pluma y su ropa reaparecía si le dabas otra vuelta. Paša pensaba que era un invento alemán tan estupendo que les envió plumas iguales a sus amigos en Moscú. Pero, más tarde, una de las chicas consiguió robársela y se la intentó clavar en un ojo, con lo que acabó rompiéndose. Después, la chica, que tal vez fuese ucraniana, desapareció, y multaron a todas las demás porque habían roto la pluma de Paša.

Paša no volvió a disfrutar de otro juguete favorito hasta que un cliente finlandés le regaló un bolígrafo de la Lotto, la Lotería de Finlandia. El hombre hablaba cuatro palabras de estonio, y

Kadri, que era de Estonia, tuvo que traducirle a Paša lo que el cliente intentaba explicar acerca de lo que la lotería significaba en su país.

–La cosa es más o menos así: para nosotros, la lotería es como el futuro. La esperanza y el futuro. Todos los hombres son iguales en la lotería. Todos son iguales y eso es algo finlandés y maravilloso. ¡Es la muestra más representativa de la democracia finlandesa!

El hombre rió y le dio a Paša un empujoncito en el hombro y éste rió también y le ordenó a Kadri que le dijese al *sommi* que aquél sería su boli favorito.

–Pregúntale cuánto se puede ganar.

–Kui palju siin vöib vöita?

–¡Un millón de marcos! ¡O muchos millones! Puedes llegar a ser millonario.

Zara estuvo a punto de decir que también en Rusia se jugaba a la lotería, que había muchísimos sorteos, pero comprendió que para Paša no era lo mismo. Aunque pudiese jugar en los casinos y ganar mucho dinero con las chicas, mucho más que con una insignificante lotería común, todo aquello suponía trabajo y él se quejaba todo el rato de lo mucho que tenía que trabajar. En Finlandia cualquiera podía hacerse millonario sin trabajar, sin una herencia, sin nada. En las loterías rusas no se podían ganar millones de marcos y tampoco hacerse uno millonario. Sin amistades ni dinero, ni siquiera podías entrar en un casino. ¡Y a ver quién se atrevía a entrar sin tener eso! En Finlandia bastaba con estar sentado cómodamente en el sofá de tu casa, viendo la televisión los sábados por la tarde, y esperar a que en la pantalla apareciesen los números correctos y a que los millones cayeran del cielo.

–¡Piénsalo!, ¡allí, incluso alguien con una pinta como la tuya puede ganar millones! –le explicó Paša a Zara, y rió.

La idea era tan graciosa que ella también se echó a reír. Los dos se partieron de risa.

1991, Berlín

Zara mira por la ventanilla y siente la llamada de la carretera

El cliente llevaba un anillo lleno de púas alrededor de la polla y algo más, aunque Zara no recordaba qué. Tan sólo se acordaba de que primero les habían atado un consolador a cada una y luego ella tuvo que follar con Katia y Katia follar con ella. Después Katia tuvo que mantener a Zara bien abierta para que el hombre le metiese el puño. Luego, Zara ya no podía recordar nada.

Por la mañana era incapaz de sentarse y de andar, sólo podía quedarse acostada fumando cigarrillos Prince. No se veía a Katia por ninguna parte, pero no podía preguntar por ella, ya que Paša seguro que se enfadaba. Tras la puerta se oía a Lavrenti diciéndole a Paša que ese día Zara sólo podría hacer mamadas. Él no estaba de acuerdo. Cuando abrieron la puerta y Paša entró en la habitación, le ordenó que se quitase la falda y se abriese de piernas.

–¿Te parece que ese coño está en condiciones?

–Vaya negocio de mierda. Manda venir a Nina y dile que le dé unos puntos.

Nina llegó, le dio los puntos, unas pastillas y se marchó llevándose consigo su sonrisa pintarrajeada con lápiz de labios rosa pastel. Lavrenti y Paša estaban sentados al otro lado de la puerta, en su sitio de siempre. Lavrenti hablaba de las rosas que le había mandado a su mujer, Verotska. Pronto sería su vigésimo aniversario de bodas y se irían de viaje a Helsinki.

–Después dile a Verotska que se venga también a Tallin. Nosotros de todas maneras estaremos allí –dijo Paša.

¿Tallin? Zara pegó bien la oreja a la ranura de la puerta. ¿Paša estaba diciendo que iban a ir a Tallin? ¿Cuándo? ¿Sería un engaño de su mente? ¿Lo habría entendido mal? No, una cosa así no podía entenderse mal. Los hombres comentaban que pronto estarían en Tallin, lo que tenía que ser inminente, ya que se referían al aniversario de Lavrenti y al regalo de Verotska, para lo que no faltaba mucho.

El letrero luminoso del edificio de enfrente tenía forma de trébol de cuatro hojas, la punta de su cigarrillo brilló como una linterna; todo estaba muy claro. Zara palpó la fotografía de su bolsillo secreto dentro del sujetador.

La siguiente vez que Lavrenti estuvo sentado solo junto a la puerta, Zara aprovechó para llamarlo. Él abrió y la miró desde el umbral, con las piernas separadas, el cuchillo en una mano y una madera a medio tallar en la otra.

–¿Qué pasa?

–Lavruusa... –Zara utilizó su diminutivo cariñoso para mostrarse amable–. Lavruusa, querido, ¿tenéis planes de ir a Tallin?

–¿Y a ti qué te importa?

–Hablo estonio bastante bien.

Lavrenti no dijo nada.

–El estonio se parece un poco al finés, y allí hay muchos clientes finlandeses. Y puesto que ambas lenguas son bastante semejantes, podría trabajarme a los clientes estonios como a los rusos y alemanes, igual que aquí, y además también a los finlandeses.

Lavrenti siguió callado.

–Lavruusa, las chicas me contaron que allí van muchísimos finlandeses. Y aquí estuvo un finlandés y dijo que en Tallin las chicas son mejores y que él mismo prefiere ir allí. Hablé estonio con él y me entendió bien.

En realidad, el tío había hablado en una mezcla de finés, alemán e inglés, pero Lavrenti no podía saberlo. El finlandés, muy orgulloso de pie al lado de la ventana, con los calcetines puestos pero sin pantalón, le había dicho: «*Girls in Tallinna are very hot. Natasha, girls in Tallinna. Girls in Russia are also very hot. But girls in Tallinna, Natashas in Tallinna. You should be in Tallinna. You are hot, too. Finnish men like hot Natashas in Tallinna. Come to Tallinna, Natasha*».

Lavrenti se fue sin decir nada.

Al cabo de unos días, la puerta se abrió de golpe y Paša le propinó una patada en el costado.

–Venga. Nos vamos.

Zara se hizo un ovillo en una esquina de la cama. Paša la agarró de una pierna y la tiró al suelo.

–Vístete.

Ella se levantó y empezó a vestirse rápido, tenía que apresurarse ahora que se lo habían ordenado. Paša salió de la habitación y gritó, una de las chicas chillaba, Zara no reconoció la voz. Por el ruido parecía que Paša estuviese pegándole. La chica chilló más fuerte todavía, Paša volvió a golpearla y la chica calló. Zara se puso otra camiseta más, comprobó que la fotografía estuviese dentro del sujetador, metió un pañuelo y una falda en el bolsillo de la chaqueta y se llenó el bolsillo interior de tabaco, popper y analgésicos, ya que no siempre se los daban aunque los necesitase. En otro bolsillo metió maquillaje y en otro más azucarillos, porque no siempre se acordaban de darle de comer. Y también la insignia de pionero. Se la había llevado de Vladivostok porque se sentía orgullosa de haberla recibido, y seguía llevándola encima aunque los clientes cambiaban y las noches pasaban. Era su talismán contra todo mal. Una vez, Paša se la había arrebatado, se había reído y se la había devuelto tirándosela con desdén.

–Vale, con eso sí que te puedes quedar. –Y había continuado riendo–. Pero primero tienes que darme las gracias.

Entonces, Zara se había desnudado para agradecérselo.

Paša dejó la puerta abierta. Había unas chicas nuevas que se apiñaban en un grupo al que Lavrenti estaba sacando a empujones al patio, donde esperaba un camión. Se oían lloriqueos. El viento soplaba con fuerza incluso en el interior del patio y acariciaba el cuerpo de Zara; era una sensación maravillosa, y aspiró los gases del tubo de escape y el viento. La última vez que había estado al aire libre había sido cuando la habían llevado allí.

Lavrenti le hizo señas con la mano y la mandó subir al Ford, estacionado detrás del camión.

–Nos vamos a Tallin.

Zara le sonrió y subió de un salto. Tuvo tiempo de reparar en la expresión asombrada de Lavrenti, pues era la primera vez que ella le sonreía.

Esta vez no la esposaron. Sabían que no pretendería escapar.

En todas las fronteras había colas. Tras echar una ojeada con fastidio, Paša se iba a arreglar la situación. Cuando terminaba, volvía al coche, donde esperaban Lavrenti y Zara, pisaba el acelerador y adelantaba a la cola casi volando, cruzaba la frontera y el viaje continuaba. Desde Varsovia por Kuznirca hasta Grodno, Vilna y Daugavpils, y todo el camino a gran velocidad. Zara iba con la nariz pegada a la ventanilla. Se acercaba Estonia, los pinos pasaban volando, las lecherías, las fábricas, los postes de teléfono y las paradas de autobús, los campos, un huerto de manzanos donde pastaban vacas. Hacían breves paradas de vez en cuando, y Lavrenti le llevaba comida a Zara de algún puesto. De Daugavpils fueron a Sigulda, donde se detuvieron porque Lavrenti quería mandarle una postal a Verotska y sacar unas fotografías. Las amigas de su mujer habían estado allí años atrás, y le habían traído un bastón de madera como recuerdo, con la palabra «Sigulda» grabada a fuego junto a unos dibujos ornamentales. Verotska, por entonces embarazada, no había podido acompañarlas, pero ellas le habían contado que los sanatorios de Sigulda eran maravillosos. ¡Y el valle del río Gauga! Lavrenti bajó para preguntar por dónde se iba y le dijo a Paša que parase justo donde empezaba el teleférico.

Dejaron el coche algo apartado de la taquilla, debajo de unos árboles.

–La chica también podría venir.

Zara se sobresaltó y miró a Paša.

–¿Tú estás loco o qué? ¡Vete ya! ¡Y no tardes!

–No va a intentar nada.

–¡Que te vayas, joder!

Lavrenti se encogió de hombros como diciéndole a Zara que otra vez sería y se encaminó a la taquilla. Ella lo observó alejarse y aspiró profundamente el olor de Letonia. El suelo estaba lleno de envoltorios de helado. En aquel lugar reinaba aún una atmósfera de niños en vacaciones y familias reunidas, de festones en las faldas de las esposas de los líderes del Partido, del entusiasmo de los pioneros y el sudor de los atletas soviéticos. Lavrenti les había contado que su hijo había estado allí entrenándose, igual que el resto de deportistas de élite soviéticos. ¿Era su hijo atleta? Zara tendría que memorizar lo que decía aquel hombre. Podría serle útil. Debía lograr que confiase en ella, podría convertirse en su favorita.

Paša tamborileaba en el volante. *Tap, tap, tap*. Las tres cúpulas que llevaba tatuadas en el dedo corazón de cada mano daban saltitos. El año 1970 ondeaba también al son del tamborileo; en cada dedo había una fecha de un azul ya desvaído. ¿Sería su fecha de nacimiento? Zara no lo preguntó. De vez en cuando, él se hurgaba el oído. Sus lóbulos eran tan pequeños que en realidad casi no tenía. Zara observaba la carretera, midiéndola. Si echaba a correr, no llegaría muy lejos.

–¡Los chicos de Perm ya están esperándonos en Tallin!

Tap, tap, tap.

Paša estaba nervioso.

–¿Dónde se habrá metido ése? ¿Por qué demonios tarda tanto?

Tap, tap, tap.

Sacó dos botellas de cerveza, las abrió y le dio una a Zara, que bebió con ansia. Al otro lado de la ventanilla, la carretera la llamaba, pero Estonia estaba cerca. Paša bajó del coche, dejó la puerta abierta y encendió un Marlboro. Un soplo de aire le secó el sudor. Una familia pasaba por allí. *Turaida pils*, canturreaba el niño, el letón resonaba, *frizetava*, la mujer se ahuecó el pelo reseco, el hombre negó con la cabeza, *particas veikas*, la mujer asintió, *cucurs*, la voz se elevó, *piens*, *maize*, *apelsinu sula*, los ojos de ella se fijaron en Zara, que desvió la mirada y se reclinó contra el respaldo, la mujer no se detuvo, *es nesprotu*, la falda plisada ondeaba con ligereza, *siers*, *degvins*, los dedos de los pies de la mujer rozaban la tierra entre las tiras de cuero de las sandalias. Pasaron de largo, las anchas caderas desaparecieron bamboleándose, la fragancia de su *eau de cologne* llegó hasta el coche; una familia normal y corriente desaparecía en el teleférico y Zara seguía sentada en aquel coche que olía a gasolina. No, no podía gritar, no podía hacer nada.

La carretera estaba desierta. Los arbustos brillaban al sol. Una motocicleta con sidecar los adelantó con un zumbido y la carretera volvió a quedarse vacía y ardiente. Zara rebuscó un Valium en su sujetador. ¿La matarían a tiros en pleno día si echaba a correr, o la atraparían? Claro que la cogerían. Apareció una niña en una bicicleta muy grande. Llevaba sandalias y unos calcetines que le llegaban hasta la rodilla. A un lado del manillar colgaba una cesta de plástico y al otro un pequeño cacharro de leche. Zara la miró fijamente y la niña la saludó con la mano y le sonrió. Zara cerró los ojos. Tenía un mosquito en la frente, pero no le quedaban fuerzas para espantarlo. La puerta se abrió de golpe. Zara alzó los ojos. Lavrenti. El viaje continuó.

Paša conducía. Lavrenti sacó una botella de vodka y un pan, al que fue dando bocados entre trago y trago, limpiándose con la manga. Un trago de vodka, la manga, un trago de vodka, la manga, un trago de vodka, la manga.

–He ido a Turaida.

–¿Adónde?

–A Turaida. Se veía desde ahí, desde el muro.

–¿Desde qué muro?

–Desde donde sale el teleférico. Hay unas vistas preciosas. Se ve hasta el otro lado del valle. Hay una mansión y después el castillo de Turaida.

Paša subió el volumen de la música.

–He ido en taxi. La mansión era un sanatorio y de ahí he cogido un taxi hasta Turaida.

–¿Qué dices? ¿Por eso has tardado tanto?

–El taxista me ha contado una historia sobre la rosa de Turaida.

Paša pisó el acelerador. A Lavrenti le temblaba la voz por el vodka y la emoción. Paša subió más la música, probablemente para no oírlo, Lavrenti se apoyó contra el hombro de Zara. Su aliento a alcohol era frío, pero en su voz pesaba la melancolía y la añoranza. De repente, Zara se reprochó haber reconocido eso en la voz de Lavrenti, pues era la voz de su enemigo, no la de una persona.

–Allí he visto una tumba, la tumba de la rosa de Turaida. La tumba de un amor verdadero. Acababa de salir una pareja de recién casados y habían dejado rosas. La novia iba vestida de blanco... Alguien había dejado también claveles rojos.

Lavrenti se interrumpió. Le ofreció la botella a Zara, que tomó un trago. También le tendió el pan. Ella cogió un trozo. La trataba con cierta ternura. La capacidad de observación de los tiernos se debilita. A lo mejor podría escapar. Pero si intentaba hacerlo entonces tendría que ir a otra parte, no a donde iban ellos. Y no sería capaz.

Paša reía.

–La rosa de Turaida también tenía los ojos azules –se burló–. ¿Acaso preparaba el mejor *saslik* del mundo?

Lavrenti le golpeó el hombro con la botella. El coche dio un par de peligrosos bandazos, de arcén a arcén.

–¡Estás loco o qué!

Consiguió recobrar el control del coche y continuaron viaje hacia donde pasarían la noche, mientras Paša parloteaba sobre sus planes en Tallin.

–Y unos casinos como en Las Vegas. Sólo hay que ser rápido, hay que ser el primero, la lotería de Tallin y sus casinos. ¡Todo es posible!

Lavrenti bebía vodka, partía pan y se lo ofrecía a Zara, y los graves de la radio hacían vibrar el coche todavía más que los baches de la carretera. Paša seguía con su Salvaje Oeste, porque eso era lo que significaba Tallin para él.

–Vosotros, los estúpidos, no lo entendéis.

Lavrenti frunció el cejo.

–Lo que ocurre es que tú no tienes a Rusia en el corazón.

–Pero ¿qué dices? ¡Estás como una cabra!

Paša le dio un empujón y Lavrenti se lo devolvió, y el coche volvió a dar bruscos bandazos. Zara intentó esconderse como pudo en el espacio entre los asientos. El coche se balanceaba y daba tumbos, el bosque pasaba volando alrededor, aquellos pinos negros. Zara tenía miedo, la saliva con olor a alcohol la salpicaba, olía a la cazadora de piel de Paša, a los asientos de skay del Ford, al ambientador Wunderbaum, el coche seguía dando bandazos, y la pelea continuó hasta que se calmaron los ánimos. Zara se atrevió finalmente a cerrar los ojos. Despertó cuando Paša entró derrapando en la finca de su socio. Se quedó hablando con los otros hombres toda la noche, mientras Lavrenti llevaba a Zara a su habitación y se le echaba encima, sin dejar de repetir el nombre de Verotska.

Por la noche, se quitó la mano de Lavrenti del pecho con cuidado, se levantó de la cama con sigilo y fue hasta la ventana cerrada con pestillo. Parecía fácil de abrir. La carretera, que se distinguía entre las cortinas, era como una lengua gorda y seductora. En Tallin, probablemente volvería a estar encerrada en una habitación con cerrojos. Algún día las cosas tenían que cambiar.

Al día siguiente llegaron a Valmiera, donde Lavrenti le compró a Zara unas chucherías, y luego continuaron hacia Valga. Paša y Lavrenti no se hablaban más que lo imprescindible. Estonia se acercaba. La carretera la llamaba, pero Estonia ya estaba muy cerca. Y ella no escaparía, claro que no, no podría.

En la frontera de Valga, Paša sacó un mapa arrugado del bolsillo. Lavrenti le dio unos golpecitos con el dedo.

–No cruzaremos por el puesto de guardia fronteriza. Mejor demos un rodeo.

El coche avanzó ruidosamente por una carretera secundaria y cuando al fin dejaron atrás una columna de madera, que indicaba la frontera, entraron en Estonia. La mano de Lavrenti descansaba sobre el muslo de Zara y de repente ella sintió un intenso deseo de acurrucarse en su regazo y dormir. Debía tanto dinero que ya no podía contarlo. Algún día.

La noche anterior Lavrenti le había prometido que, en cuanto Paša inaugurara sus casinos, Zara iría a trabajar a uno de ellos y ganaría muchísimo más dinero. Podría pagarlo todo.

Algún día.

1992, Tallin

¿Por qué Zara no se había matado antes?

En realidad fue sin querer.

En Tallin había protagonizado varios vídeos buenos. O por lo menos tan logrados que Lavrenti siempre ponía uno cuando Paša no estaba. Lavrenti aseguraba que Zara tenía los ojos de Verotska, del mismo azul. Paša sospechaba que estaba colado por ella, y se burlaba. Lavrenti se sonrojaba. Paša se desternillaba de risa.

Algunos vídeos eran tan buenos que Paša incluso se los llevó a su jefe, el cual se entusiasmó con Zara y quiso conocerla.

El jefe tenía dos enormes anillos de sello y usaba colonia Kouros. Seguramente no se había lavado el miembro en varios días, pues tenía grumos blancuzcos en el vello.

Los zapatos de Zara lucían unos adornos dorados en forma de rosca en el tacón y un lazo igualmente dorado en el talón. Su punta estrecha y afilada le apretaba los dedos. En sus medias brillaban unas mariposas plateadas a la altura del tobillo.

El jefe puso el vídeo y quiso que ella le hiciese lo mismo que en la pantalla.

–Supongo que sabes que eres una furcia, ¿verdad?

–Lo sé.

–Dilo.

–Soy una furcia y no voy a cambiar. Siempre he sido furcia y siempre lo seré.

–¿Y dónde está la casa de la furcia?

–En Vladivostok.

–¿Cómo?

–En Vladivostok.

–Te equivocas. La casa de la furcia esta aquí. La casa de la furcia esta aquí, donde está su amo y los huevos de su amo. La furcia no tiene ni va a tener otra casa. Nunca. Dilo.

–Como soy una furcia, mi casa esta aquí, donde están los huevos de mi amo.

–Muy bien. Ahora te ha salido casi perfecto. Repite mis últimas palabras.

–La furcia nunca va a tener otra casa.

–¿Y por qué esta furcia aún lleva la ropa puesta?

Zara oyó una especie de chasquido. Podía venir de fuera. O de dentro. El jefe no se enteraba de nada. Fue un ruido leve, como cuando se aplasta un ratón o se parte la espina reseca de un pescado. Como cuando masticas los cartílagos de la oreja de cerdo. Empezó a desnudarse. Las piernas, con muslos depilados y piel de gallina, le temblaban. Las bragas alemanas cayeron al suelo, sus puntillas elásticas de buena calidad se arrugaron como un globo sin aire.

Fue fácil. Ni siquiera le dio tiempo de pensarlo. No tuvo tiempo de pensar nada. En un instante, el cinturón ya estaba alrededor del cuello del jefe y ella tiraba con todas sus fuerzas.

Fue el polvo más fácil de su vida.

Como no estaba segura de si el hombre había muerto, cogió una almohada y la presionó contra su cara durante diez minutos. Supo el tiempo por un reloj dorado que emitía un tictac grave y familiar, pues habían tenido uno igual en Vladivostok; probablemente los fabricaban en Leningrado. El hombre no se movió. Bien hecho para ser una principiante, muy bien, a lo mejor hasta poseía un talento natural. La idea la hizo sonreír. En aquellos diez minutos sí le dio tiempo a pensar en todo. Había tardado mucho en aprender a leer y nunca había aguantado el ritmo en la clase de gimnasia de las mañanas, no tenía el porte erguido que la profesora exigía, y su saludo de pionera no era tan enérgico como el de los otros. Siempre llevaba el uniforme del colegio desaliñado, aunque se esmerara en arreglarlo. Nunca había sabido hacer nada a la primera, menos esa vez. Miraba el reflejo de su propio cuerpo en la ventana oscura, su propia figura encima de aquel gordo, mientras le presionaba la cara con la almohada ya aplastada por el uso. Había tenido que observar su propio cuerpo tanto que ya le resultaba extraño. Quizás a un cuerpo extraño se lo podía hacer funcionar mejor que al propio en situaciones como aquélla. Quizá por eso le había resultado tan fácil. O a lo mejor simplemente era que se había convertido en uno de ellos, en la clase de persona que había sido aquel hombre.

Fue al cuarto de baño y se lavó las manos. Rápidamente, se puso el sujetador, las bragas, las medias y el vestido. Se aseguró de llevar la foto escondida y de que los tranquilizantes seguían en su sitio. Luego pegó la oreja a la puerta. Los hombres del jefe jugaban a las cartas, el vídeo seguía puesto, no había indicios de que se hubiesen percatado de nada extraño. Tarde o temprano lo verían y oirían todo, ya que el jefe tenía la casa llena de micrófonos y cámaras. Pero no estaba permitida la vigilancia cuando se hallaba en compañía de mujeres.

Bebió champán en una copa de cristal de bohemia, decorado con unas flores que parecían de aciano. Bien mirado, siempre había tenido al alcance de la mano toda clase de copas y vasos, bien podría haber robado uno y cortarse el cuello. O sea, podría haberse marchado mucho antes si de verdad lo hubiese deseado. Entonces, ¿significaba eso que había querido quedarse para inhalar popper y trabajar de puta? ¿Acaso Paša sólo la había guiado a la profesión que mejor le iba? ¿Sólo se había imaginado que quería escapar, que todo era horrible? ¿Le gustaba de verdad aquello, era su corazón un corazón de puta y su carácter un carácter de puta? Tal vez estaba cometiendo un error huyendo de su destino de puta, pero ya era tarde para pensarlo.

Cogió unas cuantas cajetillas de tabaco y cerillas; registró los bolsillos del jefe, pero no había dinero y tampoco tenía tiempo para un registro más minucioso.

La vivienda estaba en el último piso y se podía acceder al tejado a través de una precaria escalerilla de incendios, y desde allí al otro tramo de escalera. De ese modo evitaría a aquellos hombres de aspecto militar que montaban guardia ante la puerta. Descendió por la oscura escalera que apestaba a orina hasta llegar abajo. Se tropezó con un escalón roto y se dio de bruces en un rellano, contra una puerta acolchada con skay, cuyo relleno amortiguó el golpe. Del interior venían unas risas de niños que repetían: *babushka, babushka.* Abajo se tropezó con un gato y con unos buzones medio abiertos. La puerta de entrada chirrió. Delante había un coche negro y bien encerado que relucía incluso en la oscuridad, dentro del cual fumaba un hombre; a través del cristal se podía ver el brillo tenue de su cazadora de piel. Una canción rusa sonaba machacona. Cuando pasó ante el coche no lo miró, como si eso impidiese que el hombre la viese. Y a lo mejor así fue, porque éste siguió moviendo la cabeza sin interrupción al son de la música.

Después de doblar la esquina se detuvo un instante. Se sentía ligera, en un estado tolerable a pesar de llevar el vestido rajado y las medias llenas de carreras. Iba descalza. La gente se fijaría en una mujer descalza por la calle. No debía llamar la atención. Sin embargo, tenía que seguir adelante, no podía demorarse ni un segundo. Algunas farolas rotas proyectaban una luz intermitente y amarillenta; algunos transeúntes regresaban a sus casas. La oscuridad ensombrecía sus rostros. La zona le era completamente desconocida, tal vez había estado allí algún día con un cliente, tal vez no, el hormigón parecía igual en todas partes. Llegó a una calle más ancha, atravesada por un puente elevado. Un sucio autobús amarillo pasó traqueteando y dando bandazos, pero sus faros alumbraban tan poco que nadie la vería y, aunque la viesen, probablemente no interesaría a nadie antes de que Paša empezase a hacer preguntas y el miedo y el dinero lograsen que la gente recordarse cosas de las que en realidad uno jamás recordaría. Siempre aparecería alguien para acordarse. No existía oscuridad sin ojos.

Al autobús lo seguía un sedán Moskovits con un faro delantero fundido, y luego un Ziguli estruendoso.

La parada surgió en medio de la oscuridad tan de repente que no tuvo tiempo de rodearla o cambiar de dirección. Irrumpió abruptamente entre un grupo de personas que estaba esperando, entre las faldas cortas y las medias claras de chicas de aspecto decente que desprendían una fragancia a inocencia y abortos al mismo tiempo; sus uñas rojas arañaban la oscuridad y el futuro de una manera familiar. Su aparición repentina causó un revuelo de sorpresa, los pendientes y los lóbulos alargados de las abuelas se balancearon, y los hombres no tuvieron tiempo de proteger a las chicas rodeándolas con el brazo. Más allá del grupo se cruzó con un borracho que apestaba a colonia. Atrás quedó también el crujido de unas bolsas de plástico estampadas con divertidos veleros que parecían aproados hacia el maravilloso futuro de aquellas chicas.

Volvió entre los edificios. No podía subir descalza a un autobús. Alguien podría acordarse de una mujer sin zapatos y sin aliento. Y lo contaría. Pasó corriendo por bloques de apartamentos con rejas en las ventanas y los balcones, atravesó calles desiertas llenas de baches, pasó por solares abandonados, por contenedores de basura rebosantes, entre bolsas de pasta y masa desparramadas en la calle, por tiendas. Pisó una bolsa de kéfir medio vacía, siguió corriendo, pasó junto a una vieja que llevaba una bolsa de cebollas, por unos columpios y por un cajón de arena que olía a gato. Se cruzó con unas mujerucas cobijadas junto a un muro, piel blanca de heroinómano y rímel corrido, con niños que esnifaban pegamento y reían grotescamente, corrió sin rumbo hasta que divisó un maltrecho quiosco abierto como en una carcajada. Se detuvo. Por la ventana divisó cajetillas de tabaco, pero había un grupo de chicos con corte de pelo militar bromeando con el quiosquero. Sin dejar que la viesen, volvió sobre sus pasos y buscó una ruta nueva, dejó atrás aquella manada de chicos de aspecto castrense, allí plantados, con las piernas separadas y sus cuellos de toro. Pasó a la carrera a través del bullir de la gente y del aliento pringoso que rezumaban los bloques de cemento, lejos de los edificios colosales, lejos del gueto de las cucarachas y el siseo de las jeringuillas, hasta que llegó a una calle aún más ancha. ¿Ahora adónde? El sudor le corría por la espalda, la etiqueta de Seppälä de su vestido parecía un cojín mojado sobre la tela fina, la oscuridad rugía a su alrededor, el sudor la helaba. En algún lugar de Tallin estaba Taksopark, había oído hablar de ella a un cliente, una parada de taxis abierta día y noche. Pero ¿de qué le serviría? Los primeros en ser interrogados serían los taxistas, y ella no sabía robar coches, y menos aún conducir. Tenía que haber otro lugar, una gasolinera donde parasen los camioneros; a algún sitio tendrían que ir y ella también iría de algún modo, sin que nadie se diese cuenta. Y de repente se encontró con un camión aparcado en la carretera delante de ella. El motor estaba en marcha, la cabina, vacía, la pintura verde oscuro se mimetizaba con el entorno; con esfuerzo, se subió a la plataforma. Al cabo de un instante, el conductor salió de entre los arbustos, la hebilla de su cinturón tintineó al cerrarse. Subió a la cabina y arrancó.

Zara se agachó entre las cajas.

Las luces de la carretera apenas iluminaban. Después desaparecieron. Empezaba a levantarse niebla. Una caseta vacía de la GAI, el servicio de seguridad vial, pasó por su lado. Los pequeños reflectores que bordeaban la carretera aparecían y desaparecían uno tras otro. Un BMW los adelantó a gran velocidad y con la música a todo volumen, levantando una nube de gravilla. No había más tráfico. El conductor paró en medio de un lugar desierto y bajó. Zara observaba alrededor desde su escondite; en la oscuridad apenas distinguió la palabra «Peoleo». El conductor volvió soltando un eructo y siguieron el viaje.

De vez en cuando, los faros iluminaban señales medio caídas, pero Zara no podía leerlas. Levantó la lona que cubría la plataforma justo lo suficiente para ver el exterior y descubrió que por ese lado el camión no tenía espejo lateral. Entonces asomó la cabeza un poco más. Aquel camionero podía estar dirigiéndose a cualquier lugar, incluso a Rusia. Lo mejor sería saltar en cuanto se hubiesen alejado de Tallin. Seguramente pararía en algún sitio a orinar o a beber algo. Y entonces ¿qué? Tendría que buscar otro medio. Haría autostop. Los coches provenientes de Tallin probablemente no regresarían enseguida, todo el que salía de Tallin estaría algún tiempo fuera del alcance de Paša y sus hombres. ¿O estaba siendo demasiado optimista? Paša tenía oídos por todas partes y Zara era bastante fácil de reconocer. Si al menos consiguiese encontrar un coche con destino al extranjero... Pero entonces tendrían que cruzar la frontera en algún momento y Paša ya habría colocado a algún esbirro de guardia. Por eso sería mejor encontrar un coche que fuese al mismo sitio que Zara, conducido por alguien al que Paša nunca pudiese encontrar. ¿Cómo sería esa persona? ¿Y quién recogería a Zara en plena noche y en una carretera oscura? Alguien decente no estaría fuera a esas horas, sólo los ladrones y los hombres de negocios como Paša. Se palpó el bolsillo secreto del sujetador. La fotografía seguía en su sitio, la fotografía y el nombre de la aldea y la casa.

El camión aminoró la marcha y se arrimó al arcén. El conductor bajó y se dirigió a los arbustos. Zara descendió de la plataforma y cruzó la carretera a todo correr hasta los árboles. El camión continuó su viaje. Cuando los faros se perdieron en la lejanía, la oscuridad fue completa. En el bosque había ruidos. La hierba estaba viva. Un búho ululaba. Zara se acercó al borde de la carretera.

Enseguida empezaría a amanecer. Sólo habían pasado dos Audi a gran velocidad y con la música atronando. Desde la ventanilla de uno habían arrojado una botella de cerveza que había caído cerca de ella. No subiría en un coche occidental, pues todos pertenecían al mismo tipo de gente. ¿A qué distancia estaría ahora de Tallin? En aquel camión había perdido la noción del tiempo. El frío húmedo le entumecía los miembros, así que se frotó los brazos y las piernas, movió los dedos de los pies y los tobillos, una y otra vez. Si se sentaba tenía frío, pero le costaba mantenerse en pie. Tendría que llegar a algún sitio antes del amanecer, lejos de la mirada de la gente. A su destino, a aquella aldea, la de la abuela. Debía serenarse y mantener la misma calma que había tenido cuando, escondida entre las cajas del camión, se había prometido que, aunque aquel vehículo no se dirigiese a su aldea, ella sí lo haría.

A lo lejos se oía un coche acercarse más despacio que los de marcas occidentales. Sólo le funcionaba un faro. Impulsivamente, Zara salió de la espesura y se colocó en medio de la carretera. La tenue luz alumbró sus piernas embarradas. No se apartó porque estaba segura de que, si lo hacía, aquel Ziguli pasaría de largo. El conductor sacó la cabeza por la ventanilla; era un viejo. Se detuvo. Un cigarrillo relucía en una boquilla en una comisura de su boca.

–¿Podría llevarme hasta el pueblo? –preguntó Zara en un estonio tosco.

El hombre no contestó y ella sintió ansiedad. Le contó que se había peleado con su marido y que éste la había tirado del coche en marcha, y que por eso estaba allí, en medio de la nada. Su marido seguramente volvería a buscarla, y ella tenía miedo, porque era un hombre malo.

El viejo se quitó la boquilla de la boca, sacó la colilla, la tiró a la carretera, dijo que iba a Risti y alargó el brazo para abrir la portezuela. Zara subió con rapidez. El hombre colocó otro cigarrillo en la boquilla. La joven cruzó los brazos y juntó los muslos. El coche arrancó. De vez en cuando, conseguía entender palabras de las señales de la carretera: Turba, Ellamaa.

–¿Y por qué va a Risti? –le preguntó el hombre.

Ella respondió que iba a visitar a sus padres. Él no hizo más preguntas, pero Zara añadió que su marido no iría allí y que no quería verlo. El hombre levantó una bolsa que había al lado del cambio y se la pasó a Zara, que la cogió. El familiar chocolate de Arahiiz se derritió en su boca y un cacahuete se rompió entre sus dientes con un crujido.

–Podrías haber tenido que esperar toda la noche hasta que alguien te llevase –comentó el hombre. Y contó que venía de estar con su hija enferma, a quien había tenido que llevar al hospital esa noche, pero ahora regresaba a casa para ordeñar las vacas–. ¿Y tú de quién eres hija?

–De los Rüüteli.

–¿Los Rüüteli? ¿De qué parte?

Zara se asustó. ¿Qué podía contestar? Seguramente el viejo conocía a todos los de la zona, y si ella se inventaba una historia, él hablaría en la aldea sobre una furcia con acento ruso que decía cosas raras. Rompió a llorar. El viejo le acercó un pañuelo gastado y sucio y dejó de preguntar.

–Quizá sea mejor que vayamos a mi casa primero. Tus padres se asustarán si ven aparecer a su hija en este estado y a estas horas.

Condujo hasta su casa en Risti. Zara se apeó del Ziguli apretando contra su costado un mapa que había en la guantera. Quería preguntarle si conocía a Aliide Truu, pero no se atrevía. El hombre se acordaría de sus preguntas, y podría llevar a quienes la buscaban hasta Aliide Truu y hasta ella. Una vez dentro, él le dio un vaso de leche, puso pan y salchichas en la mesa y le dijo que en cuanto comiese se fuese a dormir.

–Después de ordeñar las vacas por la mañana te llevaremos a tu casa. Sólo faltan unas horas.

Luego le dio unas mantas y se metió en su habitación. Cuando empezó a roncar, Zara se levantó, fue a tientas hasta la nevera que zumbaba en un rincón y cogió de encima una linterna en la que se había fijado mientras cortaba la salchicha. Funcionaba. Extendió el mapa sobre el suelo de la cocina. Risti no estaba lejos de su destino. Aún quedaba un trecho hasta Koluveri, pero tenía que resistir. El reloj de encima de la nevera marcaba las tres. Al lado de la entrada encontró unas botas de goma de hombre y unas zapatillas de mujer más pequeñas. Se calzó las zapatillas. ¿Habría una chaqueta por alguna parte? ¿Dónde guardaría aquel hombre su ropa de abrigo? Se oyó un ruido proveniente de la habitación; tenía que marcharse. Abrió la ventana de la cocina, ya que no tenía la llave de la puerta, trepó al alféizar y salió. En su boca todavía persistía un sabor raro. Su mandíbula se había paralizado en cuanto había mordido el primer trozo de pan, y el hombre se había reído. Comentó que a la muchacha no debía de gustarle el comino, como a muchas personas. A sus nietos tampoco. Le había ofrecido otra clase de pan, pero Zara había preferido el de comino. Pronto el viejo despertaría y se daría cuenta de que aquella furcia le había robado un mapa, una linterna y unas zapatillas. Zara se sentía fatal.

1992, oeste de Estonia

Zara busca un camino que tiene al final más sauces blancos de lo normal

El mapa era confuso, y sin embargo encontró la estación de ferrocarril de Risti. Desde allí, cogió la carretera que según sus cálculos iba a Koluveri. Al principio del camino corrió, tenía que alejarse cuanto antes de la zona habitada, aunque las luces no estuviesen encendidas. Los perros ladraban casa por casa, y los ladridos la siguieron hasta que la carretera de Koluveri se abrió ante ella. Entonces aminoró el paso para poder aguantar hasta el final, pero aun así caminó a buen ritmo. Calculó sobre el mapa que le quedaban unos diez kilómetros. De vez en cuando, se paraba y fumaba un cigarrillo. Le había robado al viejo una caja de cerillas; en la tapa había un anciano sonriendo y tocado con un sombrero parecido a una chistera, aunque en la oscuridad no se distinguía bien. El bosque respiraba y tosía alrededor de Zara, el sudor se le enfriaba y calentaba, y en cada alto le parecía como si la difunta princesa de Koluveri le echase el aliento en la nuca. Se llamaba Augusta, la abuela le había hablado de ella; había ido desde Risti hasta el castillo de Koluveri con los ojos hinchados de tanto llorar y allí se había suicidado. En la habitación donde había muerto, siempre hacía más frío que en las otras estancias y por sus paredes corrían las lágrimas de Augusta. Las nubes negras avanzaban como barcos de guerra, la luz de la luna deslumbraba. La humedad se filtraba en las zapatillas, y a veces se imaginaba que oía un coche, así que se precipitaba en el bosque, y las zapatillas se le hundían en la cuneta y los cardillos le arañaban la piel. La carretera no tenía desvíos, pero sus pensamientos se cortaban y enlazaban, se iluminaban y oscurecían. Olisqueaba en busca de olor a pantano. Cerca, en algún lugar, tenía que haber un pantano. ¿Cómo eran los pantanos de Estonia? ¿Encontraría la casa correcta? ¿Quién viviría en ella? ¿Existiría siquiera esa casa? Y en caso negativo, ¿qué haría después? Su abuela le había contado que corrían muchas habladurías sobre la muerte de Augusta. Decían que tal vez no había sido un suicidio. Tal vez la habían matado. Según el médico, la princesa había muerto por un trastorno hemorrágico hereditario, pero nadie se lo creía, porque antes de su muerte se habían oído los terribles gritos de una mujer procedentes del castillo, que habían petrificado de miedo a los campesinos en los campos, las vacas habían dejado de dar leche y las gallinas no habían puesto huevos durante una semana. Zara apretó el paso, las suelas de sus zapatillas volaban, sus pulmones se hinchaban. Unos decían que la zarina se había puesto celosa de la guapa princesa y había mandado apresarla. Otros opinaban que la habían llevado al castillo de Koluveri para ponerla a salvo del loco de su marido. Sea como fuere, la princesa había muerto prisionera, gritando en su desgracia. El mapa ya había desaparecido de la mente de Zara, aunque era simple y había intentado memorizarlo. O quizás era tan simple que no tenía nada especial que memorizar, pero aun así ya no pensaba en él. ¿Por qué nadie había ayudado a la princesa? ¿Por qué nadie la había sacado del castillo, ya que todos habían oído su llanto? Ayúdame, Augusta, ayúdame a encontrar mi destino. Ayúdame, Augusta, repetía para sí, y los rostros de Augusta, de Aliide y la abuela se mezclaban en uno solo y no se atrevía a mirar a los lados, porque los árboles del bosque se movían, sus ramas se estiraban hacia ella. ¿Querría Augusta que la acompañase para siempre en los pantanos por los que ella deambulaba? La neblina matinal empezaba a pegarse a sus mejillas, tenía que correr más rápido, tenía que llegar antes del alba o toda la aldea la vería. Debía inventarse alguna historia para la persona que ahora vivía en la casa de la abuela. Y después buscaría a Aliide Truu; tal vez el morador de la casa pudiese ayudarla. También tenía que inventarse una historia para Aliide, pero lo único que ocupaba ahora su mente era la princesa Augusta, la historia de una mujer loca y ahogada por el llanto. Tal vez ella misma también estuviera loca, porque ¿quién aparte de una enajenada correría por una carretera desconocida a través de un bosque, en pos de una casa de la que sólo había oído hablar y sobre cuya existencia no podía estar segura? Una franja de sembrado. Una casa. Pasó corriendo por delante. Otra casa. Una aldea. Perros. Los ladridos se sucedían de una casa a la otra. Los pajares, las casas, los establos y los baches de la carretera latían en el fondo de sus ojos descompasados con su pulso. Intentó caminar por la cuneta, pero se enganchó en los alambres de espino y en un arbusto de moras, se soltó, volvió a la carretera, el olor húmedo de la piedra caliza, baches y charcos en la calzada, tenía que correr más rápido de lo que ladraban los perros. La bruma matutina se pegaba a su piel, la neblina en las membranas de sus ojos, la noche apartaba poco a poco su cortina de oscuridad, el perfil de una aldea irreal se recortaba contra el horizonte, jadeaba a su alrededor. Al final del camino que llevaba hasta la casa habría muchos sauces blancos. Más de lo normal. Y justo donde comenzaba el camino, un gran bloque de piedra. ¿Empezaría la historia de Zara, su nueva historia, junto a la verja de aquella casa?

CUARTA PARTE

Liberado en el momento
en que otro mundo nace.

PAUL-EERIK RUMMO

Octubre de 1949

¡Por una Estonia libre!

Releo las cartas de Ingel. Echo de menos a mis chicas. Me siento un poco más aliviado ahora que sé que les va bastante bien allá lejos. La verdad es que envían muchas cartas. La última vez que llevaron gente a Siberia sólo llegaban una o dos cartas al año y no traían buenas nuevas.

Tendríamos que haber talado los árboles para hacer las barricas. Ahora habría sido el momento adecuado, dentro de poco empezará la luna creciente y después será tarde. ¿Cuándo podré hacer las barricas nuevas para mi casa? ¿Cuándo podré volver a cantar? Dentro de poco, mi garganta ya no será capaz de hacerlo.

Hay luna llena y no puedo dormir. Tengo que decirle a Liide que es el momento de preparar la leña. La leña cortada con la luna llena se seca bien. Total, ese marido suyo no entiende de esas cosas, sabe tanto sobre los trabajos de una casa de campo como Liide sobre trabajos manuales. Me remendó un calcetín agujereado que me había hecho Ingel. Ahora no puedo ni ponérmelo.

Si tan sólo tuviese el jugo de moras que preparaba Ingel...

Truman ya debería haber llegado.

Tengo ganas de dar patadas a la pared, pero no puedo.

HANS PEKK,
hijo de EERIK,
campesino de Estonia

1992, oeste de Estonia

¿Cómo pueden volar en la oscuridad?

Las cebollas ya estaban suficientemente cocidas. Aliide añadió a la olla azúcar, sal y vinagre. Con el rábano picante le habían llorado los ojos, y a Zara también, así que abrió la puerta para ventilar. La joven se decidió a preguntarle algo directamente. Tal vez sería bueno empezar por Martin, no por su abuela. Pero no pudo pensar más, porque un coche que se acercaba hizo palidecer a ambas.

–¿Estás esperando una visita?

–No. Es un coche negro.

–Dios mío, son ellos.

Aliide cerró la puerta de un golpe y echó el cerrojo. Después se apresuró a pasar el pestillo de la puerta de la despensa y corrió las cortinas.

–Se marcharán en cuanto comprueben que aquí no hay nadie.

–No se irán.

–Claro que sí. ¿Para qué iban a esperar ahí fuera si ven que no hay nadie? Nadie te vio venir, ¿verdad?

–No.

–Bueno. Mañana tampoco saldrás fuera, por si acaso rondan por aquí, aunque no hay mucho que rondar en una aldea medio desierta.

Zara negaba enérgicamente con la cabeza. Ellos no tendrían duda de que se encontraba allí si veían que la casa estaba vacía. Imaginarían que estaba escondida, romperían la cerradura y rebuscarían hasta dar con ella.

–¡Te harán daño!

–Tranquilízate, Zara, tranquilízate. Ahora, haz lo que te digo.

En contraste con su aspecto frágil, la anciana parecía muy resuelta, joven y vieja al mismo tiempo. Fue hasta el armario y agarró la esquina del mueble como si lo hiciera todos los días.

–A ver, ven a echarme una mano.

Arrastraron el armario que tapaba la puerta del escondite y Aliide tiró de ella poco a poco hasta abrirla.

Después de meter a la vacilante muchacha en el cuartucho, la anciana se llevó las manos al pecho. El corazón le latía con fuerza. No fue capaz de apurar un vaso de agua, pero consiguió beber un poco, se secó la cara con un pañuelo y se ató el pañuelo a la cabeza. Tenía el pelo tan sudado que resultaría sospechoso si no se lo tapaba: aquellos hombres podrían suponer que Aliide estaba sudando de miedo. Eso en caso de que buscaran a Zara. ¿Y si quienes venían en aquel coche eran los gamberros que tiraban piedras y entonaban canciones ante su ventana? ¿Habrían decidido hacer su último viaje hasta su casa y acabar con todo de una vez?

El coche se acercaba despacio, seguramente por los baches del camino.

Zara estiró los brazos dentro del cuartucho y tocó al mismo tiempo las paredes laterales con los dedos. De abajo subía un hedor a humedad. Las paredes estaban húmedas. El aire olía a cerrado, faltaba oxígeno, había una mezcla de moho y óxido. Y allí estaba ella. Si le hacían algo a Aliide, probablemente nunca pudiera salir. Gritaría para que alguien la oyese. No, no gritaría. Se quedaría allí y nunca podría contarle a su abuela cómo andaban las cosas por casa. ¿Por qué se le había acabado el tiempo tan pronto? Tendría que haber sido más dura, más parecida a

Paša. Él seguro que conseguiría que Aliide se lo contase todo. Le pegaría y ella confesaría. Tal vez Zara tendría que haber usado esa clase de trucos para enterarse de por qué Aliide estaba tan enfadada con la abuela, y por qué su madre insistía en que no tenía ninguna tía. Si la anciana se hubiese mostrado menos amable con ella, si no le hubiese servido café aromático y no le hubiese preparado el baño, Zara podría haberse enfadado más. Había pasado tanto tiempo desde que alguien la había tratado con amabilidad... Eso la había ablandado, aunque tenía que haber sido dura, recordar el poco tiempo que le quedaba y obrar en consecuencia.

Pegó la oreja a la rendija de la puerta. Pronto llamarían. ¿Los dejaría entrar Aliide?

La anciana abrió las cortinas, extendió un periódico sobre la mesa y colocó al lado su taza de café, como si estuviese leyendo el *Nelli Teataja* y desayunando tranquilamente. ¿Habría quedado alguna huella de Zara en la cocina? No, nada. Aliide ni siquiera había tenido tiempo de poner la mesa para las dos. Que viniesen, que viniesen todos, los esbirros de los mafiosos, los soldados, los rojos y los blancos, los rusos, los alemanes y los estonios, que viniese cualquiera. Aliide se las arreglaría. Siempre lo había hecho.

Las manos no le temblaban. Aquel temblor que había empezado la noche del ayuntamiento cesó cuando su cuerpo envejeció lo suficiente para que a nadie le interesara hacerle lo que le habían hecho aquella vez. Y como Talvi estaba fuera, ya no había nadie por quien tener miedo. Sintió un tirón en la muñeca. Muy bien, ya tenía otra vez a alguien en el cuartucho, a alguien a quien cuidar. De carnes prietas y tez suave, alguien que olía a joven. Una criatura asustadiza. ¿Se habría parecido a ella alguna vez? ¿Se había tapado los pechos de la misma manera con las manos? ¿Se había sobresaltado por cualquier cosa? ¿Se le habría petrificado la mirada ante cada ruido inesperado? Cierto sentimiento de aversión hacia la muchacha le revolvió el estómago.

El coche pareció parar al lado del sembrado. Bajaron dos desconocidos; no eran los chicos de la aldea, desde luego. ¿Qué estaban haciendo? ¿Admirando el paisaje? Parecían estar midiendo el bosque y encendieron cigarrillos con gesto tranquilo, como todos. Los hombres que calzaban botas de cuero curtido al cromo siempre estaban tranquilos al principio. El hombro de Aliide se movió espasmódicamente. Se lo frotó con la otra mano. Tenía el pañuelo húmedo en las sienes.

Llamaron a la puerta. Golpes decididos. Golpes de alguien acostumbrado a mandar.

Sobre la cocina, la cacerola con tomate y cebolla empezó a hervir. El rallador estaba encima del plato. Aún quedaba medio tomate sin picar. Aliide metió el tomate y el cuchillo entre las legumbres picadas y agarró el rallador con la otra mano. Todo en la cocina daba a entender que se hallaba en plena preparación de las conservas, pero ella, presa del pánico, había intentado simular que estaba tomando café despreocupadamente. Llamaron otra vez. Aliide empujó el plato de rábano picante a un lado de la mesa, el del cajón donde descansaba la Walther de Hans. Se llenó los pulmones del aire impregnado de rábano picante; le ardía todo el cuerpo, los ojos empezaron a llorarle, pero se los enjugó y por fin abrió la puerta. Las bisagras chirriaron, las cortinas se agitaron, el viento hizo ondear su delantal, sintió el metal del picaporte bajo sus dedos. Fuera brillaba el sol. El hombre la saludó. Tras él había otro de más edad que asimismo saludó. Aliide percibió el olor a oficial del KGB mezclado con el del rábano picante. Ese olor fue como un bofetón, igual que un sótano que huele a cerrado, y enrareció el aire. Empezó a respirar por la boca. Conocía a aquella clase de hombres. Eran de los que saben castigar a una mujer, y precisamente habían venido para eso. Hombres de porte insolente, con una amplia sonrisa repleta de dientes de oro, de uniforme tieso y galones bien rectos; el porte de quienes saben que el otro no opondrá ninguna resistencia. El porte de quienes calzan botas capaces de pisotear cualquier cosa.

El más joven quería entrar. Aliide se apartó de la puerta y fue a sentarse a la mesa, delante del plato de rábanos picantes. Dejó el rallador encima del plato y mantuvo la mano izquierda encima del mantel de plástico y la derecha sobre el regazo, bien cerca del cajón.

El hombre se sentó sin que nadie lo invitase y pidió agua. El del KGB no entró, probablemente fue a dar una vuelta alrededor de la casa. Aliide le dijo que se sirviese del cubo, aunque en el jardín había agua fresca del pozo.

–Aquí tenemos muy buena agua y un pozo profundo –comentó.

El hombre se levantó y bebió un vaso de un trago. El rábano picante también le escocía en los ojos y lo hacía parpadear, la irritación se le notaba en los movimientos. Aliide empezó a inquietarse, el corazón en un puño, pero el hombre hablaba un poco de todo y caminaba por la cocina despreocupadamente. Se paró delante de la puerta de la habitación y la abrió de una patada. La puerta golpeó contra la pared, que vibró. El barro seco de su bota de infantería quedó esparcido por el suelo. No cruzó el umbral, sino que volvió a la cocina, fue a la nevera pisando con sus botas con aire chulesco y hojeó los papeles que había por allí. Se acercó despacio a la alacena, levantando objetos de las estanterías, las tapas de los botes, le dio vueltas en las manos a una taza, a un bote de champú finlandés y a la pastilla de jabón Imperial Leather. Después encendió un cigarrillo, un Marlboro, y dijo que era de la policía.

–Paša Alexandrovich Popov –se presentó, y le tendió su documentación.

–Hay muchos documentos falsificados en circulación –dijo ella, devolviéndole los papeles sin mirarlos.

–Suele ocurrir –sonrió Paša–. A veces es sano sospechar. Pero por su propia seguridad será mejor que preste atención.

–Aquí no hay nada que robar.

–¿Ha visto a una chica desconocida?

Aliide lo negó y empezó a hablar de la tranquilidad del lugar. El hombre sorbió por la nariz y entornó los ojos para contener el lagrimeo. El rábano picante seguía extendiendo su aroma. Aliide le sostuvo la mirada, no la esquivaría, no. El hombre tenía los párpados inferiores enrojecidos y a ella se le había formado una legaña en el rabillo del ojo, que supuraba. Siguieron mirándose fijamente hasta que él se dirigió a la puerta y abrió. Entró una ráfaga de viento. El hombro de Aliide se contrajo en un espasmo. Por un instante, el hombre permaneció de pie ante la puerta abierta, mirando el jardín. Su cazadora de piel se hinchaba con el aire. Al volverse, su mirada era más serena y fría. Sacó del bolsillo unas fotografías y las extendió encima de la mesa.

–¿Ha visto a esta mujer por aquí? Estamos buscándola.

Zara no se atrevía a moverse. Las voces se oían mal desde el cuartucho. Oyó a Aliide hablar ruso tras abrir la puerta, saludar y mostrarse amable. Paša le comentó que habían hecho un largo recorrido en coche y que tenían sed, y continuó charlando de todo un poco. Las voces se alejaron y se acercaron y la anciana le preguntó si a su amigo le gustaban los jardines. Paša no la entendió. Aliide dijo que por la ventana veía a su amigo merodeando por su jardín. Lavrenti andaría husmeando por allí. Tenía que ser él. ¿O Paša habría ido con otro? Improbable. Paša aseguró que su amigo era un poco simplón y que no valía la pena hacerle caso. Aliide manifestó su preocupación por si pisaba los parterres.

–No se preocupe, le gustan los jardines. –La voz de Paša sonó muy cerca de repente. Zara se quedó paralizada–. Entonces ¿no ha visto por aquí a una chica desconocida?

Zara contuvo la respiración. El polvo se le metía en la garganta seca. No podía toser, no. Aliide contestó que era un sitio tranquilo y que si llegaba algún forastero enseguida se sabía. Paša repitió la pregunta. A Aliide le sorprendió la insistencia. ¿A una chica joven? ¿A una chica joven desconocida? ¿Y por qué? Las palabras de Paša le llegaban confusas. Mencionó el pelo rubio. La voz de Aliide se oía claramente. No, ella no había visto por allí a ninguna rubia. Paša tenía una fotografía de la chica. ¿Qué fotografía sería? ¿Andaría Paša por todo el país enseñando su fotografía? ¿Qué clase de foto? La voz de Paša volvió a acercarse y Zara temió que los latidos de su corazón se oyesen a través de la pared. Paša tenía un oído muy fino.

–¿Hay alguna razón para suponer que la chica pueda andar por aquí?

Paša debió de apartarse un poco. La pared sólo filtraba sonidos dispersos.

–Mire...

¿Estaría enseñándole aquellas fotografías? Porque ¿qué otras fotos iba a mostrarle aparte de aquéllas? Y cuando Aliide las viese...

De repente, Zara tuvo una arcada. Le vino a la boca el sabor a esperma. La cerró con rapidez. ¿La habrían oído desde la cocina? No, la conversación seguía colándose como un murmullo continuo. Esperaba oír un grito de horror de Aliide, ya que la anciana no podría reaccionar de otra manera cuando viese aquellas instantáneas. ¿Las habría extendido Paša sobre la mesa poco a poco, una por una, o le habría pasado el montón directamente? No; las depositaría encima de la mesa una por una, como en un solitario, la obligaría a mirarlas. La anciana las contemplaría fijamente, en especial la de aquella expresión que Paša le había enseñado: con la boca abierta, la lengua fuera y todos aquellos vibradores alrededor. Y entonces Aliide se lo contaría todo, porque para entonces ya la odiaría. Vería su inmundicia y querría echarla de su casa. Iba a pasar, seguro que sí, pronto

Paša abriría la puerta y, allí, plantado a contraluz, reiría, y ése sería el fin.

Zara se retiró hacia el fondo del cuartucho, se pegó a la pared y esperó. La oscuridad quemaba, su pelo corto se había puesto de punta. Aliide había visto las fotos. La humillación la hacía encogerse y su piel la estrangulaba, como si estuviese cubierta de heridas que hubieran cicatrizado tirantes. Ahora la puerta se abriría de golpe. Tenía que cerrar los ojos para que se quedasen en el fondo de sus órbitas, concentrarse en abstraer su mente: ella era una estrella, la oreja de Lenin, un pelo en el bigote de Lenin, en el bigote de un cartel de cartón, era la esquina del marco del cartel, una floritura desprendida de su marco de yeso en el rincón de una habitación. Era polvo de tiza sobre una pizarra, a salvo dentro de un aula, era el extremo de un puntero para señalar los mapas...

Las fotografías estaban reveladas en papel fotográfico occidental, tenían ese brillo; el reluciente pintalabios de Zara destacaba sobre el opaco mantel de hule. Las pestañas duras como palillos parecían pétalos extendidos alrededor de los ojos, cuyos párpados se veían pintados descuidadamente con sombra azul pastel. Las espinillas destacaban rosadas, aunque la piel en sí parecía seca y fina. El elástico del cuello estaba destensado, como si alguien hubiese tirado de él.

–No la he visto nunca –dijo Aliide.

El hombre no dejó que eso lo perturbase. Siguió hablando y sus palabras pesaban como las botas de un gigante.

–Todo el mundo está buscándola en este momento.

–¿Ah, sí? Yo no he oído nada, y eso que siempre tengo la radio encendida.

–Nuestra intención es arreglar el asunto discretamente. Hacer que salga de su escondite. Si no se imagina que están buscándola, tendrá menos cuidado.

–Oh.

–Esta mujer es una peligrosa criminal.

–¿Peligrosa?

–Ha cometido graves delitos.

–¿Cómo de graves?

–Mató a su amante en su propia cama, a sangre fría.

El del KGB volvió del jardín; se quedó de pie detrás del otro y sacó más fotografías de su cazadora de piel, que colocó encima de la mesa, encima de las anteriores.

–Éste es el muerto. Por favor, mírelas y piense de nuevo si ha visto a esta mujer.

–No la he visto nunca.

–Haga el favor y mire las fotografías.

–No me hace falta. Ya he visto cadáveres muchas veces.

–La chica parece muy inocente, pero lo que le hizo a su amante... Él le tenía mucho cariño, y ella lo asfixió sin ninguna razón, con una almohada sobre la cara mientras dormía. Usted vive sola, ¿verdad? Imagínese que está durmiendo plácidamente, teniendo un sueño agradable, y que no vuelve a despertar nunca. Cualquier noche de éstas... Si uno no lo espera, no es capaz de defenderse.

La mano de Aliide se había abierto camino poco a poco bajo el mantel de hule. Los dedos rodearon el tirador del cajón preparándose para abrirlo lentamente. Debería haber sacado la pistola antes y haberla dejado encima de la silla para tenerla a mano. El rábano picante, blanco y troceado que tenía delante olía tan fuerte que se superpuso al olor a sudor del ruso. El hombre que se había presentado como Popov se apoyó contra la mesa y miró a Aliide fijamente.

–Vale –dijo ella–. Les llamaré si viene por aquí.

–Tenemos razones para creer que vendrá.

–¿Y por qué iba a venir justo aquí?

–Porque es de su familia.

–Vaya cuentos que tenéis –rió Aliide, y su risa resonó contra el borde de su taza de café.

–La abuela de la chica vive en Vladivostok y se llama Ingel Pekk. Es su hermana. Y lo más importante es que la joven habla estonio, lo aprendió de ella.

¿Ingel? ¿Por qué la mencionaba aquel hombre?

–Yo no tengo ninguna hermana.

–Según estos documentos sí, tiene una.

–No sé por qué han venido aquí a inventarse estas historias, pero...

–Sucede que esta mujer, Zara Pekk, ha cometido un asesinato en este país, y, por lo que sabemos, carece de otro contacto aquí. Está claro que vendrá en busca de una tía a la que consideraba perdida. Cree que usted no sabe nada, pues no se ha dado la noticia del crimen ni en la radio ni en los periódicos, así que acudirá aquí.

¿Pekk? ¿El apellido de la chica era Pekk?

–Yo no tengo ninguna hermana –repitió Aliide.

Sus dedos se habían enderezado, su mano había vuelto a reposar en su regazo. Ingel estaba viva.

–¿Dónde está la chica? –gritó Paša de pronto, tirando la silla al suelo de una patada.

–¡No he visto a ninguna chica!

La menta, que se secaba encima de la cocina de leña, crujía ligeramente con la brisa. La corriente de aire movía las caléndulas, extendidas sobre los periódicos. Las cortinas oscilaban. El hombre se pasó una y otra vez la mano por la calva e intentó recuperar un tono amable.

–Estoy seguro de que usted entiende la gravedad del crimen cometido por Zara Pekk. Por su propio bien, llámenos en cuanto aparezca. Que tenga un buen día. –Se detuvo en la puerta–. Zara Pekk vivía con su abuela hasta que se fue a Occidente a trabajar. Se dejó el pasaporte en el lugar del crimen, junto con su cartera y su dinero. Necesita que alguien la ayude. Usted es su única salida.

La sensación de impotencia dejó a Zara postrada en el suelo del cuartucho.

Las paredes jadeaban, el suelo resollaba, las tablas rezumaban humedad. El empapelado rechinaba.

Notaba algo en la mejilla, tal vez las patas de una mosca. ¿Cómo podían volar en la oscuridad?

Ahora Aliide lo sabía.

1949, oeste de Estonia

Aliide escribe cartas con buenas noticias

No hubo noticias de Ingel y, para aplacar la intranquilidad de Hans, Aliide empezó a escribirle cartas en su nombre. No soportaba que él le preguntara a diario si había oído algo sobre Ingel, si había llegado alguna carta, y tampoco sus especulaciones sobre qué podría estar haciendo y dónde. Aliide se sabía de memoria las frases típicas de su hermana y su manera de contar las cosas, además de que imitar su letra era fácil. En la primera carta, escribió que había encontrado un mensajero de confianza y que les permitían recibir paquetes. Hans se alegró y Aliide le enseñó cuanto había conseguido juntar para mandárselo en paquetes bien abultados, gracias a los cuales Ingel se las arreglaría bien. Después, a Hans se le ocurrió que también podría mandarle su saludo junto con el paquete, mediante detalles que sólo podían provenir de él.

–Ve a buscar una rama de aquel sauce que crece al lado de la iglesia. La meteremos en el paquete. Nos vimos por primera vez debajo de él.

–¿Ingel se acordará?

–¿Cómo no va acordarse?

Aliide cortó una rama del sauce más próximo.

–¿Sirve ésta?

–¿Es del que está al lado de la iglesia?

–Sí.

Hans se acercó las hojas a la cara.

–¡Qué olor más maravilloso!

–El sauce no huele a nada.

–Pon también una rama de abeto.

Hans no quería decirle por qué era tan importante la rama de abeto y Aliide tampoco quiso saberlo.

–¿Alguien más ha tenido noticias de Ingel? –inquirió él.

–No creo.

–¿Has preguntado?

–¿Estás loco? ¡No puedo andar por el pueblo haciendo preguntas sobre Ingel!

–A alguna persona de confianza. A lo mejor le ha escrito a alguien.

–¡Ni lo sé ni voy a preguntarlo!

–Nadie se atreve a contarte nada si no preguntas. Eso es porque eres la mujer de ese cerdo comunista. Si preguntases, la gente no creería que...

–Hans, intenta comprender. Nunca pronuncio en voz alta el nombre de Ingel fuera de esta casa. Jamás.

Hans desapareció en el cuartucho. Hacía semanas que no se afeitaba.

Aliide empezó a escribir buenas noticias.

¿Cómo de buenas podían ser esas noticias?

Al principio escribió que Linda ya había empezado el colegio y que le iba muy bien. Que en la misma clase había más niños estonios.

Hans sonreía.

Después, que le había salido un trabajo de cocinera y siempre tenían comida.

Hans suspiró aliviado.

Aliide le contó entonces que gracias a su trabajo de cocinera le era fácil ayudar a otra gente. Que al koljós habían llegado personas a quienes empezaba a temblarles el labio inferior al enterarse de cuál era el trabajo de Ingel, y se les humedecían los ojos al pensar que estaba todo el día cerca del pan.

Hans frunció el ceño.

Aliide se había equivocado al escribir eso, pues hacía hincapié en que los alimentos escaseaban.

A continuación, escribió que el pan ya no estaba racionado y que las cuotas de comida habían desaparecido.

Hans se sintió aliviado. Aliviado por Ingel.

Aliide intentó no pensar en ello y encendió un cigarrillo de liar para disimular el olor a otro hombre en la cocina antes de que llegase Martin.

1992, oeste de Estonia

Aliide impide que el azucarero caiga al suelo

El coche se alejó. Aliide oyó golpes en la puerta del zulo. El armario temblaba y la vajilla que contenía tintineaba; el asa de la taza de café favorita de Ingel golpeó contra el azucarero de cristal de Aliide, que se sacudió, y el azúcar pegado a uno de los lados empezó a desprenderse. Aliide se quedó quieta ante el armario, oyendo las enérgicas e inútiles patadas de una persona joven. Encendió su radio VEF, que le devolvió un chasquido. Las patadas se intensificaron. La anciana subió el volumen.

–¡Paša no es policía! ¡Y tampoco es mi marido! ¡No creas nada de lo que te ha contado! ¡Déjame salir!

Aliide se pasó los dedos por la garganta. Sentía la laringe como liberada, pero por lo demás no estaba segura de qué sentía. Parte de ella había regresado a décadas atrás, a aquel momento delante de la oficina del koljós, cuando toda su fuerza se le había escurrido por las piernas hasta la arena. Ahora, debajo, sólo tenía el suelo de cemento de la cocina. Rezumaba un frío que se le colaba por los pies y le penetraba hasta la médula, igual que lo que habrían experimentado en el campo de internamiento de Arkangel. Cuarenta grados bajo cero, una niebla espesa sobre el agua, la humedad metida en los huesos, las pestañas y los labios llenos de escarcha, en la piscina donde se clasificaba la madera para el aserradero, los troncos como cadáveres, los que trabajaban allí con el agua hasta la cintura, una niebla interminable, un frío interminable, todo aquello interminable. Alguien lo había contado en susurros en el mercado. No a ella, pero su oído se había agudizado con el paso de los años y era tan bueno como el de los animales. Había querido enterarse de más. Los ojos rodeados de profundas arrugas de quien hablaba eran tan oscuros que no se diferenciaba el iris de la pupila, unos ojos que la miraron fijamente, como si supieran que ella lo había oído todo. Había ocurrido en 1955, en pleno proceso de rehabilitación. Se había alejado corriendo, con el corazón desbocado.

La puerta del zulo estaba siendo golpeada con pies y manos.

La niebla se disipó del suelo de cemento.

¿Acaso Zara había ido allí para vengarse?

¿La había mandado Ingel?

Aliide fue a coger el azucarero, que estaba a punto de caer.

1950, oeste de Estonia

Hans nota el sabor de un mosquito

Aliide percibió el temblor cuando estaba limpiando la despensa: la vajilla empezó a tintinear, el bote de miel traqueteaba contra la madera, una taza resbaló por el borde de la estantería y se hizo añicos contra el suelo. Era de Martin, y por todas partes había esquirlas, que crujieron cuando Aliide pisó lo que quedaba del asa con uno de sus chanclos de goma. Hans gemía. Aliide trató de pensar. Si Hans había enloquecido, ¿sería demasiado peligroso subir al altillo y abrirle? ¿La atacaría? ¿Saldría corriendo hacia la aldea, lo llevarían preso y confesaría todo? ¿O acaso alguien había entrado en el establo de las vacas y había subido al escondite?

Escupió la saliva ennegrecida por el carbón y se enjuagó la boca con agua, se pasó la lengua por los labios y se encaminó al establo. El techo temblaba, la escalerilla se balanceaba, la linterna que colgaba parecía a punto de caer. Subió por la escalerilla. Las balas de heno se movían.

–¿Hans?

Los gemidos se interrumpieron un momento.

–¡Déjame salir!

–¿Qué pasa?

–¡Déjame salir! Sé que Martin no está en casa.

–No puedo abrir si primero no me cuentas qué te pasa.

Silencio.

–Liide, por favor.

Ella abrió. Hans salió tambaleándose. El sudor le chorreaba, tenía la ropa mojada y un pie descalzo y lleno de moratones.

–A Ingel le pasa algo.

–¿Qué dices? ¿Cómo se te ocurre?

–He tenido un sueño.

–¿Un sueño?

–Ingel tenía un cuenco en la mano, se lo llenaban de sopa y, antes de que la sopa hubiese caído en el cuenco, una nube de mosquitos lo cubría. He sentido en la boca su sabor, caliente y dulce, el sabor de la sangre. Y después estaba en otro lugar, en la habitación había mucho vapor e Ingel empezaba a quitarse la chaqueta, llena de piojos, tan llena que no se distinguía la tela.

–Hans, era una pesadilla.

–¡No! ¡Ha sido una visión! ¡Ingel intentaba hablarme! Su boca se quedaba entreabierta y me miraba directamente a los ojos e intentaba abrirla más, mientras yo trataba de entender lo que decía. Pero me he despertado antes de conseguirlo. Aún tenía en la boca el sabor a mosquito y sentía en mi propia piel aquellos piojos.

–Hans, Ingel te escribió que todo iba bien, ¿recuerdas?

–He intentado conciliar el sueño de nuevo, para saber qué quería decirme Ingel, pero los piojos me picaban.

–¡Si no tienes piojos! –Aliide advirtió en ese instante que el cuello, los brazos y la cara de Hans estaban llenos de arañazos sangrantes y que tenía rojas las yemas de los dedos–. Hans, escúchame bien. No puedes seguir teniendo ataques así, ¿me entiendes? Estás haciendo que todo peligre.

–¡Era Ingel!

–Era una pesadilla.

–¡Una visión!

–Era una pesadilla. Ahora tranquilízate.

–Hay que sacar a Ingel de allí.

–No le pasa nada. Volverá, pero entretanto tienes que mantenerte escondido y sereno. ¿Qué pensaría Ingel si te viese en este estado? Supongo que querrás que le devuelvan al mismo Hans Pekk con el que se casó. ¡Ella no querrá a un loco!

Aliide le cogió la mano y se la apretó. Los dedos de él estaban flácidos y helados. Tras un instante de vacilación, lo abrazó. Poco a poco, Hans fue relajando los músculos, su pulso se estabilizó y después sujetó a Aliide por los hombros.

–Perdóname.

–No pasa nada.

–Liide, esto no puede seguir así.

–Ya se me ocurrirá algo, te lo prometo.

Las manos de Hans la apretaban.

Su cuerpo era el adecuado; sus manos, las adecuadas.

Aliide lo habría dado todo si en ese momento hubiese podido llevarse a Hans a la habitación, a una cama de verdad, para quitarle la ropa empapada de sudor frío y limpiarle con la lengua el olor a terror que rezumaba su piel.

Siempre había confiado en que Hans sabría contenerse, pero ahora ya no estaba segura. ¿Y si volvía a tener visiones cuando Martin estuviese en casa? Aunque su marido trabajaba de día, cualquier vecino de la aldea podía ir de visita. ¿Y si a Hans no le daba la gana de subir al altillo y provocaba un alboroto, o si salía corriendo por la puerta, quizá directamente a los brazos de los hombres de la NKVD?

Aliide reunió algunos objetos en un hatillo y lo escondió en el recibidor, detrás de cosas que Martin no tocaría, como lino y otras cosas de mujeres. Si lo necesitaba, tendría tiempo de cogerlo cuando saliera por la puerta. Difícilmente la harían pasar por ningún otro lado. A menos que a Hans le diese un ataque justo cuando ella estuviese en la habitación y Martin en la cocina. Entonces Aliide se vería obligada a escapar por la ventana. Tal vez fuera una buena idea preparar otro hatillo y dejarlo allí. Pero aunque lograra llevárselo consigo, ¿adónde huiría? Hans podía matar a Martin de un disparo en cuanto éste abriese la puerta del cuartucho, pero ¿de qué serviría? ¿Y si hubiese alguien de visita en ese momento? Suponiendo que consiguiese escapar, tarde o temprano acabarían por cogerla y se la llevarían para interrogarla. Si Martin se enteraba, la entregaría a los chequistas sin vacilar, no le cabía la menor duda, y aquellos hombres creerían que Hans era su amante y querrían saber cómo y cuándo y dónde. Tal vez tendría que explicarlo todo con pelos y señales, incluso enseñárselo, desnudarse y enseñárselo. Les interesaría sobremanera el hecho de que la mujer de Martin tuviese un amante fascista, y Aliide debería contarles todo sobre su amante fascista y sobre ella misma, tendría que comparar lo que hacía con su amante fascista y lo que hacía con su marido, que era un buen camarada. ¿Cuál era mejor, cuál la tenía más dura? ¿Cómo follaba un cerdo fascista? Y todos la rodearían de pie y con las pollas tiesas, preparados para castigarla, para educarla, para arrancar de raíz toda semilla que el fascista hubiese dejado en sus entrañas.

Tal vez incluso el propio Martin querría interrogar a su esposa, demostrar a sus camaradas que no tenía nada que ver con aquel feo asunto. Lo haría con un interrogatorio brutal en que daría rienda suelta a toda la rabia de un hombre traicionado. Y aunque Aliide lo admitiera todo, no la creerían. Perseverarían y al final llamarían a Volli. ¿Qué había dicho la mujer de Volli? Que Volli era muy bueno en su trabajo, y estaba muy orgullosa de él. Cuando en los interrogatorios no lograban que un bandido confesase, siempre se requería la presencia de Volli. La confesión llegaba antes del amanecer. Volli era muy eficaz. Muy hábil. Nuestra gran patria no tenía mejor servidor que Volli.

–Estoy tan orgullosa de Volli... –había susurrado la mujer, con la misma devoción con que Aliide oía hablar de Dios en otra época. Las palabras habían salido de su boca como pequeñas auras, sus dientes de oro destellando. El oro que había conseguido Volli–. Es el mejor marido del mundo.

Aliide observaba a Hans, sus ojos, sus gestos. La barba tapaba mucho, pero seguía siendo el mismo Hans de siempre. Había sucedido de nuevo.

–Ingel se me apareció la noche pasada –expuso como si tal cosa.

–Entonces ¿has vuelto a tener pesadillas?

–¿Cómo puedes llamar pesadilla a Ingel? –inquirió con repentina dureza. Frunció el ceño, enderezó la espalda y puso las manos sobre la mesa, con los puños apretados.

–¿Y qué te dijo?

Los puños se distendieron.

Aliide tendría que ir con cuidado con lo que decía.

–Me llamaba por mi nombre. Sólo eso. Estaba envuelta como en una neblina. Detrás había gente apiñada alrededor de una estufa, tan juntos y tan cerca de la estufa que la ropa de uno empezaba a arder. O tal vez tenían ropa puesta a secar cerca de la estufa y el fuego prendía en ella. No sé, no lo veía bien. Ingel estaba delante. No le hacía caso a la gente que gritaba a su espalda. Percibí el olor a quemado. Ella no le daba importancia, se limitaba a mirarme a los ojos y pronunciaba mi nombre. Después la neblina volvía a cubrirla, apenas se le veía la cabeza, pero seguía con la mirada fija. Luego la bruma se disipaba y la veía de pie en medio de unas literas dispuestas a lo largo de todas las paredes. En la litera que tenía al lado había un hombre acostado, tocándose, y en la del otro lado otro hombre encima de una mujer. Y ella estaba allí en medio y la gente pasaba por su lado. Pero seguía mirándome fijamente y susurraba mi nombre otra vez. Quiere decirme algo.

–¿Y qué?

–No pareces muy interesada.

Aliide experimentó una sensación desagradable, como si su hermana estuviese presente en la habitación. Siguió la mirada de Hans, que se desvió a la pared de detrás de ella. Aliide se contuvo para no volver la cabeza.

–Ingel está perfectamente. ¿O no? Tú mismo has leído sus cartas.

Hans seguía con la mirada perdida más allá de Aliide.

–Tal vez no pueda contarlo todo en las cartas.

–Pero ¡por Dios, Hans!

–No te pongas nerviosa, Liide, querida. Tan sólo es nuestra Ingel. Solamente quiere vernos y hablarnos.

Tenía que conseguirle un pasaporte cuanto antes. Tenía que lograr que Hans entrase en razón. Pero si él se marchaba, ¿qué haría ella? ¿Y si también se iba? Asumiría el riesgo y se marcharía. Su plan podía costarles la vida a ambos, pero ¿acaso quedaba otra opción?

Fuera, en el jardín, las cornejas graznaban como locas.

1992, oeste de Estonia

Zara encuentra flores secas en el cuartucho

Aunque mantenía la oreja pegada a la puerta, no llegaba sonido alguno de la cocina. La radio estaba muda, sólo oía el dolor que latía en sus sienes. En los últimos minutos se había provocado dolor de cabeza a base de dar cabezazos contra la puerta; una completa estupidez. Así no conseguiría que Aliide le abriese. Paša y Lavrenti volverían, estaba claro. Pero ¿entrarían? Obligarían a la anciana a hablar, o quizás ella confesaría voluntariamente. Tal vez les pediría dinero para hacer arar sus campos. Aliide se había quejado de que ahora que se podía comprar alcohol sin cartilla de racionamiento ya no tenía con qué pagar a los pocos hombres en condiciones de trabajar que aún quedaban. Zara no lograba adivinar cómo reaccionaría la anciana. En el bolsillo tenía una manzana y un par de bellotas que se había guardado para llevárselas como regalo a su abuela, semillas de Estonia. ¿Podría dárselas algún día?

Se puso en pie. Aunque el ambiente estaba viciado, notaba que por algún lado entraba aire. En una esquina había unas cestas y una manta, y bastante sitio para moverse. Como no se atrevía a andar a ciegas, primero tanteó con el pie, y al empujar las cestas algo tintineó. Tiró del objeto hacia sí con el pie. Era un plato. Al lado de las cestas había papeles, periódicos. Un florero con flores secas y, encima, un estante estrecho con una palmatoria que aún conservaba restos de una vela. Sobre el estante había una alcayata de la que colgaba un marco o un espejo. Pasó los dedos por la madera y el pulgar dio con un soporte, detrás del cual sobresalía un papel, la esquina de una libreta.

¿Para qué habrían usado aquel cuarto?

¿Por qué tenía un armario delante?

1992, oeste de Estonia

Aliide casi empieza a querer a la muchacha

Aliide se acercó al cuartucho y deslizó suavemente los dedos por el armario y por la pared de al lado. Luego, empezó a mover el mueble, muy despacio, centímetro a centímetro. Oía el crujir de su columna, el chasquido de sus articulaciones. Se notaba todo el esqueleto, como si el tacto se le hubiese trasladado a los huesos y la carne se le hubiese vuelto insensible.

Una familiar suya. Una muchacha rusa. Una muchacha que parecía rusa. En su familia había pues muchachas rusas. No sólo pequeñas pioneras como Talvi, no sólo las que llevaban lazos en el pelo más grandes que la propia cabeza y faldas cortas, sino rusas de verdad, rusas que venían en busca de una vida mejor, para enredar las cosas y para querer y exigir, rusas que eran exactamente iguales que el resto de los rusos. Linda no debería haber tenido hijos. Y ella tampoco. Nadie de su familia debería haber tenido descendencia. Bastaba con que se hubieran limitado a vivir su propia vida hasta el fin.

Aliide se enderezó, dejó el armario, vertió más vodka en el vaso, lo apuró de un trago y se limpió con la manga. Como los rusos. Todavía no tenía claro cómo comportarse ni qué hacer. Olfateó la fragancia del abedul, se acordó del olor del agua hervida con ramas de abedul que Ingel utilizaba para lavarse el cuerpo y el pelo, aquel olor empalagoso que flotaba en el aire cuando Ingel se deshacía las trenzas. Ni el segundo vaso de vodka consiguió que desapareciera el aroma. Sintió náuseas. Sus pensamientos se ensombrecieron de nuevo, empezaron a darle vueltas en el cráneo como si estuviesen en una cueva vacía; se aclaraban por un instante, pero enseguida empezaban a fluctuar de nuevo. Se percató de que estaba pensando en ella como en «la chica», pues inexplicablemente había olvidado su nombre, no lograba pronunciarlo. El miedo de aquella muchacha era auténtico. Su huida tenía que ser auténtica. Los mafiosos eran auténticos. No estaban interesados en ella, sino en la muchacha. Tal vez la historia que le habían contado fuera cierta, tal vez el destino la había llevado hasta Tallin y tal vez había matado a un cliente para huir después, sin conocer mejor lugar donde esconderse. Era una historia verosímil. Tal vez, a fin de cuentas, no quería nada. Sólo escapar. Quizá fuera así. Ah, Aliide sabía lo que se sentía cuando tu único deseo es escapar. Martin había querido dedicarse a la política, pero ella no, aunque siempre había desfilado al lado de su esposo. Tal vez la historia de la muchacha fuese igual de simple. Pero tenía que desembarazarse de ella, no quería que los mafiosos volviesen. ¿Qué podía hacer, pues? Tal vez nada.

Si nadie iba a echarla de menos, quizá pudiese limitarse a cerrar las tomas de aire del cuartucho.

Le iba a estallar la cabeza. Las cortinas flameaban con desesperación, los ganchos tintineaban, la tela se sacudía. El crepitar del fuego había cesado, el tictac del reloj había sido silenciado por el viento. Todo se repetía. Aunque el rublo se había convertido en corona, aunque los vuelos militares que la sobrevolaban habían ido a menos y las mujeres de los oficiales ya no hablaban tan alto, aunque desde los altavoces del Pitkä Hermann sonaba sin cesar el himno de la independencia, siempre había una nueva bota de cuero curtido al cromo, siempre llegaba una bota nueva, igual o diferente, pero que siempre pisaba la garganta del mismo modo. Las trincheras se habían cubierto de tierra y vegetación, los casquillos en los bosques se habían oscurecido, los refugios subterráneos se habían derrumbado, los caídos se habían descompuesto, pero ciertas cosas no cambiaban.

Aliide tenía ganas de descansar, de dejar caer su pesada cabeza sobre la almohada. La puerta del cuartucho quedaba a su derecha, la chica se había callado. Bajó la olla de tomate y cebolla al suelo, tenía que enlatar la conserva mientras estuviera caliente, pero le parecía imposible acometer una tarea tan grande, los pendientes le pesaban en las orejas, el graznar de unas cornejas que peleaban penetraba en la casa. Aún tuvo fuerzas de meter el rábano picante en un bote, vertió vinagre y enroscó la tapa. No tocó los tomates y ajos que aún tenía que trocear, se lavó las manos en agua ya usada, se las secó en los bajos del delantal, salió y fue a sentarse en el banco, bajo los abedules del jardín; delante había plantado gladiolos, las flores de los rusos. Las cornejas seguían peleando más allá, en los sauces blancos.

La muchacha sabía mentir mejor de lo que Aliide lo había hecho nunca. Era una verdadera experta.

Casi había empezado a quererla.

La nieta de Hans.

Tenía la nariz de él.

¿Qué habría querido Hans que hiciese? ¿Cuidar de ella como ya antes le pidió que cuidase de Ingel?

1950, oeste de Estonia

¿Por qué Hans no puede querer a Aliide?

La mirada de Hans se replegó hacia su interior. Los días en que podía quedarse más tiempo en la cocina porque Martin pasaba fuera toda la noche se dedicaba a leer los periódicos o a jugar con *Pelmi*. De vez en cuando, miraba de reojo a Aliide, después apretaba la barbilla contra el pecho y se abrazaba, como intentando proteger algo que llevara dentro. De la barba le colgaban briznas de paja seca, pues ya no se preocupaba de arreglársela. Aliide hacía ruido con sus tarros, observaba el estado de sus ungüentos, e intentaba que Hans bebiese infusiones que le sentarían bien. Dejaba las hierbas dentro del tazón con agua caliente durante horas, pero él no las quería. Aliide intentaba mantener la calma, limpiaba aquí y allá con un trapo, avivaba el fuego de la cocina, se entretenía haciendo un poco de todo, lavaba la ropa y preparaba tanta comida para las gallinas, que éstas, tras vaciar su recipiente, se quedaban medio adormiladas el resto del día.

Hans ya no le mencionaba sus visiones. Quizás el comportamiento de Aliide lo había irritado o tal vez tuviera miedo de que a ella le pareciesen una amenaza, a saber. Aliide intentaba dilucidar cómo preguntarle sobre el asunto, pero no descubría el modo. ¿Qué tal Ingel? ¿Has visto a Ingel últimamente? ¿Sigues teniendo aquellas pesadillas? No, no, eso no. ¿Y cómo iba a predecir la reacción de él ante una pregunta mal formulada?

Tenía que sacar a Hans de allí antes del invierno, pues entonces ella no podría saltar por la ventana de su habitación y escapar, ya que las huellas quedarían impresas en la nieve. Podría robarle un pasaporte en blanco a un miliciano, pero ¿sería capaz de rellenarlo de forma que pareciese auténtico? Tenía que buscar a alguien que supiese hacerlo, mas ¿dónde? Menuda noticia, cuando detuvieran en el bosque a la esposa de un dirigente del Partido, que buscaba en el refugio de los bandidos a un falsificador. O que empezasen a correr habladurías sobre cómo iba de aquí para allá por la aldea preguntando por un buen falsificador de documentos. No, el pasaporte tenía que conseguirlo de alguien vivo. O lograr que alguien perdiese el suyo.

–Hans, si me hago con un pasaporte...

–¿Y ese «si» a qué viene? Ya me lo habías prometido.

–¿Harás lo que te diga, e irás a donde te mande?

–¡Sí!

–En Tallin necesitan obreros. Y las fábricas tienen sus propios albergues. No creo que pueda conseguirte una vivienda, hay mucha escasez, pero una plaza en un albergue sí que podría. El ferrocarril, la construcción naval... hay distintas alternativas. Y si les llevo al encargado y al director del albergue un cerdo del koljós, ni siquiera te preguntarán quién eres ni de dónde vienes. E iría a visitarte. ¡Piénsalo, podríamos ir a pasear al parque o a la playa y muchas más cosas! ¡Como ir al cine! ¡Imagínatelo, podrías pasear igual que cualquier hombre libre! Estar fuera, ver gente...

–Pero podría tropezarme con alguien conocido.

–Nadie te reconocerá con esa barba.

–Se puede reconocer a la gente por cosas tan sorprendentes como la postura del cuello o la manera de andar.

–Hans, hace años que nadie te ve. Nadie se acuerda de ti. Dime, ¿no es una idea estupenda?

–Una idea estupenda, sí –contestó él con la mirada clavada en la silla de Ingel.

Fue como si le hubiese guiñado un ojo.

Aliide descolgó su chaqueta de trabajo con brusquedad y se encaminó al establo de las vacas. Tenía la mirada fija en el mango de la horquilla cuando Hans entró tras ella y subió al altillo. Un sudor salado le corría por las pestañas, la boca le sabía a paja. Llenó la carretilla del estiércol y después subió a empujar las balas de heno a su sitio delante de la puerta del cuartucho del altillo. Mientras lo hacía, su columna crujió otra vez. ¿Qué había hecho Leida Haameri cuando su hijo había empezado a aparecérsele en sueños? A su hijo lo habían rodeado en el refugio mientras intentaba escapar y había salido corriendo sin botas. Lo habían enterrado así, descalzo. Leida había soñado lo mismo todas las noches. Su hijo se le aparecía y se quejaba de que tenía frío en los pies. Maria Kreeli le había aconsejado que comprase unas botas que hubiesen servido al hijo, y que la siguiente vez que se celebrase un entierro en la aldea las metiese dentro del ataúd con una etiqueta que llevase el nombre de su hijo. Las pesadillas se acabaron en cuanto Leida logró meter las botas con su etiqueta en una tumba. Pero Ingel estaba viva. ¿Cómo había que proceder con los vivos? ¿O aquellas apariciones significaban que Ingel había muerto?

Por la noche, metió en la chimenea el pedazo de la colcha nupcial de Ingel que había guardado, esperando que se ahumase lo suficiente.

1992, oeste de Estonia

¿Qué le había contado Ingel a la muchacha sobre Aliide?

La tarde avanzaba y la cocina se quedaba en penumbra. Aliide seguía sentada en su silla. ¿Ingel se lo había contado a la muchacha? Claro que no. ¿Y Linda? No. Por supuesto que no. Eso aún sería más improbable. Pero la chica le había mentido. ¿Qué tipo de ayuda se esperaba de una familiar que no sabía de tal parentesco? ¿O acaso al principio había pensado contárselo y después había cambiado de opinión? ¿Sabía Ingel que su nieta estaba allí? Y la fotografía, ¿había mentido también sobre eso y en realidad la había traído consigo, se la había dado Ingel?

El gallo cacareaba. El reloj hacía tictac. El hongo del té ácido parecía mirarla desde dentro del tarro, aunque no tenía nada de animal, sino más bien de seta metida en agua turbia. Del suelo de la habitación le llegó un rasgueo, casi como las uñas de *Hiisu*. Los mafiosos podrían volver. Si no les abría la puerta, entrarían a la fuerza. Quemarían la casa. ¿Cómo iba a saberlo? Tal vez estaban interesados en sus bosques. Quizá la muchacha se había dado cuenta de que su familiar pronto iba ser propietaria de un buen pedazo de tierra e intentaba vendérselo a Finlandia. Tal vez había mandado a los mafiosos a tratar el asunto, pero el negocio se había torcido de alguna manera. ¿Había enviado Ingel a su nieta para tratar los asuntos de las tierras? Quizás ésta había sido demasiado crédula e imaginado que recibiría su parte de los mafiosos, pero al final había comprendido que los hombres se quedarían con todo. Cualquier cosa era posible. En aquel país todo estaba ahora por repartir.

Debía mantener la calma. Debía levantarse de la silla, encender la luz de la cocina, correr las cortinas, cerrar la puerta de entrada con llave e ir a abrir el cuartucho para dejar salir a la chica. No sería tan difícil. Aliide estaba más tranquila de lo que habría creído en una situación como aquélla. No se le había parado el corazón, sus pensamientos eran algo erráticos pero no estaba fuera de sí. Estaba cuerda, aunque acababa de enterarse de que Ingel seguía viva. Si es que los mafiosos decían la verdad.

¿Qué le habría contado Ingel a la muchacha sobre ella?

Rusa o no, tenía la barbilla de Hans.

Y era rápida en trocear tomates y en limpiar los frutos del bosque.

1951, oeste de Estonia

El pasaporte se guarda en el bolsillo interior del abrigo

Cuando los chicos del cine volvieron a la aldea, Aliide le dijo a Martin que quería ir a ver una película con él. Su marido se sorprendió gratamente, ya que la vez anterior no había acudido con el pretexto del asma.

–¿Bailarás conmigo después?

–¡Claro que bailaré con mi palomita!

En la sala hacía calor. Aliide escogió un sitio debajo de una ventana entreabierta. De fuera llegaba el ruido del generador. Intentaba fijarse en quiénes estaban bebidos, y la verdad es que había muchos. ¿Cuál sería la presa más fácil que perdería el pasaporte con ayuda de Aliide? En el desfile del Primero de Mayo que se veía en pantalla, la gente marchaba feliz, los líderes del Kremlin se habían agrupado en la azotea del mausoleo para saludar con la mano al público, que les devolvía el saludo. ¿Tal vez Heino Koka? Un hombre simple, que tiempo atrás había conseguido el alta del psiquiátrico de Seevald y recibía una pequeña pensión por invalidez. Acabó el documental y dio comienzo la película *La generación de los vencedores*. ¿O tal vez Kalle Rumvolt? No, Kalle era miembro del koljós y en el pasaporte venía su domicilio. No lograba decidirse, y a fin de cuentas tampoco sabía qué tipo de control se ejercía sobre la gente y cómo eran las rondas de inspección de Tallin. Tal vez, a pesar de los jamones y la miel llamarían para confirmar qué clase de hombre era en realidad el que solicitaba un puesto de trabajo. Sin el sello que autentificara el nuevo domicilio no funcionaría, de ninguna manera, pero Hans no podía ir a buscar el sello de la milicia bajo ningún concepto. Era una idea totalmente descabellada. ¿Por qué te marchas? ¿Adónde vas a ir? Y más aún, ¿qué ocurriría si Hans reuniera documentos a nombre de Kalle Rumvolt y allí hubiese alguien que lo conocía? El plan estaba condenado al fracaso ya desde el principio, así que Aliide era igual de estúpida que aquella tonta ordeñadora que se comía con los ojos al ayudante del proyeccionista mientras flirteaba con él al fondo de la sala y se ahuecaba el pelo con las manos. La carne flácida de aquellos brazos regordetes palpitaba para el muchacho al son de su corazón, como si fuese un flan.

Necesitaban el pasaporte de alguien de Tallin.

La película terminó y empezó el baile. Ruidos y apretujones, a veces olor a alcohol. La ordeñadora soltaba sus risitas nerviosas rondando otra vez a los chicos de las películas. Aliide respiraba con dificultad, los planes estúpidos le daban ganas de llorar. Le dijo a Martin que quería volver a casa y se abrió paso entre la multitud hacia la puerta. Una vez fuera, se paró a tomar aliento y entonces ocurrió. El incendio. Martin gritaba órdenes, la gente salía de estampía. Era un caos. Martin intentaba poner orden en medio de la confusión. En ese momento, sacaron al ayudante del proyeccionista tosiendo y lo colocaron justo a los pies de Aliide.

El muchacho era de Tallin.

El muchacho sólo llevaba puesta la camisa.

El muchacho se había quitado el abrigo de lana antes de que empezase el primer acto, y luego se había remangado bajo la insistente mirada enamorada de la ordeñadora. ¿Dónde guardaría un hombre como aquél, que se movía constantemente de un lugar a otro, su pasaporte? ¿En qué otro sitio que no fuera el bolsillo interior de su abrigo?

Aliide se precipitó dentro del edificio.

1992, oeste de Estonia

La muchacha tiene la barbilla de Hans

El armario pesaba más que antes. La chica se había desmayado y tuvo que sacarla arrastrándola por las piernas. Tenía las uñas rotas y las yemas de los dedos ensangrentadas; en la frente le saldrían moratones.

«¿Por qué has venido aquí?» La pregunta le palpitaba en el pecho, pero era incapaz de expulsarla. En realidad, ni siquiera quería saberlo. Los hombres estarían de vuelta en cualquier momento, así que debía conseguir que la muchacha se recobrase. Su barbilla era idéntica a la de Hans. Le arrojó una taza de agua en la cara. Ella se acurrucó en posición fetal y de repente se incorporó y se quedó sentada.

–La abuela quería semillas, semillas de Estonia. Boca de dragón.

Merecía que le pegasen un tiro.

La pistola de Hans seguía en el cajón de la mesa.

–Fue por casualidad. ¡De verdad! Estaba en Estonia y me acordé de que aquí tenía familiares. La abuela había mencionado el nombre de la aldea, y cuando me acordé supe que tendría una posibilidad de escapar, ya que al menos había alguien que podría echarme una mano. El nombre de Aliide era lo único que sabía. Ni siquiera sabía si vivías aquí, pero fue lo único que se me ocurrió. Paša me trajo a Estonia.

Tal vez pudiese engañarla u obligarla a volver al cuartucho, y dejarla allí.

O entregarla a la mafia. Dar a los rusos lo que era de los rusos.

–¡No tenía alternativa! Y lo que les hacía a las chicas... cómo las... si hubieses visto cómo las... Me grabaron y dijeron que mandarían esos vídeos a casa y a Saša, a todo el mundo, si intentaba escapar. Ahora seguramente ya lo habrán hecho.

–¿Quién es Saša?

–Mi novio. O lo era. No debí matar al jefe. Ahora en casa todos lo sabrán y nunca podré volver...

–Nunca serías capaz de mirar a Saša a los ojos.

–No.

–Tampoco a los demás.

–No.

–Y jamás podrás saber cuánta gente de la que se cruza contigo en la calle los ha visto. Se limitan a mirarte y no puedes saber si te han reconocido. Se ríen entre ellos y te miran, y no puedes saber si están hablando de ti.

Aliide se interrumpió. ¿Qué estaba diciendo? La joven la miraba con los ojos muy abiertos.

–Prepara café –dijo, y salió de la casa, cerrando tras de sí de un portazo.

1951, oeste de Estonia

Aliide se frota las manos con grasa de ganso

–Ants Makarov, hijo de Andres. –Hans le daba vueltas a su nuevo nombre–. ¿Y sólo he de alistarme en el albergue e ir a trabajar?

–Eso mismo.

–Eres una mujer asombrosa.

–Fue cuestión de organizarse. Eso sí, me costó un cerdo y un par de tarros de miel. –Aliide le entregó unos folletos comunistas para que los leyera durante el viaje a Tallin–. Y tenlos siempre a la vista en tu habitación –le advirtió.

Él soltó los folletos y se limpió las manos en el pantalón.

–¡Hans, tienes que resultar convincente! ¡Y debes ir a las reuniones y participar!

–No seré capaz.

–¡Por supuesto que serás capaz! Te llevaré en el carro a la estación y te ocultarás entre las mercancías que traen para el mercado. Así, nadie de la aldea se extrañará de verme con un desconocido. Después, saltas al tren. Yo iré a visitarte siempre que pueda para ponerte al corriente de las últimas noticias.

Hans asintió con la cabeza.

–¿Te las arreglarás aquí?

Aliide le dio la espalda, mirando hacia la cocina de leña. No le había hablado de los planes que había empezado a trazar desde que solucionó la cuestión del pasaporte. Se iba a divorciar de Martin y pediría la baja del koljós. Diría que se marchaba a estudiar para tener una buena profesión, con la promesa de volver. Entonces todo el mundo votaría a favor de su marcha; sin duda, el koljós necesitaba trabajadores cualificados. Sería una razón de suficiente peso para liberarla de aquella esclavitud campesina llamada koljós. Después se haría pintora o lo que fuese, o trabajaría en el ferrocarril, donde tenían incluso albergue, y de paso podría estudiar por las tardes, quizás hacer el bachillerato, pues en todos los empleos lo animaban a uno a estudiar. Entonces estaría cerca de Hans e irían a pasear, al cine, y todo sería maravilloso, no se cruzarían por la calle con gente conocida, los perros no ladrarían a su paso, todo sería nuevo y el olor de Ingel ya no flotaría en el ambiente. Por fin, Hans se daría cuenta de lo maravillosa que era Liide en realidad. Además, si sólo con prometerle un pasaporte ya había conseguido que se comportase como una persona razonable, ¡qué efectos positivos no tendría una nueva vida! Por supuesto, Aliide no sabía cómo reaccionaría Hans cuando viese que las calles de Tallin estaban plagadas de rusos y que probablemente la mitad de los trabajadores hablaban ruso, pero como él ya podría disfrutar del viento y el cielo, no le resultaría tan negativo, incluso soportaría a los rusos y se resignaría, haría pequeñas concesiones.

Los zapatos nuevos de Aliide estaban esperándola en el fondo del armario de la habitación. Dejaría los viejos en el tren de Tallin. Los nuevos tenían un poco de tacón y ya no le haría falta suplirlo metiendo un trozo de madera dentro de los chanclos de goma.

Acababan de llegar del veterinario. Martin le había llevado al hombre una botella de vodka, y él les entregó unos papeles con los cuales la fábrica de salchichas les compraría una vaca que llevaba tiempo enferma y se les había muerto esa misma mañana. Aliide se quitó el pañuelo y encendió la lámpara de la cocina.

Había sangre en el suelo.

–¿Le apetecería un poco de vodka a mi maridito para dormir mejor?

A Martin le apetecía. Cogió el *Rahva Hääl* («La Voz del Pueblo»), el diario del Partido.

Aliide le preparó una copa más abundante de lo normal. No vertió en el vaso los remedios de Maria Kreeli, sino que cogió unos polvos que le había birlado a su marido del bolsillo de la chaqueta, en el que también llevaba el reloj. Alguna vez, Martin se los había enseñado; eran de los hombres de la NKVD y no sabían a nada. Por la noche, Aliide había cambiado el contenido del envoltorio de papel por harina, y ahora los mezcló en la bebida.

–Mi dulce palomita siempre sabe lo que quiere un hombre –la alabó Martin después de apurar el vaso de un trago.

Luego le dio un mordisco al pan de centeno.

Aliide empezó a fregar los platos. El periódico de Martin cayó al suelo.

–¿Ya estás cansado?

–Pues sí, de repente me siento muy cansado.

–Es que has tenido un día agotador.

Martin se levantó, se tambaleó hasta la habitación y se dejó caer en la cama. La paja del colchón crujió. El somier soltó un chirrido. Aliide fue a ver. Le dio un empujón, pero él no reaccionó. Lo dejó tumbado con las botas puestas, volvió a la cocina, corrió las cortinas y empezó a frotarse las manos con grasa de ganso.

–¿Hay alguien ahí?

–Liide...

La voz venía del fondo de la cocina, del lado del armario, detrás de las cestas de patatas.

Aliide apartó las cosas y ayudó a Hans a salir. Le sangraba un hombro. Ella le abrió la chaqueta.

–Fuiste al bosque, ¿verdad?

–Liide...

–No a Tallin.

–Tenía que hacerlo.

–Me lo prometiste.

Aliide fue a buscar vodka y vendas y le limpió la herida.

–Te encontraron, ¿eh?

–No.

–¿Estás seguro?

–Liide, no te enfades conmigo.

Hans hizo una mueca de dolor. Los habían rodeado. La emboscada había sido perfecta. Le habían dado, pero había conseguido huir.

–¿Cogieron a los demás?

–No lo sé.

–¿Le hablaste de mí a alguien en el bosque?

–No.

–En el bosque hay muchos agentes de la NKVD. Lo sé, Martin me lo contó. Por aquí también pasó uno antes de ir en busca de alguien cuyo grupo ya está infiltrado. Tienen vodka envenenado. Pudiste hablar sin saberlo.

–No bebí vodka con nadie.

Aliide le examinó el hombro. Sus manos se mancharon de rojo. Ni hablar de llevarlo al médico.

–Hans, voy a buscar a Maria Kreeli.

–Ingel está aquí. Me va a cuidar –dijo él, sonriendo y con la mirada perdida.

A Aliide se le cayó la botella. Los trozos de cristal se esparcieron y el vodka se extendió por el suelo. Se pasó la mano por la frente, olía a sangre y alcohol. Montó en cólera, sus rodillas cedieron bajo su peso. Abrió la boca, incapaz de articular frases, sólo le salían siseos y resuellos intermitentes. Le zumbaban los oídos. Buscó apoyo en el respaldo de la silla hasta que fue capaz de respirar otra vez. Hans se había desmayado. Ahora no podía perder los estribos, tenía que controlar la situación, podía hacerlo, fuera ésta cual fuese. Primero tenía que llevarlo al cuartucho, después iría a casa de Maria Kreeli. Lo agarró por las axilas. De su bolsillo asomaba algo. Una libreta. Soltó a Hans y la cogió con un movimiento brusco.

20 de mayo de 1950

¡Por una Estonia libre!

No sé qué pensar. Estoy leyendo la carta más reciente de Ingel. La he recibido hoy, y la anterior hace dos días. Ingel escribe que ha estado recordando los sauces de su patria, en particular uno. Al principio me ha hecho sonreír. No estaría mal pensar en eso hasta su próxima carta, pensar en ese sauce. Tal vez al mismo tiempo que ella. Después me he dado cuenta de que algo fallaba. Su carta tiene todo el aspecto de haber sido manoseada y leída varias veces. Entonces ¿por qué el sobre está más limpio? La última vez que deportaron gente, cuando empezaron a llegar sus cartas ni siquiera tenían sobre. Espero que haya sido alguno de los mensajeros el que metió la carta en el sobre, pero mi corazón ya no lo cree así.

Comparo la letra de las cartas con la letra de la Biblia que tenemos en casa. Ingel anotó el nombre y la fecha de nacimiento de Linda en las hojas interiores. La letra no es la misma. Se le parece, pero no es igual.

Liide me trae una botella de vodka. No quiero ni mirarla.

No me atrevo a romper esas cartas, aunque me gustaría. Liide podría preguntar por ellas, y entonces ¿qué le diría? ¿Qué podría pedirle si sólo tengo ganas de pegarle?

HANS PEKK,
hijo de EERIK,
campesino de Estonia

20 de septiembre de 1951

¡Por una Estonia libre!

Liide ha arreglado las cosas. Me ha conseguido un pasaporte. Estoy hojeándolo y pienso si realmente será auténtico. Pero lo es. Después se me ha ocurrido prometerle que no iría al bosque, sino a un albergue de Tallin. Me ha anotado la dirección y me ha dicho lo que tenía que hacer.

Pero no iré allí, eso está claro. Allí no hay campos ni bosques, y ¿qué clase de hombre sería yo en una ciudad?

A veces tengo ganas de apuntar a Liide con mi Walther.

Tengo la cabeza totalmente despejada, más de lo que la he tenido en mucho tiempo. Si pudiese volver a ver a Linda...

Ingel podría echar más sal en la salsa.

Hans Pekk,
hijo de Eerik,
campesino de Estonia

1951, oeste de Estonia

Aliide besa a Hans y limpia la sangre del suelo de la cocina

Aliide se dio cuenta de que estaba gritando, pero ya no le importaba. Arrojó el cubo de agua al suelo, lanzó tras él un bote de Moscú Rojo, tiró una pila de pliegos con patrones de la revista *Nöukogude Naine*. Nunca se haría con ellos un vestido a la moda de Tallin, nunca iría a pasear con Hans cogida de su brazo por la Puerta de Tallin, sin preocupaciones, ya que no se cruzaría con conocidos, guapa y arreglada, porque los transeúntes no la reconocerían. Nunca iba a hacer con Hans nada de lo que había soñado durante los últimos meses mientras Martin roncaba a su lado. Pero ¡Hans se lo había prometido! Siguió gritando hasta quedarse afónica. ¿Qué más le daba si despertaba a Martin? ¿Qué más le daba qué, quién, cuándo? Todo se había hecho añicos. ¡Todo aquel trabajo! ¡Toda aquella energía malgastada! ¡Cobrar multas a los que no tenían hijos! Todo aquel trabajo ingente y las noches sin dormir y la vida cotidiana siempre con el miedo acechando, el cuerpo hediondo de Martin, su asentir interminable, sus mentiras interminables, el interminable revolcarse en la cama, el temblor interminable, las axilas del vestido de rayón empapadas de miedo, las manos peludas del dentista, los ojos vidriosos de Linda después de aquella noche, las bombillas y las botas militares... Todo aquello lo habría perdonado, todo aquello lo habría olvidado a cambio de un solo día con Hans en el parque de Tallin. Por eso se había cuidado la piel, por eso se había limpiado la cara con Amapola Roja, por eso se había acordado de untarse las manos varias veces al día con grasa de ganso. Para no parecer una aldeana. Nunca los habrían interrogado, podrían haber vivido en paz, pero ¡Hans no le daba ninguna importancia! Ella sólo había pedido una tarde con él en el parque. Le había dado de comer y lo había vestido, le había calentado agua para el baño, conseguido un nuevo perro guardián y llevado los periódicos, pan y mantequilla y leche, le había tricotado calcetines, procurado medicinas y vodka, y había escrito cartas. Había hecho todo lo posible para que estuviese cómodo. ¿Acaso él le había preguntado alguna vez cómo se las arreglaba para hacer todo aquello? ¿Acaso Hans se había preocupado por ella alguna vez? Ella había estado dispuesta a hacer borrón y cuenta nueva, a abandonarlo todo, a perdonar toda la vergüenza que había pasado por su culpa. ¿Y qué hacía él? ¡Le mentía!

Hans nunca había tenido intención de pasear con ella por el parque de Tallin.

Y encima aquellas cartas...

Hans había perdido el conocimiento. Aliide le dio un pisotón en el hombro, pero él no se movió.

Fue a comprobar cómo estaba su esposo. Seguía exactamente en la misma postura. No, era imposible que se hubiese despertado y vuelto a dormirse. Aliide había dejado un cubo vacío al lado de la bota de Martin por si se despertaba. El ruido la habría alertado. El cubo estaba donde ella lo había puesto, a un palmo de la cómoda.

Regresó a la cocina y comprobó el estado de Hans. Le sacó la pitillera del bolsillo, sus tres leones habían ido borrándose con el tiempo, y encendió un cigarrillo de liar. Dio una profunda calada que la hizo toser, pero también ver la situación con mayor claridad.

Se lavó las manos.

Vertió el agua rojiza en el cubo del agua sucia.

Tomó unas gotas de valeriana y se sentó a fumar otro cigarrillo.

Se acercó a Hans.

Luego sacó de la alacena la medicina que había preparado para el insomnio y le abrió la boca.

Hans despertó tosiendo e intentó vomitar. Parte del contenido de la botella se vertió en el suelo.

–Esto te curará –le susurró Aliide.

Hans abrió los ojos, la miró como si ella fuese transparente y echó otro trago.

Aliide le levantó la cabeza, se la colocó en el regazo y esperó.

Luego fue a buscar un trozo de cuerda, le ató las manos y los pies y lo arrastró hasta el cuartucho. Le arrojó encima el cuaderno, quitó del estante la tacita de Ingel y se la metió en el bolsillo del delantal.

Tapó a Hans.

Lo besó en la boca.

Cerró la puerta.

Selló las ranuras con cola.

Cegó las tomas de aire.

Arrastró el armario hasta delante de la puerta y fue a la cocina a limpiar la sangre del suelo.

17 de agosto de 1950

¡Por una Estonia libre!

Pero después, cuando Ingel y yo ya no estemos aquí, ¿cómo se las arreglará Liide con Martin, si lo que sospecho es verdad? A Liide podría pasarle algo, pero a pesar de todo no se lo deseo. ¿Comprenderá que, si el hermano de Martin dice la verdad, el destino de su marido puede ser igual de terrible? Intenté preguntarle si Martin le había hablado de su hermano y creo que pensó que estaba loco por preguntarle algo así. Cree todo lo que le dice Martin. Según Liide, su marido está tan enamorado de ella que nunca le mentiría.

Le pedí consejo a Ingel cuando me visitó, pero se limitó a negar con la cabeza, no supo decirme nada, o quizá no quiso. Le dije que había otras razones para que Liide no me dejase entrar en la habitación, aparte de que desde allí el altillo quedaba más lejos por si venía alguna visita. Eché un vistazo una vez que *Pelmi* empezó a ladrar y Liide me mandó esconderme rápidamente. Ella misma salió fuera. Era el ropavejero, que venía en su caballo. Pero yo entré en la habitación un instante y vi que allí tenían una bandeja para pasteles encima de la cómoda. Era igual que la de Theodor Kruus, lo recuerdo bien, estaba muy orgulloso de ella. Di un paso más para verla mejor y dentro había unos pendientes de oro con piedras preciosas incrustadas. Y hasta tenían un espejo, un espejo del tamaño de una ventana.

Sigue doliéndome la cabeza y a veces parece que me va a estallar.

Ingel me trajo unos polvos para el dolor de cabeza.

Tengo aún bastante carne salada y en el tarro de la leche queda un poco de agua. Ingel me trae más cuando Aliide no lo hace.

Hans Pekk,
hijo de Eerik,
campesino de Estonia

1992, oeste de Estonia

El bonito bosque estonio de Aliide

Zara acababa de coger la cafetera cuando oyó detenerse un coche delante de la casa. Se acercó a la ventana y apartó la cortina. Las puertas del vehículo negro se abrieron. Apareció la calva de Paša. Del otro lado salió la cabeza de Lavrenti, más despacio, como si no quisiera apearse. Aliide estaba en medio del jardín, apoyada en su bastón; se arregló el nudo del pañuelo bajo la barbilla y echó los hombros un poco atrás.

No había tiempo para pensar. Zara corrió a la habitación de atrás y forzó los cerrojos de hierro de la ventana. Se movieron con dificultad arriba y abajo. Tiró del asa y el marco se abrió quejumbrosamente. Una araña corrió a esconderse dentro de una burbuja del empapelado. Abrió también la ventana exterior. Las telarañas se rasgaron y varias moscas muertas cayeron entre los marcos. Ya casi había anochecido, los grillos cantaban. ¡La foto de la abuela! Se había olvidado de ella. Volvió a la cocina a toda prisa, pero la fotografía no estaba sobre la mesa. ¿Dónde la habría metido Aliide? No, no tenía tiempo de averiguarlo. Regresó corriendo a la habitación de atrás, saltó por la ventana y aterrizó en medio del parterre de peonías. Algunos tallos se rompieron, afortunadamente no muchos. Quizá Lavrenti no descubriera las huellas. Volvió a meter dentro la cortina de ganchillo que ondeaba al viento y cerró la ventana de un empujón. Después corrió hasta el jardín, dejando atrás el árbol de manzanas blancas, el de manzanas ácidas, las colmenas, los ciruelos y las claudias. Sus piernas ya sabían lo que era correr. Su pie descalzo se hundió en una topera. Tendría que salir por el mismo sitio por donde había entrado, pasando por los sauces blancos, ¿o acaso era mejor coger el camino más recto y cruzar el campo?

Rodeó el jardín y llegó hasta el rincón más lejano desde el que podía verse la entrada. El BMW de Paša estaba aparcado justo delante del portal de la verja. No se veía ni se oía a nadie. ¿Dónde se habían metido? Seguro que Lavrenti saldría pronto a examinar el jardín. Consiguió saltar la valla de alambre, que soltó un chirrido. Zara se quedó inmóvil, pero no oyó nada. Las huellas del coche de Paša se distinguían nítidamente en el camino medio cubierto de hierba, al otro lado de la valla. Fue a hurtadillas hacia la casa, preparada para salir corriendo, y tras haber llegado lo bastante cerca, pudo distinguir entre los abedules y a través de la valla cómo Aliide cortaba pan a la luz amarillenta de la cocina. Después sacó unos platos de la tina en que se estaba escurriendo la vajilla y llevó a la mesa los más pequeños. Se dirigió a la alacena e hizo allí algo. Volvió a la mesa con una jarra de leche en la mano, una jarra de la época anterior a la guerra, de la «época de Estonia», como ella la llamaba. Paša estaba sentado, charlando y picando algo, por el color del tarro podía deducirse que era compota de manzana. Lavrenti miraba hacia el techo y jugueteaba con el humo de su cigarro, dirigiéndolo hacia arriba o hacia abajo. Zara no descifraba la expresión de Aliide, se la veía tan normal y desenvuelta como si sus nietos hubiesen ido a visitarla y ella se limitase a interpretar su papel de abuela, ofreciéndoles bocadillos. Se reía, y Paša le correspondía. Después, Paša volvió a decir algo y Aliide fue a la despensa en busca de una cesta. Dentro había unas herramientas... No, no podía ser cierto: ¡Paša iba a arreglarle la nevera!

Zara se agarró a un abedul para no perder el equilibrio. La cabeza le daba vueltas. ¿Tenía Aliide intención de delatarla? ¿Era eso lo que significaba aquella extraña escena? ¿Se disponía a venderla? ¿Paša le había dado dinero? ¿De qué estaban hablando? ¿O acaso Aliide sólo quería ganar tiempo? ¿Podía Zara pararse a pensar? Debía marcharse, pero no podía hacerlo por mucho que lo desease. Los grillos cantaban y la noche se iba cerrando más y más, por la hierba correteaban animalillos y las luces empezaban a encenderse en las casas lejanas. Algo crujía en la esquina del establo, un ruido que se trasladó a su piel, que también crujía, y dentro de su cabeza chirrió un viejo portal corroído. ¿Qué haría Aliide?

Después de una pausada comida y una larga reparación de la nevera, Paša se levantó y Lavrenti siguió su ejemplo. Parecían estar despidiéndose de Aliide. La luz de fuera se encendió, la puerta de entrada se abrió. Salieron los tres. La anciana se quedó de pie en los escalones. Los hombres encendieron cigarrillos y Paša contempló el bosque mientras Lavrenti se dirigía al banco del jardín. Zara retrocedió unos pasos.

–Sí que tiene un bosque bonito.

–¿Verdad que sí? Un bosque estonio. Mi bosque.

Un disparo.

Paša se desplomó al pie del porche.

Otro disparo.

Lavrenti yacía en el suelo.

Aliide acababa de dispararles a los dos en la cabeza.

Zara cerró y abrió los ojos. Aliide estaba examinando los bolsillos de los hombres. Les quitó las armas, las carteras y un fajo de algo.

Zara sabía que eran dólares.

Las botas de Lavrenti todavía brillaban. Botas de soldado.

Hasta que oyó el cristal y la madera rompiéndose, Zara no se acordó del objeto que había sacado del cuartucho y se había llevado consigo. Había apretado el tronco del abedul demasiado fuerte. De su bolsillo cayeron fragmentos de cristal y trozos de madera oscura. No era un espejo, aunque eso había creído ella cuando estaba en el escondite. Era un marco. A la luz de la luna no se veía muy bien, pero en medio de los fragmentos distinguió la fotografía de un joven vestido con uniforme militar. En el dorso, apenas se leía el texto: «Hans Pekk - 6.8.1929».

Zara había metido el marco dentro de la libreta que había encontrado en el cuartucho. Sacudió las esquirlas de las páginas con cuidado. En la esquina de la libreta estaba escrito el mismo nombre: Hans Pekk.

15 de agosto de 1950

¡Por una Estonia libre!

Me pregunto qué diablos hace Martin aún aquí, en el campo, si tan bien le va en el Partido... A estas alturas ya debería ser uno de los peces gordos de Tallin. Al menos eso entendí cuando Liide me explicó que todos sus compañeros ocupan ya puestos importantes. ¿Por qué a ella no le resulta extraño? ¿O es que no quiere contarme que están preparándose para marcharse allá? A veces todavía intento preguntarle sobre el hermano de su marido, pero ella se pone rara cuando empiezo a hablar sobre Martin. Es como si yo lo estuviese acusando de algo malo, se queda como abatida y es difícil hablar con ella.

Los arenques salados me dan sed. Ojalá tuviese cerveza hecha por Ingel.

Aquí no se distingue el día de la noche. Echo de menos el amanecer sobre los campos. Oigo a los pájaros andar por el tejado y echo de menos a mis chicas.

¿Seguirá vivo alguno de mis amigos?

Hans Pekk,
hijo de Eerik,
campesino de Estonia

1992, oeste de Estonia

Aliide guarda su libreta de recetas y empieza a hacer la cama

Las luces traseras del coche se alejaban. La muchacha estaba tan excitada que había sido fácil meterla en el taxi, aunque había intentado murmurar algo. Aliide le había recordado que seguramente alguien vendría pronto en busca de Paša y Lavrenti, que los problemas no se habían acabado. Sería mejor que se fuese al puerto antes de que la desaparición de aquellos hombres disparara las alarmas.

Si conseguía llegar a casa, Zara le contaría a Ingel que aquellas tierras perdidas tanto tiempo atrás estaban esperándola. Entonces a Ingel y Linda les darían la nacionalidad estonia, también una pensión y el pasaporte. Ingel vendría y Aliide ya no pondría ningún reparo. ¿Y por qué no habría de conseguirlo la muchacha? En el bolsillo de Paša había aparecido su pasaporte y con aquel fajo de dólares se podía pagar mucho más que un taxi hasta Tallin. Incluso podría pagar un visado de urgencia, no le haría falta buscar contenedores en el puerto. La muchacha había puesto los ojos como platos, igual que un caballo asustado, pero se las arreglaría. El taxista había recibido suficientes billetes como para no hacer preguntas durante el viaje.

A Zara también le darían un pasaporte estonio en calidad de descendiente de Ingel y Linda. No tendría que volver a Rusia jamás. Quizá debería habérselo explicado. Tal vez. O puede que fuese capaz de enterarse por sí sola.

Aliide fue a la habitación y cogió bolígrafo y papel. Le escribiría una carta a Ingel. Le diría que toda la documentación necesaria para que le devolviesen las tierras la tenía el notario, que sólo hacía falta que ella y Linda regresaran; el sótano estaba lleno de confituras y conservas preparadas según sus viejas recetas. Después de todo, había llegado a cogerles el punto, aunque su hermana nunca había creído en sus habilidades como cocinera. Incluso la habían alabado por ellas.

Las botas de Paša y Lavrenti asomaban por la puerta de la habitación de atrás.

¿Venían ya los chavales, aquellos que cantaban canciones? ¿Sabían que ahora estaba sola?

Los hijos de Aino podían conseguir gasolina. Les daría todas las botellas de vodka que había en el armario y cualquier otra cosa que quisieran de la casa. Que se lo llevasen todo.

Metió la libreta de recetas dentro del sobre junto con la carta.

La enviaría al día siguiente. Luego conseguiría la gasolina y rociaría la casa. Después, tendría que arrancar las tablas del suelo del cuartucho. Sí, seguro que lo lograría. Finalmente, se acostaría al lado de Hans, en su casa al lado de su Hans. A lo mejor le daba tiempo de hacerlo antes de que apareciesen los chavales, ¿o acaso acometerían ya esa noche lo que tenían planeado?

QUINTA PARTE

25 de agosto de 1950

¡Por una Estonia libre!

En el bosque me encontré con un hombre. Era el hermano del marido de Liide, de ese Martin. Estaba mal de la cabeza. Un comunista. Lo estrangulé.

Había estado en Nueva York con Hans Pöögelman. Y allí había organizado actividades comunistas y publicado el periódico *Uus Ilm* («Nuevo Mundo»). Era de esa clase de hombres. Resultaba un poco difícil entender lo que decía, la cabeza le temblaba mucho y sólo tartamudeaba, a veces la voz se le perdía del todo y únicamente escupía. Al principio, cuando pasó por mi refugio subterráneo, pensé que era un animal del bosque. Él no se dio cuenta de que yo estaba allí y cortó con el pie el hilo de la trampa. Entonces advertí su presencia. No salí tras él enseguida.

No fui a ver si había dejado algún rastro hasta que cayó la noche. Había comido los arándanos de las proximidades, pero no como lo hacen los animales. Eso me hizo pensar que podía ser una persona. No obstante, había permanecido tan quieto que no noté nada hasta que se abalanzó contra mis piernas, como un animal.

Sus ojos eran iguales a los de un animal, pero carecía de fuerza, así que lo dominé sin dificultad. Me senté encima de su pecho y le pregunté cómo se llamaba. Al principio sólo gimoteaba y tuve que mantenerle la boca tapada, pero después se tranquilizó. Llevaba conmigo un trozo de cuerda y le até las manos para mayor seguridad. No portaba ninguna arma, eso fue lo que primero comprobé. Consiguió decir a duras penas que se llamaba Konstantin Truu. Le pregunté si era familiar de Martin Truu. Por supuesto que lo era. No le dije nada de que éramos familia política porque yo nunca reconozco mi parentesco con esos rusos. Sólo le dije que Martin Truu era un hombre conocido en la aldea, y él se alegró o se asustó, realmente no se podía estar seguro de sus reacciones.

Fuera como fuese, se puso como loco. Empezó a hablar de un gran malentendido, de que había que avisar a Stalin. Tuve mis sospechas de que estaba fingiendo con tanto tartamudeo. Por el bosque andaba toda clase de gente, no podías fiarte de nadie. Konstantin pedía socorro y comida. Debía de haber sido un señorito de esos de ciudad, esa clase de gente que no sabe arreglárselas en el bosque. Vaya tropa que mandaba allí la NKVD a espiar a los muchachos de Estonia. Pero terminé de escuchar su historia, pensando que quizá pudiese descubrir algo sobre el marido ese de Liide.

También cabía que Konstantin fuese un agente que se había pasado de rosca al llegar al bosque y que acabara soltando unas cuantas verdades.

Konstantin había vuelto con Pöögelman y luego había ido a la Unión Soviética a trabajar. Después había regresado a Estonia con un amigo suyo, al que habían fusilado en la frontera. A él le perdonaron la vida y se dirigió a Tallin. Allí tramó algo con los comunistas, pero después ellos quisieron mandarlo a Siberia. Consiguió escapar y llegar al bosque. No sabía en qué año estábamos, sólo le interesaba escribirle a Stalin para decirle que había que enmendar el malentendido. Entonces lo estrangulé. Me había visto vivo y yo estaba oficialmente muerto.

Le registré los bolsillos. Tenía cartas. Cartas que Martin le había mandado a Nueva York. Me las llevé y las leí. Estuve a punto de dárselas a Aliide, pero no lo hice. No vale la pena asustarla aún más. Voy a esconderlas aquí, debajo de las tablas, en el mismo sitio donde tengo guardada esta libreta mía. Será mejor que nadie las encuentre. Por unas cartas así te mandan a Siberia, aunque fueron escritas en los años treinta. ¿Qué habrá tenido que hacer Martin para que no lo hayan deportado ya? ¿Sabía siquiera que su hermano había vuelto a Estonia?

HANS PEKK,
hijo de EERIK,
campesino de Estonia

1946, oeste de Estonia

Confidencial
Copia n.º 2
Informe sobre la actividad de TRUU Martin, hijo de Albert, en la República Socialista Soviética de Estonia.

TRUU Martin, hijo de Albert, nacido el año 1910 en Narva, natural de Estonia, bachiller. En la clandestinidad desde 1944.

TRUU Konstantin, hijo de Albert, nacido el año 1899 en Narva, natural de Estonia, bachiller. No localizado.

El agente «Cuervo», infiltrado en la agrupación de espionaje clandestino e ilegal llamada El Futuro, ha descubierto que el bandido TRUU Martin está escondido en la vivienda de la ciudadana MÄGISTE Milja en Tallin. Según el informe de «Cuervo», la agrupación de espionaje está en contacto permanente con funcionarios de servicios de inteligencia extranjeros. El hermano de TRUU Martin, TRUU Konstantin, ha estado en Nueva York, y todavía se mantienen aquellos contactos.

Se desconoce la residencia actual de TRUU Konstantin en Nueva York. Estuvo activo entre los comunistas expatriados y trabajó en la edición del periódico *Uus Ilm.*

Se propone que el bandido TRUU Martin sea detenido con la ayuda del agente «Cuervo». Se considera la posible rehabilitación de TRUU Martin en caso de que él colabore.

1946, oeste de Estonia

Confidencial
Copia n.º 2
Informe sobre las medidas tomadas con objeto de investigar las aptitudes de TRUU Martin para ser reclutado como agente en la República Socialista Soviética de Estonia.

Hemos investigado los intereses de TRUU Martin respecto a su hermano TRUU Konstantin, presumiblemente con residencia en América.

También se ha calibrado la fiabilidad de TRUU Martin con la ayuda de dos agentes experimentados, «Paul» y «Martillo». TRUU no ha expresado hasta el momento ningún interés en irse al extranjero y tampoco opiniones contrarias a la Unión Soviética.

Para comprobar si TRUU Martin tiene interés en crear vínculos ilegales con los países exteriores, o si ya es agente del espionaje americano, se han realizado las siguientes operaciones:

Un encuentro casual de los agentes «Paul» y «Martillo» con TRUU Martin. «Paul» le contó a TRUU que iba a viajar a Moscú para ver a su hermana. También le contó que ella estaba trabajando en la embajada de Suecia. TRUU Martin no mostró interés alguno en esa visita. Mandamos al agente «Paul» a Moscú de verdad, y a su regreso volvió a reunirse con TRUU Martin y le habló detalladamente sobre su visita. TRUU siguió sin mostrar interés alguno por el relato de «Paul». El cometido de este agente era dejarle claro que él estaba en contacto con su hermana, y con ayuda de algunos detalles tenía que hacerle entender que por mediación de ella sería posible establecer un contacto ilegal con el extranjero. TRUU no pretendió aprovecharse de la información proporcionada.

«Paul» también consiguió quedarse a solas en la vivienda de TRUU Martin, pero no encontró emisoras ni equipos de microfilm. Tampoco cartas de su hermano. Sin embargo, en el papel secante de encima de la mesa pudo distinguir las iniciales V. A., que podrían referirse a VARI Astra, la hermana de la difunta esposa de TRUU Konstantin, que vive en América.

Todavía hay que investigar si el sujeto sometido a vigilancia intenta reunir información secreta para el extranjero. En ese caso se le proporcionará falsa información carente de valor.

El sujeto mantiene una reserva absoluta sobre si su hermano se halla o no en el extranjero; al contrario, insiste en que éste ha muerto, aunque está demostrado que mantienen contacto por correspondencia. Este contacto ilegal convierte a TRUU Martin en una persona indigna de confianza, aunque, no obstante, se recomienda su reclutamiento y posible rehabilitación. Gracias a sus viejos contactos, TRUU dispone de información valiosa para la identificación de bandidos.

Además, deberá investigarse si él continúa sirviéndose de esos contactos ilegales mediante correspondencia.

Asimismo, se investigará si intenta establecer contacto con tripulantes de barcos con destino a ultramar, a través de los cuales podría enviar cartas ilegales a su hermano. El agente «Martillo» llevará a cabo la operación, puesto que mantiene una relación amistosa y de confianza con TRUU Martin.

1946, oeste de Estonia

Confidencial
Copia n.º 2
Informe sobre la actividad dirigida a localizar criminales antisoviéticos en la República Socialista Soviética de Estonia.

Debido a que la mayoría de los criminales antisoviéticos han huido al extranjero, se los persigue con la cooperación del control secreto de la correspondencia. Sin esta ayuda no seríamos suficientemente eficaces. La búsqueda de estos criminales se ve dificultada por el hecho de que canalizan su correspondencia a través de direcciones distintas, probablemente para proteger a sus familiares residentes en la República Socialista Soviética de Estonia. Desde estas direcciones falsas las cartas se remiten a los familiares de los enemigos del Estado. Una parte de estos criminales mantiene contacto con sus familiares sin intermediarios, pero mandan sus cartas con el nombre de sus esposas.

Debido a esta circunstancia, hemos dispuesto una serie de medios para aclarar las relaciones familiares de varios de estos enemigos públicos y otras relaciones cercanas. Gracias a las operaciones llevadas a cabo con el control secreto de la correspondencia, se han aclarado también los apellidos de soltera de sus esposas, así como los apodos y apelativos cariñosos de los criminales.

A pesar de que los resultados son alentadores, todavía existen grandes dificultades para dar con el paradero de los enemigos del Estado. Viene resultando extremadamente lento encontrar a aquellos que, según nuestra información, viven en el área de la Unión Soviética, pero sin datos más exactos.

Es necesario recabar continua y activamente datos relacionados con la identificación de los criminales.

El agente «X» ha sido crucial en las operaciones dirigidas a América. Gracias a su hermano TRUU Konstantin, dispone de mucha información importante, necesaria para la identificación de los enemigos del Estado ya exiliados en América.

Puesto que estos enemigos pueden esconderse en sectores donde el control sobre el reclutamiento de trabajo es débil, hemos infiltrado varios agentes en grandes empresas de construcción y centros de industria maderera. Sería conveniente mandar al agente «X» al koljós de Voitto, puesto que, según información que hemos recibido, algún criminal de guerra que ha regresado de América a la República Socialista Soviética de Estonia intenta ocultarse allí.

1946, oeste de Estonia

Confidencial
Copia n.º 2
Informe sobre las operaciones dirigidas a detectar actividades antisoviéticas en la República Socialista Soviética de Estonia.

El agente «X» no ha progresado en la localización de los retornados de América. Sin embargo, ha conseguido establecer lazos duraderos con una persona que muestra aptitudes para ser reclutada. Una prima segunda de dicha persona se halla en Suecia y probablemente intenta conseguir de la República Socialista Soviética de Estonia material antisoviético para la prensa americana.

1946, oeste de Estonia

Confidencial
Copia n.º 2
Informe sobre la actividad dirigida a localizar nacionalistas clandestinos en la República Socialista Soviética de Estonia.

Se propone al agente «X» una misión más activa en la operación destinada a la liquidación de los bandidos nacionalistas en Haapsalu y alrededores. Estos bandidos han incrementado su actividad en esa zona y aspiramos a crear una red de agentes con cuya ayuda lograremos atraparlos. El agente «X» asegura que si en la región se hallasen criminales retornados de América ya los habría reconocido, por lo que supone que han cambiado de residencia. Así pues, existen razones para el aprovechamiento de los recursos de «X» en el marco de la operación para liquidar a los bandidos nacionalistas.

1946, oeste de Estonia

Confidencial
Copia n.º 2
Informe sobre las líneas generales de la actividad en la República Socialista Soviética de Estonia.

Hemos enfocado nuestra actividad a trabajar mejor con los agentes activos y establecer medios para completar nuestro personal con nuevos reclutamientos. Nos proponemos conseguirlos entre personas que conozcan bien las condiciones locales de la región y que tengan la posibilidad de encontrar a otras dispuestas a poner denuncias. Los agentes que conocen bien la región poseen también la capacidad de informar puntualmente sobre personas desconocidas y peligrosas que lleguen a la región.

Como resultado de la mayor eficacia de nuestros agentes, hemos empezado a recibir informaciones sobre nuevos sospechosos en cada región. Durante el último mes, se han localizado más de diez, y en el último año un total de sesenta.

Según el análisis realizado por los funcionarios, los que más intenciones tienen de denunciar a la

República Socialista Soviética de Estonia, aparte de los repatriados, son quienes tienen familiares o contactos cercanos en el extranjero, así como aquellos que anteriormente han sido acusados de actividades contrarrevolucionarias. También existen razones para una rigurosa observación de los jóvenes vinculados a estos elementos subversivos.

De los enemigos del Estado detectados, hemos detenido a seis, cuatro de ellos clandestinos, dos llevaban armas. Uno de ellos falleció durante una operación militar de la Checa.

Durante el último año, ciudadanos de la Unión Soviética han presentado 120 denuncias, de las cuales nueve fueron anónimas. Dichas denuncias fueron del siguiente tipo: contra personas hostiles y sospechosas desde el punto de vista de la República Socialista Soviética de Estonia, contra las opiniones y la moral de determinados elementos hostiles y contra enemigos del Estado huidos de la justicia.

Todas las denuncias fueron verificadas e investigadas rigurosamente. Para comprobar los datos salidos a la luz en ellas, se establecieron una serie de pautas de investigación tendentes a evitar que estas personas traicionen a su patria.

1946, oeste de Estonia

Confidencial
Copia n.º 2
Informe sobre la denuncia de KOSE Eha, hija de Matti.

KOSE Eha, hija de Matti. Nacida en 1918. Natural de Estonia. Reside en Haapsalu.

El 1 de marzo recibimos una denuncia de la ciudadana KOSE Eha, hija de Matti.

En dicha denuncia cuenta que su anterior prometido, PEKK Hans, hijo de Eerik, trabajó para la organización Omakaitse y manifestó opiniones antisoviéticas durante la ocupación alemana. KOSE Eha tuvo un único encuentro con su anterior prometido después de romper su relación, ocasión en la que PEKK Hans dio a entender, entre otras cosas, que en Siberia solamente se construían prisiones. Las relaciones entre KOSE Eha y PEKK Hans se rompieron después de que PEKK Hans se prometiese con TAMM Ingel, hija de Richard. Más tarde PEKK Hans se casó con TAMM Ingel y murió, según se dice, en 1945.

Para fundamentar la denuncia se ha escuchado a varios testigos que confirmaron la pertenencia de PEKK Hans a la organización antes mencionada. Uno de ellos, TOOMINGAS Anton, ha declarado que una persona con el aspecto de PEKK Hans había participado en actos terroristas en 1945. TOOMINGAS Anton contó que había oído decir que un hombre que guardaba un gran parecido con PEKK Hans había formado parte del grupo de bandidos que atentó contra miembros del Comité Ejecutivo. En esta refriega, un bandido no identificado asesinó con una pistola a SIREL Jaani, jefe del Comité Ejecutivo. El mismo grupo participó presuntamente en el robo de un coche de la fábrica de mantequilla de Uue-Antsla. Sin embargo, no existen testimonios de la presencia de un hombre con el aspecto de PEKK Hans en la región de Võru.

Para esclarecer la actividad de PEKK Hans durante la ocupación alemana, se ha creado una unidad operativa dedicada a su caso. Uno de sus cometidos es investigar la supuesta muerte de PEKK Hans y la búsqueda de testigos que puedan confirmar su participación en los asesinatos de ciudadanos soviéticos.

1946, oeste de Estonia

Confidencial
Copia n.º 2
Informe sobre la actividad del agente «X» en la República Socialista Soviética de Estonia.

Según los informes del agente «Jooti», la actividad del agente «X» en el koljós de Voitto ha sido ejemplar y no existen razones para dudar sobre su idoneidad para ser ascendido de la categoría de rehabilitado a reclutado. El agente «X» ha reclutado dos nuevos agentes, «Helmar» y «Grosella», del círculo cercano a los nacionalistas clandestinos, llamados también Hermanos del Bosque (entre ellos SOOP Jaan). «Helmar» mantiene una relación cercana con VAMBOLA Lauri, quien apoya a los nacionalistas suministrándoles alimentos. Éste le ha contado que ha escondido armas en su jardín, aunque no ha querido revelar la localización exacta.

Se propone la concesión de doscientos rublos al agente «X» para que se los entregue al agente «Helmar». Éste y «Grosella» no conocen el lugar donde se ocultan los nacionalistas pertenecientes a su círculo de amistades, ya que éstos no han visitado a sus familiares. «Helmar» estima que con la excusa de una ayuda monetaria puede organizar un encuentro con SOOP Jaan.

1947, oeste de Estonia

Confidencial
Copia n.º 2
Informe sobre la actividad del agente «X» para acabar con los nacionalistas clandestinos en la República Socialista Soviética de Estonia.

PEKK Ingel, hija de Richard. Nacida en 1920. Natural de Estonia. Esposa del bandido PEKK Hans, hijo de Eerik.

TAMM Aliide, hija de Richard. Nacida en 1925. Natural de Estonia. Hermana de PEKK Ingel, hija de Richard.

Según los informes del agente «X», el agente «Helmar» consiguió reunirse con el nacionalista clandestino SOOP Jaan en el bosque. SOOP tiene intención de trasladarse al establo de VAMBOLA Lauri durante el invierno. No se tiene conocimiento sobre la localización del escondite subterráneo de SOOP en el bosque. No obstante, «Helmar» contó que había visto a PEKK Hans, supuestamente muerto, en una pequeña colina. «Helmar» está casi seguro de que se trataba de PEKK Hans. Durante su encuentro, le preguntó a SOOP si había llevado a alguien para vigilar. El nacionalista SOOP lo negó y expresó sorpresa. «Helmar» le contó que acababa de ver en una pequeña colina a un hombre casi idéntico a PEKK Hans, cosa que causó más sorpresa aún a SOOP. Éste dijo que estaba seguro de que PEKK había muerto. «Helmar» no cree que las palabras de SOOP fuesen ciertas.

Se propone que los familiares del nacionalista PEKK Hans, PEKK Ingel y la hermana de ésta, TAMM Aliide, sean interrogados por segunda vez. El primer interrogatorio no produjo ningún resultado.

1947, oeste de Estonia

Confidencial
Copia n.º 2
Informe sobre el interrogatorio de TAMM Aliide, hija de Richard.

Los agentes «X», «Cuervo» y «Zorro» estuvieron presentes en el interrogatorio de TAMM Aliide, después de que ésta fuese sorprendida in fraganti llevando comida a los bandidos. La interrogada niega rotundamente haber cometido este acto ilegal, y asegura que PEKK Hans falleció en 1945. No proporcionó ninguna otra información que pudiese ser útil en la operación para capturar al nacionalista PEKK Hans. Los agentes «X», «Cuervo» y «Zorro» conocen a la interrogada desde hace mucho tiempo, pero no están seguros de si miente o no.

1947, oeste de Estonia

Confidencial
Copia n.º 2
Informe sobre el procedimiento para acabar con el nacionalista PEKK Hans, hijo de Eerik.

PEKK Hans, hijo de Eerik, nacido en 1913 en Lihula. Miembro de la organización Omakaitse. En la clandestinidad desde 1943. Proporcionó ayuda a las tropas invasoras alemanas. Presuntamente fallecido en 1945.

Según la información del agente «X», toda la aldea parece creer que el nacionalista PEKK Hans fue asesinado en 1945. El testigo presencial del caso, el nacionalista RISTLA Hendrik, fue abatido a principios de este año. No existen otros testigos presenciales del caso. Según el testimonio de RISTLA, después de varios años en el frente, él y PEKK estaban llegando a casa en un carro tirado por caballos, cuando fueron atacados en el camino del bosque. PEKK fue acribillado, pero RISTLA sólo resultó herido y consiguió escapar. Según RISTLA, iban a ser objeto de un robo. Cuando al día siguiente los aldeanos se acercaron al lugar, encontraron el carro vacío, pero el cuerpo de PEKK no fue hallado. También el caballo había desaparecido. Según su versión, RISTLA no reconoció a sus asaltantes. En la región ya habían ocurrido antes incidentes parecidos, razón por la que los aldeanos dan crédito a esa versión. RISTLA ha hablado del caso abiertamente y nunca ha variado su historia.

RISTLA ha sido interrogado con anterioridad, pero no en lo referente al caso de PEKK Hans.

Durante la ocupación alemana, RISTLA colaboró activamente con el invasor y después cometió una serie de actos contrarrevolucionarios contra su patria. A pesar de que intentamos impedir que traicionase a su país, fracasamos. RISTLA continuó con sus actividades terroristas ilegales hasta su fallecimiento.

El bandido SOOP Jaan fue detenido gracias a la información proporcionada por el agente «Helmar», y en los interrogatorios confesó haber mantenido contacto con el nacionalista PEKK Hans durante el período en que permaneció escondido en el bosque. SOOP contó que PEKK había propagado opiniones antisoviéticas, que había robado dinero y lo había entregado a las familias de los detenidos en los gulags. Además, PEKK amenazó con matar a sangre fría con su pistola a todos los comunistas en cuanto tuviese oportunidad. Que se sepa, PEKK Hans también posee un rifle.

La esposa de este bandido, PEKK Ingel, y su cuñada, TAMM Aliide, han sido interrogadas tres veces, pero han negado reiteradamente saber nada sobre la actividad del nacionalista PEKK, del que no creen que siga vivo. También ha sido interrogada PEKK Linda, la hija de PEKK Ingel y PEKK Hans, pero la información conseguida no ha variado en relación con la obtenida de su madre y su tía.

Sin embargo, el agente «X» no cree que las mujeres digan la verdad. Según «X», el agente «Helmar» está seguro de que PEKK Ingel y TAMM Aliide proporcionan ayuda a algunos bandidos. «Helmar» ha entablado amistad con KUUM Peter, que había ayudado a SOOP Jaan cuando éste solicitó asistencia sanitaria para los bandidos heridos en el bosque. El ayudante de los bandidos KUUM Peter le sugirió que fuese a casa de TAMM Aliide y le dijo que allí también daban bien de comer.

Se propone que la casa de PEKK Ingel y TAMM Aliide sea puesta bajo vigilancia las veinticuatro horas del día, en especial las mujeres que entren en la casa. Algunos bandidos se visten de mujer para ir a sus casas.

1948, oeste de Estonia

Confidencial
Copia n.º 2
Informe sobre la actividad del agente «X» para acabar con nacionalistas clandestinos en la República Socialista Soviética de Estonia.

El agente «X» ha conseguido establecer un lazo afectivo muy cercano con una familiar del nacionalista PEKK Hans, presuntamente muerto, y ha recomendado que ésta fuese reclutada como agente. El reclutamiento fue llevado a cabo por el agente «Martillo», pues, según el agente «X», su propia relación cercana con la reclutada, la agente «Mosca», no habría hecho posible el reclutamiento. Suponemos que «X» también podrá observar mejor la manera de actuar de la agente «Mosca» si ésta no es consciente del cometido o de la condición del propio «X». Como persona de contacto de la agente «Mosca», a partir de ahora operará el agente «Martillo».

Se sabe que «Mosca» tuvo una relación cercana con los alemanes durante la época de la ocupación. La casa de la agente fue visitada en varias ocasiones por soldados alemanes. Según el agente «X», sin embargo, ella nunca estuvo interesada en cooperar con ellos y tampoco intentó contactar con los soldados después de la ocupación. Por tanto, según la estimación de «X», ella sería una agente ideal para la operación por medio de la cual intentamos encontrar a personas que hayan colaborado decididamente con los alemanes. Algunas de ellas fueron reclutadas por los órganos de espionaje nazi. Debido a la cercanía de la casa familiar del bosque y debido a su parentesco, la agente «Mosca» también conoce los movimientos de los bandidos nacionalistas. Debido a su trabajo como cobradora, se mueve asimismo activamente de casa en casa y por tanto puede estar alerta en caso de que aparezca alguna señal sospechosa.

La agente «Mosca» ha observado muy de cerca y durante las veinticuatro horas del día la vida de PEKK Ingel y de la hija de ésta, PEKK Linda, y está segura de que el bandido PEKK Hans murió, pero dice que su esposa guardó material nacionalista (una bandera de Estonia, periódicos y libros) en su casa y colaboró con los bandidos llevándoles comida y preparándoles alimentos secos que escondía en el bosque. Su hija, PEKK Linda, ha demostrado interés por las organizaciones nacionalistas juveniles. PEKK Ingel ha continuado durante años su actividad de traidora a la patria.

Se propone que PEKK Ingel, colaboradora de los bandidos, sea detenida.

1949, oeste de Estonia

Confidencial
Copia n.º 2
Informe sobre el desarrollo de la operación para acabar con el nacionalista PEKK Hans, hijo de Eerik.

Después de la detención de PEKK Ingel, esposa o viuda del nacionalista PEKK Hans, y de su hija, PEKK Linda, no se han recibido más noticias sobre la existencia de PEKK Hans. La agente «Mosca» ha investigado la conducta de la familia PEKK y otras informaciones sobre ellos, pero nadie ha oído nada sobre PEKK Hans. No obstante, «Mosca» ha localizado a KALVET Asta, que organizaba actividades juveniles nacionalistas junto con PEKK Linda. Lo excepcional de esta agrupación es que estas jóvenes sean niñas. Una actividad similar, con el propósito de traicionar a la patria, suele detectarse por lo general entre niños, criaturas socialmente inestables. Tenemos que investigar si esta preocupante tendencia va en aumento, o si sólo se trata de un caso excepcional. Hay que interrogar a KALVET Asta.

Esperamos que ahora que las colaboradoras de

bandidos PEKK Ingel y PEKK Linda no pueden proporcionar alimentos u otra clase de ayuda al supuestamente vivo PEKK Hans, éste quiera legalizarse o bien participar en actos de terrorismo visibles, como robos, etcétera. Sin embargo, de momento eso no ha ocurrido.

1950, oeste de Estonia

Confidencial
Copia n.º 2
Informe sobre el avance de la operación para acabar con el nacionalista PEKK Hans, hijo de Eerik.

La agente «Mosca» ha detectado indicios de actividad nacionalista en su región. Las investigamos minuciosamente y procuramos localizar a los individuos que extienden la moral antisoviética.

La agente también ha investigado a personas cuya ayuda podría buscar el presuntamente fallecido PEKK Hans. Sin embargo, no existen indicios de que PEKK Hans lo haya hecho. También hemos contactado con los parientes y familiares más lejanos de PEKK Hans, hemos solicitado que se presenten ante nosotros y les hemos hecho saber que, en caso de que PEKK Hans contacte con ellos, tienen la obligación de informarnos inmediatamente. También se ha hecho saber a los parientes y familiares que a PEKK Hans podría proponérsele una posibilidad de rehabilitación. Sin embargo, los parientes y familiares han mostrado una actitud desconfiada ante dicha proposición.

1951, oeste de Estonia

Confidencial
Copia n.º 2
Informe sobre el cierre de la operación para acabar con PEKK Hans.

Basándonos en la información proporcionada por la agente «Mosca», hemos apresado a los nacionalistas ARRO Vello y HEIMAN Raimond. Proponemos el cierre de la operación para descubrir el paradero de PEKK Hans. No hemos recibido ni un solo indicio que demuestre que sigue vivo y continúa su actividad clandestina. El agente «X» será destinado a otras operaciones dirigidas a desenmascarar enemigos del Estado. La agente «Mosca» puede seguir con su tarea de detección de indicios de la presencia de nacionalistas.

5 de octubre de 1951

¡Por una Estonia libre!

Una noche más aquí. Ingel y yo estuvimos pensando en que tenemos que ir a buscar a Linda. Con su ayuda seguro que lo conseguiré; no importa el tiempo que tarde.

No soy libre todavía, pero pronto lo seré, y siento mi corazón ligero como una golondrina.

Pronto estaremos juntos los tres.

HANS PEKK,
hijo de EERIK,
campesino de Estonia

Título de la edición original: *Puhdistus*
Traducción del finlandés:
Tuula Marjatta Ahola Risssanen y Tomás González Ahola,
cedida por Ediciones Salamandra, S. A.

Poemas de Paul-Eerik Rummo
de la colección *Lähettäjän osoite ja toisia runoja 1968-1972*.
Traducidos a partir de la traducción finlandesa de Pirkko Huurto,
Artipictura, 2005.

Imagen de la sobrecubierta: Iosif Badalov
Fotografía de la autora: Toni Härkönen

Círculo de Lectores, S. A.
Travessera de Gràcia, 47-49, 08021 Barcelona
www.circulo.es
3 5 7 9 11 10 8 6 4 2

Depósito legal: B. 16031-2011
Fotocomposición: Víctor Igual, S. L., Barcelona
Impresión y encuadernación: Rotocayfo (Impresia Ibérica)
Barcelona, 2011. Impreso en España
ISBN 978-84-672-4458-8
N.° 28456